光文社文庫

文庫書下ろし／長編時代小説

百鬼狩り

佐伯泰英

この作品は光文社文庫のために書下ろされました。

目次

百鬼狩り

夏目影二郎始末旅

第一話　木枯らし唐津《からつ》街道

一

玄海灘《げんかいなだ》から強風が峠に吹き上がってきた。

筑前博多《ちくぜんはかた》から海沿いに伸びる唐津街道・串崎《くしざき》の小さな峠に三人の旅人が差し掛かったのは、天保《てんぽう》十年（一八三九）旧暦師走三日、夕暮れ前のことであった。

遠くに望む唐津湾にも烈風が白い縮緬皺《ちりめんじわ》を作り出し、次々と虹の松原へと押し寄せていた。

〈……唐津浦は当国の名所虹が浦と称して勝景の地なり。凡図する所東西二里、北方は朝鮮に相対し、海面は玄海灘とて海至て深しと言ふ。うみ浜きれいにて砂地の干かた白々と見へ、夕日さざ浪に映じて虹の色をせうじ、並松青々とし、紅白青色をまじへ、遠見するの形、時として虹を見るがごとし。此故を以て虹が浜といふなり〉

『西遊雑記《さいゆうざつき》』は虹の松原の景勝をこう讃《たた》えた。

が、三人の旅人の前に荒れる海が広がっていた。

旅人の格好も年齢もそれぞれ異なっていた。

一人は黒の着流しに南蛮外衣を長身に巻き付け、漆で塗りかためた一文字笠を目深に被っていた。風が吹き上げる度に、一文字笠がばたばたと鳴り、南蛮外衣の裾が靡《なび》いた。すると腰に反りの強い豪刀を一本落とし差しにしているのが見えた。年は三十前か。修羅場を潜り抜けてきたことを想起させる虚無を湛《たた》えた相貌に比べ、その挙動はどこかゆったりと鷹揚《おうよう》で育ちのよさを感じさせた。

菅笠を被った二人目は半合羽に道中袴、足許を足袋に草鞋《わらじ》で固めていた。そして、腰には大小をたばさんでいる。御用で旅する役人に見えなくもない。

三人目は女芸人だ。

三度笠の下の顔はうっすらと紅を引いただけだが、色白の肌に紅が映えてなかなかの美形だった。三味線を胸の前にかけ、首筋に紅絹《もみ》を巻き、市松模様の着物の上に博多献上の帯を胸高にきりりと締めて、素足に塗下駄履きだ。

四ツ竹節の女芸人は二十三、四か。背中に斜めに背負った風呂敷包みが長旅をしてきたことを想像させた。

「なんとまあ江戸の日本橋《にほんばし》から三百十一里余（およそ千二百余キロ）、海のこっちまで旅してきましたよ」

風に抗して女芸人が南蛮外衣に笑いかけた。

「そなたは西海道はどうか」

南蛮外衣が役人に聞いた。

「それがしも長門《ながと》の関を越えたのは初めてにございますよ」

「水野様も若き日の尻拭いをわれらにさせなさるとはな」

一文字笠の下の顔が苦く笑った。

むろん南蛮外衣の男は江戸浅草《あさくさ》三好町《みよしちょう》の貧乏長屋に住む夏目影二郎だ。

「二十三年も前のことですか」

「文化《ぶんか》十四年、水野様が唐津から遠州《えんしゅう》浜松《はままつ》に転封なさった年の後始末だって」

そう言い合うのは勘定奉行所監察方菱沼《ひしぬま》喜十郎《きじゅうろう》と娘のおこまだ。

この二人、影二郎の実父、勘定奉行常磐《ときわ》豊後守《ぶんごのかみ》秀信《ひでのぶ》配下の監察方であり、その娘だ。が、同時に秀信の密命を果たす影の者でもあった。

影二郎も菱沼親子も無役から勘定奉行に就いたばかりの秀信を助けて、これまで極秘の任務を果たしてきた。

だが、三人が関八州《かんはっしゅう》を出て、遠く西海道の肥前《ひぜん》唐津にまで足を延ばしたことなどない。初めてのことであった。

影二郎は二十余日前、父の秀信に浅草の料理茶屋嵐山《らんざん》に呼ばれた。

嵐山は影二郎の亡母みつの実家だ。

今でも祖父の添太郎《そえたろう》と祖母のいくが茶屋を元気に経営していた。

みつは嵐山に客としてきた無役の旗本常磐秀信と相思相愛の仲となり、子を生んだ。本所深川《ほんじよふかがわ》の常磐家に婿に入った秀信には屋敷に正妻の鈴女《すずじよ》がいた。そこでその子は秀信の実家の姓をとり、夏目瑛二郎と命名され、下谷《したや》同朋町《どうぼうちよう》で侍の子として育てられることになった。

瑛二郎が十四のときに母が亡くなり、秀信の屋敷に引き取られた。

婿養子の秀信は家付の娘の鈴女に頭が上がらない。

瑛二郎はそんな父の姿を見ることが忍びなかった。

のびのびと育てられた瑛二郎と鈴女、肌合いも合うわけもなかった。兄の紳之助《しんのすけ》とも折り合いが悪かった。

わずか一年で祖父祖母の嵐山に戻った瑛二郎は自ら影二郎と名を変えて、放蕩無頼《ほうとうぶらい》の暮らしに走った。腕っぷしが強く、金もあった。嵐山の放蕩息子はたちまち浅草界隈で無頼者として名が知られるようになり、祖父祖母を嘆かせた。

だが、影二郎は一つだけ、父と母の教えを守り続けたことがあった。

剣の道だ。

幼いときから稽古に通う鏡新明智流《きようしんめいいち》桃井春蔵《もものいしゆんぞう》の下で頭角を現わした影二郎は、

「位の桃井に鬼がいる……」

と恐れられた青年剣士でもあった。

そんな影二郎の生き方を理解してくれる女が吉原《よしわら》の切見世の女郎の萌《もえ》だった。

二人はいずれは所帯を……と誓い合っていた。

そんな萌に悲劇が襲う。

やくざと御用聞きの二足の草鞋を履く浅草の聖天《しょうでん》の仏七《ぶっしち》が騙《だま》して、萌を身請けした。

真相を知って悲観した萌は、唐かんざしで喉を突いて影二郎に詫びをした。

影二郎は賭場帰りの仏七を襲って叩き斬り、伝馬町《てんまちょう》に繋がれる身に落ちた。

裁きは仏七の行状を考慮に入れて遠島に決まった。流人《るにん》船を待つ身の影二郎の下に勘定奉行職に就いた父、常磐豊後守秀信が密かに訪ねてきて、

「腐敗し切った幕府の機構をな、改革するには荒療治がいる。そなたの手を借りたい……」

と驚くべきことを提案した。

影二郎はこのときから勘定奉行の影として腐敗する役人たちを密かに始末してきた。

一見無能と見られた常磐秀信の凄腕に目をつけたのが、天保の改革を推し進める老中水野忠《ただ》邦《くに》だ。秀信が陰で桃井の秘蔵弟子だった実子を影の始末人として使い、実績を上げていると知った忠邦は、町奉行所に残る影二郎の科人《とがにん》流罪人の履歴を抹消させた。

父の秀信と影二郎を子飼いの者としておくためだ。

父子には忠邦に借りができたことになる。

ともあれ老中水野忠邦と勘定奉行常磐秀信と夏目影二郎とは持ちつ持たれつの仲、影の仕事を命じ、請け負ってきた。

嵐山には御城帰りの常磐秀信がすでに待っていた。

「影二郎、そなたにちと同道してもらいたきところがある」

祖母のいくと若菜《わかな》が影二郎に真新しい羽織袴を着替えさせる手伝いをしてくれた。

「影二郎、秀信様はおまえに仕官の道でもつけてくださるのかねえ」

いくは流罪になってしかるべき孫に今でも期待を抱いていた。

「おばば、それは無理じゃな。おれは本来なれば、三宅島《みやけじま》で潮汲みをしてなければならない身だ」

「だってそりゃ殺された奴が悪いんだよ。若菜の姉様を殺したも同然なんだからね」

「おばば、それはもう言いっこなしだ」

「影二郎様、またお仕事ではありませぬか」

若菜が不安に顔を曇らせた。若菜は死んだ萌の妹である。

萌が亡くなって数年後、影二郎が萌の家があった川越《かわごえ》を訪ねて若菜に出会った。

姉の萌は浪人の父の病気の治療代のために自ら吉原に身を売っていた。そのことを承知していたのは妹の若菜だけだ。その父も母も亡くなり、若菜が一人暮らしをしていた。

影二郎は若菜を浅草の祖父母の許に呼び寄せた。

今では添太郎もいくも若菜が影二郎の嫁になることを待ち望んでいた。

若菜は影二郎の影始末をおぼろげに察していた。

「そうそう父上に働かされては敵《かな》わぬな」

この初秋に南山御蔵入《みなみやまおくらいり》に走って影始末を終えたばかりだ。

「常磐の殿様もどこかぴりぴりしておいでのようじゃな」

いくも心配した。

影仕事なら秀信が命《めい》を出せばよい。それがどこぞに同道せよと言う。

不審を抱いたまま、影二郎は秀信の乗り物のかたわらに従い、嵐山を出た。

浅草を出た乗り物は御城のすぐ東側、馬場先堀の大名小路にある遠州浜松藩主、老中の水野忠邦の上《かみ》屋敷に入った。

影二郎は秀信の緊張を理解した。

どのような用かは知らぬが、秀信は影二郎を今をときめく老中水野忠邦に面会させようとしていた。

夜にもかかわらず玄関先にも控え部屋にも嘆願や役職を求める大名家、旗本家、豪商たちが順番を待っていた。

二人はすぐに奥書院に通された。

そこにはすでに老中がいた。

「おお、秀信か、よう見えたな」

四十六歳と働き盛りの水野は顔に重い疲労を漂わしていた。

父が平伏するかたわらで影二郎は頭を下げた。

忠邦の視線が顔を上げた影二郎にいった。

「その方が桃井道場の鬼と呼ばれた夏目瑛二郎か」

と本名で問うた。

「恐れ入ります」

「秀信どのにこのような倅があろうとはな」

と秀信に磊落《らいらく》に笑いかけた忠邦は、

「瑛二郎、その方にはこの忠邦、ちと貸しがある」

「はっ」

と応じた影二郎は、

「これまでの影仕事で幾分はお返ししたと思いましたがな」

「利息くらいはな」

忠邦は元金の取り立てを迫っていた。

「承りましょう」

そう答えるしかない。

「頼もしい答えかな」

と応じた忠邦は指先で閉じた瞼を揉《も》んだ。そして、しばらく考えるように黙りこんだ。

ようやく目が開かれた。

「影二郎、肥前唐津にいってはくれぬか」

忠邦の語調は優しかった。

秀信がかたわらから小さな驚きの声を洩らした。

「して要件は」

「二十三年も前、身どもが犯した種を摘み採ってきてほしい」

と水野忠邦は言った。

影二郎は即答を避け、説明を待った。

忠邦はしばらく沈黙したあと、小さな吐息を洩らし、話し始めた。

「文化十四年、それがしは肥前唐津六万石の藩主であった。その前年には奏者番《そうじゃばん》を拝命して、幕閣への道が開けつつあった。そこで遠国の唐津から江戸に近い所領地の転封を嘆願しておった。奉公がよりし易いからのう。縁戚の水野忠成《ただなり》様が老中格に昇進されたこともそれがしに幸いした。ちょうど折りも折り浜松城主の井上正甫《まさみち》どのが失態を犯されて、幕閣で領地替が審議されてもおった……」

井上正甫は酔って農家に押し入り、その家の女を犯したことが表沙汰になっていた。

そこで幕府では井上を陸奥国棚倉《むつのくにたなくら》へ、棚倉藩主の小笠原長昌《おがさわらながまさ》を肥前唐津に、そして水野忠邦を東海道筋の浜松藩への三方領地替を命じた。

これで忠邦の幕閣への途は大きく前進した。

唐津も浜松も表高《おもてだか》は六万石と同じだが、唐津の実高は二十万石、大幅の減収の転封である。藩財政の逼迫《ひっぱく》は目に見えていた。

忠邦の野心が転封へと強行させた。

唐津藩の国家老の二本松大炊《にほんまつおおい》は転封反対を諫言《かんげん》したが、忠邦に聞き入れられずに自決するという悲劇まで起こっていた。

「城近くに藩鵜匠《うじょう》の岸峰三太夫《きしみねさんだゆう》なるものが住まいしておってな、唐津の古き町人で藩主お目見えを許された家格であった……」

忠邦の話はようやく本論に入った。

「その前年の秋、それがしは岸峰の鵜屋敷に招かれ、鵜飼いを見物した。そのあと、屋敷で宴が催され、娘のお歌《うた》が酌に出た……」

二十四歳の忠邦と十七歳のお歌が忍び逢うようになるには間を置かなかった。

藩主と鵜匠の娘の恋は極秘にされて、静かに進行していった。

一方で幕閣への働きかけが効を奏して、翌年の九月、奏者番から寺社奉行へと昇進し、併せて、浜松への移封が発表された。

若き藩主と鵜匠の娘の恋は野心の前に唐突に終わった。

「……お歌には浜松に来ぬかと誘いもかけた。が、三太夫が許さず、お歌とは別れることになった」

　十七の娘が二十三年を経て、なにか問題を起こしたか。

「影二郎、今年になってな、お歌から手紙を貰った。お歌はそれがしとの子をなしていたそうな。その子を密かに育て上げたという。おれの子が二十三になるゆえ、江戸で親子の対面が適わぬか。母の願いを聞いてくれぬかという手紙であった」

「……」

「影二郎、ちとおかしくはないか」

「はっ」

「これまで二十三年もなんの連絡がなかったものが、ここにきて、急に手紙を寄越すとはな」

「水野様、お歌様のお子は男子にございますか」

「余の一字をとって邦之助と名付けた男子じゃそうな」

「お歌様とお別れになるとき、水野様はなんぞお渡しになられましたか」

「余は江戸にあった。慌ただしく転封いたしたによって、お歌には何も渡すことはできなかった。その後、江戸より書状を書き送っておる」

「して内容は」

「それがもはや二十余年も前のこと覚えておらぬ」

忠邦はむろん手紙の内容を記憶していた。その手紙で約束したことを水野忠邦は恐れているのではないか、と影二郎は推量した。

「邦之助どのは鵜匠を継がれたのでございましょうかな」

「いや、侍の子として育てたとある」

忠邦の危惧は深まるわけだ。

「ご老中のあとに唐津に入られた小笠原様のご家臣になられたということにございましょうか」

「その辺も分からぬ」

忠邦の顔は苦虫を嚙《か》み潰《つぶ》したように変わっていた。

「唐津に参り、それがしになにをせよと仰せにございますか」

忠邦はしばらく沈黙した。

「お歌より余の手紙を取り戻して処分致せ」

「………」

「岸峰邦之助、始末せえ」

忠邦は非情の命を発した。

「わが子を殺せと」

「影二郎、邦之助が余の子かどうか疑わしいではないか」

「さてそれは……」

「行ってくれるな」

老中が一介の浪人を見た。

「畏《かしこ》まりました」

忠邦が手文庫から切餅（二十五両）四つと書付けを出すと、

「必要なら老中の御用手形を使え。明日早朝、佃島《つくだじま》沖から幕府御用船紀州《きしゅう》丸が摂津《せっつ》に出帆する、それに乗れ」

と最後に出立まで命じた。

水野邸からの帰路、乗り物から下りた秀信が影二郎と肩を並べて歩き出し、供の者と乗り物を先に行かせた。

「老中首座松平乗寛《まつだいらのりひろ》様、ただ今、病床にあらせられる。最古参の老中忠邦様はなんとしてもこの機会を逃したくないのじゃ。老中首座を狙っておられる身で、今、醜聞など立てられたくないのは当然のことである」

「父上、わが子を殺してまでも幕閣上座が欲しゅうございますか」

秀信が言葉を詰まらせた。

そのとき、影二郎は監視の目を意識した。だが、それはすぐに消えた。

（おれの勘違いか）

「影二郎には分かりませぬ」

「そなたがよう水野様の依頼を受けたと父は感心しておった」

秀信は矛先《ほこさき》をずらした。

「忠邦様にはわれら親子、借りがございますればな」

「それだけか」

「どう考えても老中の頼みには隠された事情がございましょう」

頷いた秀信は、

「水野様のあとを継がれたのは小笠原長昌様じゃが、この転封で大きな借財を負われた……」

実高二十万石の唐津を捨ててまで表高六万石の浜松にこだわり、転封を強行した水野忠邦の背後で陸奥から西海道の唐津への転封を余儀なくされた小笠原長昌と家臣たちがいた。

小笠原は棚倉藩以来二十三万両の借財に苦しんでいたが、この九州への転封によってさらに莫大な借金を負うことになった。

実高二十万石の唐津への転封も奥州から九州への移封の費用にはなんの助けにもならなかった。この借金は結局、領民に皺寄《しわよ》せされることになる。

「……小笠原家では水野様の野心の前に苦労を背負ったという思いが今もあると聞く。文政九年には、長泰《ながやす》様の代に変わり、負債の総額は三十三万四千余両に達し、長会様、長和《ながかず》様と水野様の野心を恨む四代の時代が続いた。そして、今年の二月には広瀬村で一揆《いっき》も起こっておるそうな」

秀信はさすがに勘定奉行職にあるだけに大名方の懐具合を摑《つか》んでいた。

「唐津藩では代々の藩主が藩を立て直すためにも幕閣への野心を見せておられる。影二郎、唐津藩はな、長崎監視という任務をおわされている。幕閣人事から外される習わしがある。自在の転封運動も起こされる。だがな、長和様は決してうまくはいっておらぬそうな。そこで水野様が邪魔をしておられるのではないかという疑心を持たれているとかいないとか、柳営《りゅうえい》の雀たちがかしましく噂している」

「父上、お歌様が二十余年ぶりに手紙を寄越された背景には小笠原様の策動があるとお考えですか」

「さてそこは、ほれ三百余里もはなれた西陲《せいすい》（西の果て）の門戸といわれる地じゃ。江戸では事情がわからぬわ。そなたが行ってみるしかあるまい」

「父上も水野様のお子を殺せと仰せで」

「影二郎、生かすも殺すも相手次第じゃ」

「小笠原藩ではそれがしの入国を歓迎はいたしませぬな」

「幕閣への道は莫大な金がかかるものよ。小笠原家では長和どのの運動費を密貿易で補っておられるようじゃ、江戸から密偵が入るのを決して歓迎は致すまい」

水野忠邦も秀信も影二郎に死地に出向けと命じていた。

「それがし一人で六万石を相手せよと仰せで」

「菱沼喜十郎とおこま親子を連れていけ」

勘定奉行の職権にからむ騒ぎを秀信は予測してのことか。

父と子は道三河岸《どうさんがし》を左にみて、伝奏屋敷の前に差し掛かっていた。

前方から武家が供の者や提灯《ちょうちん》持ちを従えて歩いてきた。

二人は擦れ違うとき、互いが顔を見合った。

「おお、これは常磐秀信様ではありませぬか」

秀信が改めて視線を向け直し、

「板倉三郎助《いたくらさぶろうすけ》どのか、一瞥《いちべつ》以来であったな」

と挨拶をした。
三十三、四か。どっしりした物腰の板倉が影二郎に視線をやった。なかなかの剣の遣い手と
影二郎は見た。

「お役目ご苦労にございますな」

板倉はそういうと去っていった。

「どなたにございますか」

「黒鍬頭《くろくわがしら》であったかな」

秀信は曖昧に答えた。

将軍家が鷹狩りなど狩猟に出向く際にその触れを出し、警備に就くもので四百七十人の黒鍬者を三人の黒鍬頭が監督した。

そんなことを影二郎が思い出していると秀信が言った。

「影二郎、遠国での御用、体には気をつけよ」

はっ、と畏まって影二郎は父の命を受けた。


三人は江戸から御用船で摂津湊まで、そこでさらに西に向かう便船を探して瀬戸内を船行し、豊前中津《ぶぜんなかつ》湊に辿りついた。

その後、陸路に変えて長崎街道を進んで筑前博多に立ち寄り、さらに唐津街道を辿ってようやく肥前唐津の城下に到着しようとしていた。

二

玄海灘が急速に夕闇に沈んでいこうとしていた。一瞬、白い縮緬皺が雲間を破った夕日に照らされて黄金色に輝いた。

「父上、唐津というくらいです。海の近く御城下が広がっておるのでございましょうな」

おこまが父に聞いた。

「唐（韓）との間を通う船の湊という意味じゃ。天正《てんしょう》年間の秀吉様の朝鮮出兵も船団が唐津近くの名護屋《なごや》から出ておる。昔から異国から渡来する船が出入りした湊、当然御城も玄海を堀と成して囲まれ、城下町もそのかたわらの松浦川《まつうらがわ》の河口に発達したものと聞いておる」

そう答えた喜十郎が、

「見よ、おこま」

と濁った黄金色に美しい松原が伸びる海岸線を指し示した。

「その昔は二里の松原と呼ばれていたものが虹の松原と美しい名に変わったと聞く。寺沢《てらざわ》志摩《しまの》守《かみ》様の代に新田開発が考えられ、防風林として黒松が植えられたそうな」

「虹の松原とはなんとも美しい地名にございますな」

おこまが感嘆し、

「喜十郎はさすがに勘定奉行所の監察方じゃな、よう知っておる」

と影二郎も口を添えた。

「唐津への隠密行をお奉行より命じられまして、俄かの一夜漬けの成果にございますよ」

喜十郎が苦笑いした。

「喜十郎、唐津の草高《くさだか》は六万石、実高は二十万石と聞いたが、なぜかくも逼迫しておるな」

国境を越えてこれまで出会った民百姓の顔色は決して優れたものではなかった。

「水野忠邦様が転封なされた直前の五ヵ年の物成米は、およそおしなべて二万六千石、小物成・運上の金方収納は二千二百六十余両、家臣の俸禄に一万七千四百余石、金方支出に一万八千余両、差し引きしますと一年に赤字が八千七百余両とかさむ計算にございました。おそらく小笠原様の代になっても一揆が繰り返されておりますし、藩財政が好転したとは考えられませぬ」

「父上、唐津の特産はなににございますか」

「領外へ売られるものの代表は干鰯《ほしいわし》、干鮑《あわび》、いりこ、それに鯨じゃそうな」

「鯨にございますか」

「冬の四カ月に許される鯨漁で採られる鯨油も藩外へ売られる。唐津名物は唐津くんちに鯨の潮吹き……そんなところかな」

「もともと幕藩体制は大名に謀反を起こさせぬように作られたものじゃ。赤字財政は仕方のないところか」

「そのツケが領民に回されるのです。藩内の百姓衆には生まれてきた子を間引いて殺すことが常習になっておるそうにございます。そうとばかり言ってはおられませぬ」

「長和様は藩政を打破するために幕閣へ昇進なされようとしておられるそうじゃが、その資金の出所は密貿易しかないか」

「検見《けみ》を繰り返しても潰れ百姓、弱り百姓が出るばかり。まず田畑からはこれ以上の増収は見込めませぬからな」

三人の前後にもはや往来する人間はいなかった。

虹の松原の端にかかるころ、すでに夕暮れの空は薄闇に変わろうとしていた。

「御城下まで辿りつけませぬかな」

おこまが心配した。

「虹の松原を月明かりを頼りに進むのも風流じゃが、そうもいかぬようだ」

「どうも風流とは無縁の方々が行く手に待っておられるようですな」

影二郎の言葉に喜十郎が応じながら、鯉口《こいぐち》を静かに切った。

三人は玄海から吹きつける風を避け、虹の松原の内側の街道を城下へと進んでいた。

一丁ばかり先に提灯の明かりが廃寺の前で三人を待ち受けていた。

「藩境はなんなく越えられたと思うたが、やはりそうはいかぬか」

「回り道をするにはもはや手遅れにございます」

「影二郎様、筑前と肥前の国境を越えたあたりから尻のあたりがなんぞもぞもぞしておりましたよ」

おこまも尾行がついていたと言った。

「手出しは無用……」

影二郎が親子に命じた。

三人の旅人は臨時に設けられた関所に差し掛かった。

藩士四人に足軽六、七人がじろりと旅の三人を見詰めた。

影二郎が一文字笠の縁を片手に押えて長と思える手代役人に目礼し、通り過ぎようとした。

「待たれい」

手代から声が掛かった。

「いずれへ参られる」

「御城下に」

「何か御用の旅か」

「見ての通りの浪々の身の男たちに女旅芸人のきまま旅でな。まあ、鯨の潮吹きを見物にとでも考えておかれえ」

「愚弄致すか、面体を改める」

手代が足軽の一人に顎で合図した。

足軽の一人が棒の先で影二郎の一文字笠をいきなり叩き落とそうとした。

影二郎の手が南蛮外衣からにゅっと出ると、襲ってきた棒の先をひょいと摑み、大きく捻《ひね》った。

「あっ！」

足軽が翻筋斗《もんど》りうって虚空を回転し、背中から地面に叩きつけられて失神した。

「手向かいおったな、うろんな者どもを引っとらえよ！」

関所役人たちと足軽たちが影二郎を囲んだ。

「いきなりの乱暴狼藉《ろうぜき》、他国に聞こえると小笠原長和様の面目にも差し支えよう」

「おのれ、殿の御名を口にしおって。かまわぬ、三人とも捕らえて陣屋に連れこめ！」

足軽たちが棒を振るって、輪の中に立つ影二郎に襲いかかろうとした。

影二郎の手が南蛮外衣の襟を掴むと横手に引き抜いた。すると松明《たいまつ》の明かりに表は黒羅紗《ラシャ》、裏地は猩々緋《しょうじょうひ》の長衣が生き物のように動き出した。両裾に縫い込まれた二十匁の銀玉がふわりと虚空に浮いて、あでやかな大輪の花を咲かせた。

「カン、カーン！」

と乾いた音が響いて、棒が次々に絡めとられては、松林へと飛び去っていった。

「あっ！」

「どうしたことか」

呆然と狐につままれたような顔で素手の足軽たちが突っ立っていた。

「おのれ、手妻なんぞ使いおって」

手代が役人に命じた。

抜刀した若い役人が二人、影二郎の前後から突っ込んできた。

片手に下げられていた外衣に再び力が加えられた。

黒と緋の衣が一瞬のうちに刀をはね飛ばした。

「役人どの、われら、唐津の歓迎ぶりが気にいった。しばらくご城下に逗留《とうりゅう》するゆえ、また後日、お目にかかろうか」

影二郎が手代に言い置くと、さっさと唐津へと歩き出した。

菱沼喜十郎とおこまの親子も続いた。

呆気にとられた関所役人は三人の唐津入りをただ見送った。

その光景を頭巾を被って顔を隠した若い武士が寺の山門の陰から見送りながら、

「江戸から密偵か」

と呟いていた。

その背後からそっと離れた別の影があった。

影二郎らは薄闇の中を城下へと進んでいった。

師走の夕暮れはすとーんと音を立てるように闇と化した。

「影二郎様、どうしたもので」

おこまが聞いた。

「明かりも見えぬな」

不案内の地だ。どこまで無住の街道が続くのか分からなかった。それに闇雲に歩いて、街道を外れないとも限らなかった。

三人に提灯の用意はなかった。どうしたものかと足を止めた三人の頭上からうっすらとしたおぼろ月が闇に差しかけた。

「おお、これで歩けよう」

影二郎が呟いたとき、影二郎の前に白犬が飛び出してきた。

江戸に残したあかと同じくらいの体の大きさだ。耳がぴーんと立って、鉢巻のような見事な輪の尻尾が背にどんと乗っていた。

犬は首を傾げて影二郎を見た。

目がなにかを訴えていた。

「そなた、唐津のご城下まで案内してくれぬか」

影二郎が冗談を言いかけると、白犬はくるりと背を向けて歩き出した。

「駄目じゃな」

おぼろ月が雲に隠れた。

再びあたりは闇に覆われた。

すると数間先から白犬が、

「うおおーん」

と鳴いた。どうやら立ち止まって影二郎たちに鳴きかけたらしい。

「私たちを待ってますよ、影二郎様」

おこまが言う。

確かに白い犬は数間先に立ち止まっていた。

「道案内をしてくれるか」

影二郎の言葉に応じた白犬は、うぉおーんと鳴いて再び歩き出した。

三人は白犬に導かれて、松風が鳴り響く虹の松原を唐津城下へと向かった。

「不思議なことよ、われらの歩きに合わせて先導しておる」

その上、時折り小さく鳴いては存在を影二郎たちに知らせた。

四半刻（三十分）も歩くと小さな橋を渡った。どうやら城下外れらしい。

「助かったぞ」

影二郎が礼を述べた。

白犬は左手の路地へと曲がる辻で立ち止まり、小さく誘うようにさらに吠えた。

「影二郎様、この犬、われらをどこぞに案内する気ですぞ」

喜十郎は首を傾げた。

「父上、私にもそのように見えます」

「喜十郎、おこま、間違いあるまい。こうなれば、最後まで従ってみようではないか」

白犬は三人の会話が分かったように漁師町の路地を抜けて、奥へと進み始めた。すると路地は小さな堀にぶつかり、木橋を渡ると本性寺《ほんしょうじ》と石門に刻まれた寺の前に出た。

迷いもなく白犬は寺と武家屋敷の間を山手へと進んでいく。

ふいに潮騒《しおさい》が遠のき、竹林がおぼろに姿を見せた。

白犬は影二郎たちがついてくることを確信したように竹林を抜ける小道に誘った。すると林の中に明かりが浮かんだ。

白犬が大きく吠えて、駆け出した。

「おお、案内してきたか」

人の声がした。

月明かりが竹林の中に藁葺《わらぶ》きの山家《やまが》を照らし出すと、井戸端に手に鍋を下げた男が立っていた。

かたわらに山歩きでもしていたか背負い籠が見えた。

古びた小袖に袖無し、裁付袴《たつつけばかま》の男の髪は後頭部で丸く結わえられていた。

百姓でも漁師でもない。商人でもなければ武士でもなかった。

「夜分にすまぬ。この犬に案内されるようにこちらを訪ねた」

「私がこの犬に命じたのです」

男が歯切れのいい江戸訛《なま》りで言った。

「そなたがわれらをこちらに誘ったというのか」

「そなたの腕前を見せてもらいましたでな、飼犬に命じたまで。ささ、井戸端で手足を洗ろうて、家にお入りください。あばら屋ですが浜で野宿するよりはましでございますよ」

「造作《ぞうさ》をかける」

影二郎が礼を言うと、主と犬は明かりのこぼれる家に入っていった。

「奇妙なこともあるもので」

喜十郎が訝《いぶか》しく家を見た。

「とは申せ、玄海の潮騒を聞きながら野宿するよりは、屋根の下で過ごせるだけでもずいぶんと楽ですよ」

おこまが腹を決めたように言い、三人は旅の埃《ほこり》を井戸水で洗い落とした。

影二郎を案内してきた犬は三和土《たたき》に敷かれた筵《むしろ》の上に丸くなって、入ってきた影二郎らを上目遣いに見た。

二十畳ほどの板の間には囲炉裏《いろり》が切ってあって、男が下げていた鉄鍋が自在鉤に掛かっていた。壁際には何段もの引き出しのある箪笥《たんす》が見えた。どうやら医家らしい。

板の間の奥に一部屋か二部屋があるばかりの家である。

「ささ、こちらにお上がりくだされ」

男に誘われるまま、影二郎は囲炉裏端に上がった。

すると火の温もりと一緒に薬草の匂いが漂ってきた。

「思いがけなく厄介をかける」

影二郎が改めて礼を述べた。

「江戸から見えられたか」

男はずばりと聞いた。

頷《うなず》いた影二郎は、

「それがし、江戸は浅草三好町の裏長屋に住まいする浪人夏目影二郎、これなるは知り合いの菱沼喜十郎とおこまの親子でな、長崎見物を思いたってござる」

「長崎街道を行かれるがよかろうに」

「別に長崎に行ったとて、あてがあるわけではござらぬ。そこでな、街道で身過ぎ世過ぎの芸を披露しては鳥目《ちょうもく》を集めての旅にござる。おくんちで有名な唐津にもな、稼ぎに寄った次第……」

「夏目様、そなたが着ておられるのは南蛮外衣、あちらではカーパと申すもの」

「………」

「それに持ち物もなかなかの業物《わざもの》と見ました。大薙刀を刀に鍛《う》ち替えられたか」

「南北朝期の鍛冶法城《ほうじょう》寺佐常《じすけつね》が鍛えた薙刀を二尺五寸三分に詰めたものです」

男は頷くと、

「素浪人の持ち物ではありません」

と笑った。

「主どの、そなた様も土地の方とも思えぬが」

「おおっ、これは失礼致しました。蘭学医師埴生流之助《はにゅうりゅうのすけ》、江戸から長崎に医学を学びに行った帰りに唐津に立ち寄り、なんとなく長居をしてしまいました」

「埴生どの、役人と揉め事を起こしたわれらを逗留させて、後々ご迷惑ではないか」

「なんのなんの、犬が案内してきた旅人に一夜の宿りをさせたまで、なんの咎《とが》めがございましょうか」

埴生は囲炉裏端を立つと部屋の隅から素焼きの瓶を運んできた。そして、囲炉裏端にあってこれも素焼きの器を影二郎らと自分の前に置いた。

「南蛮人に教えられた通りに造ってみたが、なかなかうまくは出来なかった」

埴生は両手で瓶を抱えて、器に赤い液体を注いだ。

「イスパニアではビーノとか申すそうじゃが、葡萄《ぶどう》から造った酒です」

「なんとも美しい色にございますね」

おこまが器の中のビーノに見惚《みと》れた。

「バテレンはこのビーノをきりすとの血と崇《あが》めるそうです」

埴生流之助は器を手にするとゆっくりと口に含んだ。

影二郎も香りの高いビーノを舌で味わうように含んだ。

豊穣の香りが口内に広がった。

「なかなかのものにございますな」

「褒められたのは初めてです」

埴生が笑った。

「当地には長いのか」

「文政《ぶんせい》が天保元年と変わった年にございますれば、およそ十年……」

埴生流之助は遠くを見詰めるようなまなざしで呟くと残った葡萄酒を飲み干した。

「江戸はどちらにお住まいでしたか」

おこまが聞いた。

「深川の割下水《わりげすい》、貧乏御家人が住む界隈です」

「ご家族が住んでおられますか」

「御家人は百姓と一緒です、生かさず殺さず。両親は亡くなったと風の便りに聞きましたが、兄が家督を継いで生きていましょう」

「お帰りになりたいでしょうね」

「帰りたいような、帰るのが怖いような……」

と洩らした埴生は、

「そなた方を見かけたとき、つい懐かしくなってな、江戸の話を聞かせてもらおうと巻八《まきはち》に道

「白犬は巻八という名ですか」

「尻尾が鉢巻のようでな、逆様にして名にしました」

埴生がにやりと笑った。

ビーノのやりとりをしていると鉄鍋が煮えてきた。するとなんともいい匂いがしてきた。鯨の肉の匂いは三人とも初めてだった。

「今朝から巻八と山に入りましてな、山菜を取りに行った。帰りに知り合いの漁師の家に寄ったら鯨の肉を分けてくれました。味噌仕立てで山菜と炊き込めば体も温まりましょう」

埴生が鯨と山の幸の煮込みを丼に盛ってくれた。

「これはうまい」

「臭みはございませんな」

影二郎と喜十郎が言い合った。

「味噌が匂いを消したのでございましょう」

埴生流之助はビーノを勧め、鯨汁を盛り、自分も食べ、かつ飲みながら、

「江戸の話をしてくだされ」

とせがんだ。

影二郎らは芝居の役者の話から高値の続く諸物価、打ち続く天変地異を語り聞かせた。

埴生は目をきらめかせて聞き入った。

巻八も鯨鍋を埴生から貰って三和土の隅で食べている。

埴生は鯨鍋の汁に麦飯を入れて、雑炊にした。

「埴生どの、そなたは唐津に長い。ご家中や町家と関わりがありましょうな」

と影二郎が聞いたのは夕げを終えて、

「後片付けは私が……」

とおこまが井戸端に汚れた器や鍋を運んでいったときだ。

三

「患家を持っておりますがそれがなにか」

「鵜匠の岸峰三太夫様がご健在かどうか知っておられるか」

「ほう、江戸の方が唐津の鵜匠をご存じとは」

「いや、福岡城下で知り合った者が唐津に立ち寄るようであれば、岸峰三太夫の芸を見るのも一興と申されましたでな」

「そうでしたか」

と頷いた流之助は、

「松浦川河口の材木町を訪ねられれば、藩鵜匠の館はすぐに見つかる」

と答えた。

「なんでも岸峰様のお子が小笠原様のご家臣にお成りとか」

今度は埴生流之助は顔に笑いを浮かべて、

「夏目さん、お里が知れますぞ」

と茶化すように言った。

「なにがお知りになりたいので」

「三太夫様の娘ご、お歌様がどうしておられるかと思いましてな」

「ははあ、夏目さんがおっしゃる三太夫様は先代のようですな。私が唐津に来て、三、四年が過ぎたころ、先代は六十六、七歳で亡くなられましたよ」

「当代の三太夫様は先代のご子息か」

「はい、確か襲名前は壱太郎《いちたろう》とおっしゃられたはず」

「おいくつかな」

「さて、三十五か六と思ったが」

「当代の姉様がお歌とは申されませぬか」

埴生は首を横に振り、

「岸峰の家にお歌様という女性がおられるとは存じませんでした」

「夏目さん、あなた方が唐津見物に来ただけなどと、私も先ほどの役人も考えてはいませんよ」

と答えた。

「………」

「ただ今江戸に出府なされておられる長和様を始め、唐津小笠原家初代の長昌様ら藩主方は唐津の殖産を興すことに熱心な方でございましてな。近年、郷方一万一千余軒のうち、四分の三の家で牛馬を飼っての畜産を始め、さらには楮《こうぞ》栽培、鮪《まぐろ》、干鰯、干鮑などの海産物、また寛《かん》政《せい》年間（一七八九〜一八〇一）ごろから唐津、岸山、相知《おうち》で石炭が掘り出されて、なかなか活況にございます」

ふいに流之助は唐津の藩財政を話し始めた。

「にもかかわらず文政年間、長泰様の代には借財が三十三万両を越えたとか。その額、いくらかでも減じましたかな」

「ようご存じだ」

「活況の殖産から得られた金はどこに消えるのか」

「さてね、一介の医師では分かりませぬ」

「長和様は幕閣への夢を果たして、家運も盛り返したいご希望とか」

「夏目さん、もともと唐津藩は譜代大名、老中に列する家格を持つ家柄にございます」

影二郎は頷いた。

二人の会話を菱沼喜十郎は黙って聞いていた。

井戸端で汚れた鍋、器を洗い終わったおこまが自在鉤に掛かった鉄瓶の湯で茶を淹《い》れ、男たちと自分に供した。

「江戸で天保の改革を推し進められる水野忠邦様もこの唐津を足掛かりに幕閣へ駈け登っていかれた。長和様がそのことをお考えになっても不思議ではありますまい」

「ごもっともです。さりながら、千代田の城の中枢に入るには莫大な運動費が要ると噂に聞いております」

「そのへんに興味がお有りか」

流之助は影二郎をからかうようにいった。

「なくもない」

「正直な方ですな」

流之助はおこまの淹れた茶を啜《すす》った。

「私が申した唐津の活況ぶりは昼間のことにございますよ」

「………」

「夜になると一転、人の往来が絶えて、朝がくるまで息を殺して過ごすことになる」

「それはまたどうして」

「この数年前から夜になると唐津の城下を百鬼《ひゃっき》水軍と称する者たちが支配しておりましてな」

「百鬼水軍とは夜盗の類いかな」

「その名のとおりに船を自在に操り、海から城下に忍んでくる倭寇《わこう》の末裔《まつえい》です」

埴生流之助の言葉には含みがあった。

「倭寇がこの唐津でなにをしようというのか」

「さて、見掛けたことを翌日役所に届けた者たちが次の夜に襲われて一家惨殺の憂き目にあった。以来、唐津では暗くなったら外歩きはしませぬし、見かけたとしても口を噤《つぐ》んでおりましようよ」

「藩では百鬼水軍を野放しにしておいでか」

「国家老等々力《とどろき》雪鵜《せってい》様が陣頭指揮なされて捕縛に走っておいでですが、百鬼水軍の方がはるかに行動が迅速、さらには飛道具まで持って、なかなかの戦い巧者とか。最近ではただ手をこまねいておられます」

「おもしろき話でした」

「夏目さん、そなたら唐津入りはもはやご家中に知れたこと、用心なさって行動なされよ」

「百鬼水軍の顰《ひそ》みに倣ってわれらも夜に城下に入りますかな」

「心にもなきことを」

埴生流之助の唆《そそのか》すような言葉を最後に囲炉裏端の談話は終わった。

天保期の唐津領内の戸数一万一千余軒、人口はおよそ五万余人を数えた。

唐津城下に住む者たちは家中が五千二百余人、町方三千人と合わせて、およそ八千余人の城下町であった。

町人町は外町と内町に分かれた。

城の南に広がる内町は、刀町《かたんまち》、木綿町、本町、中町、呉服町、米屋町、八百屋町、新町、京町、紺屋町、平野町の十一町、外町は、材木町、大石町、魚屋町、塩屋町、東裏町の五町から成り、組屋敷の江川町と合わせて唐津城下は十七町で構成された。

内町をぐるりと水路が取り囲んでいた。外町から内町に入る者は町田川に架かる札ノ辻《ふだのつじ》橋を渡ることになる。

この昼前、札ノ辻には乾いた、弾むような竹の音が響いていた。そして、四ツ竹の律動的な音色が三味線に変わり、艶っぽい声がそれに乗って響いた。

「江戸は深川にては四ツ竹節、吉原にては川竹節と申します。さてもご当地唐津のご城下、しばしの間、浮き世の憂さを晴らします四ツ竹節にお付き合いを願います……」

おこまが三味線と四ツ竹の巧みな響きに合わせて、おもしろおかしく歌い出すと大勢の見物人が押しかけてきた。

「なんぞ売るんかな」

「薬も飴ももっちょらんな」

見物人たちはおこまの美貌と芸に引き込まれるように見入り、かたわらに肩に黒の南蛮外衣をかけた着流しの浪人者が立っているのに気をとめた。その足下にはなぜか白犬の巻八が座っている。

「……花のお江戸の流行《はや》りものを四ツ竹節にて歌いこみましたる拙《つたな》き芸もここにて幕にございます」

一文字笠を裏に返した影二郎が見物の衆の前に差し出すと、

「おお、見物料かえ」

と陽に焼けた大男の若い漁師が一朱《しゅ》を放りこんでくれた。それを皮切りに銭が投げ入れられた。

「おこま、なかなかのご祝儀だぞ」

長吏頭の浅草弾左衛門から貰った一文字笠の渋の塗りの下には、彼らの世界の通行手形というべき、

「江戸鳥越住人之許」

の梵字が浮かんでいた。

さすがに豪快な生き方の捕鯨漁師たちがいる城下町、一朱が何枚か混じっていた。一文字笠の銭はそっくりおこまの財布に仕舞われた。

「今晩の旅籠《はたご》賃くらいにはなりそうですか」

「なるなる」

と影二郎が答えたとき、のっそりと巻八が立ち上がり、

「ううう っ」

と唸った。

影二郎とおこまが顔を上げると、大たぶさの頭に派手な唐桟《とうざん》のどてらをぞろりときた大男が子分を伴い、二人を囲むように立っていた。

「親分さんも四ツ竹節を所望かな」

「だれの許しを受けて札ノ辻で商いしちょるか」

親分のかたわらに立つ小男の兄貴分が凄みを利かせた。

「ほう、唐津のご城下では門付けにも許しがいるのか」

影二郎は一文字笠を被り直すと聞いた。

いったんは散った人々がまた集まってきた。

「あたりまえのことたい。唐津の城下の商いは露店の物売り、門付け、遊芸人、だれ一人として、水子町の黒獅子《くろじし》の勘九郎《かんくろう》親分に挨拶を済ます仕来たりばい」

「それは知らなかった。おまえさんが勘九郎の親分さんか」

派手などてらが横柄に頷いた。

「われらは唐津は初めてで習わしも知らぬ。よしなにな」

影二郎が笑いかけた。

「おい、浪人。それが黒獅子の親分さんへの挨拶のつもりね」

「なにっ、まだ仕来たりがあるか」

「あったりまえたい。鳥目ば紙に包んで、よしなにお願い致しますと頼むのがこの世界の仁義たい」

「金か」

影二郎が黒獅子を見た。

「よく見れば薄汚い勘九郎もあったものだ。田舎芝居の舞台にも上がれめえ」

「なんばいうたね」

小男が目を白黒させた。

「おめえに名乗られたとあっちゃ、江戸の勘九郎が泣くぜ」

「抜かしやがったな」

小男が長脇差《ながどす》を引き抜くといきなり影二郎の眉間《みけん》に叩きつけてきた。

影二郎の手が肩に垂れた南蛮外衣に掛かると手首が捻り上げられた。その捻りに合羽が開くと一方の裾が兄貴分の額を軽く打った。

「ぎえっ！」

二十匁の銀玉に打たれた兄貴分はなにが起こったかも分からぬままにその場に昏倒した。

「なんで朴念仁《ぼくねんじん》みたいに立っちゃるか。種吉の仇《かたき》たい、手足の一つもへし折れんね」

黒獅子の勘九郎が喚《わめ》いた。

一家の子分どもが長脇差やら匕首《あいくち》をきらめかせて、突っ込んできた。

影二郎の手元に引き寄せられていた南蛮外衣が再び虚空を旋回した。

大きく広がった合羽は黒と赤の花を唐津城下の札ノ辻に咲かせると、両裾に縫い込まれた銀玉が次々に子分たちの得物《えもの》をはね飛ばし、地面につんのめらせた。

黒獅子の親分は呆然と立ち竦《すく》んでいたが、角鍔《かくつば》の嵌《は》まった長脇差に手をかけ、喚いた。

「わりゃ！　嘗《な》め腐って……」

おこまの手から四ツ竹が飛んだ。

平らに削られた竹片は顔を朱に染めて今まさに突進しようとした勘九郎の大たぶさの元結《もとゆい》を、

「ぷつん！」

と音を立てて切った。

髪がざんばらに顔に垂れた勘九郎が、

「な、なんばしちょるか、こんおなごが……」

と怒鳴った。

見物の輪から思わず笑いが起こった。

た。

「糞ったれが、おぼえちょれ」

旅の二人に散々な目に遭った黒獅子一家は、昏倒した種吉を引きずるように、退散していった。

四半刻後、影二郎とおこまの姿は、鵜匠の岸峰三太夫の鵜屋敷の前にあった。

「影二郎様、どうなされますな」

「当たって砕けろ、主どのに会ってみようか」

おこまをその場に残した影二郎は、藩鵜匠の屋敷の門を潜った。鵜屋敷のたたずまいを見たとき、主の心持ちを察せられたからだ。

師走の日差しがのんびりと落ちる庭先では大小の竹籠が並んで干されてあった。

「ごめん」

玄関に立った影二郎が訪《おとな》いを告げると、

「どなた様かな」

と中年の男が現われた。着ているものや挙動から察して主人と思えた。

「岸峰三太夫様かな」

「はい、当家の主にございます」

落ち着いた声音の応対ぶりだ。

「不躾《ぶしつけ》とは存ずるが、そなたの姉上にお会いしたく江戸より参上した」

「……」

三太夫はしばらく沈黙したまま、影二郎を見ていたが、

「縁側に回られませぬか。茶など差し上げまする」

と母屋の庭へと通じる柴折戸《しおりど》を差した。

「造作になろう」

影二郎は招じられたとおりに柴折戸を潜った。

縁側に座布団が置かれ、三太夫の女房と思える女が茶を運んでくると、影二郎に黙って会釈し、去っていった。

三太夫は茶碗を手にするとゆっくり喫した。

「そなた様はまた岸峰の古傷をむごうも抉《えぐ》りだされたな」

「姉様が古傷……」

三太夫が頷いた。

「私には確かに八つ違いの姉、お歌がおりました」

「まさか亡くなられたわけではあるまい」

「岸峰家にとっては亡くなったも同然にございますよ」

三太夫は訝しいことを口にした。

「夏目様とおっしゃられたか。どなた様のお使いにございますかな」

影二郎は三太夫には正直にすべてを告げたほうがいいと考えた。

「老中水野忠邦様の依頼、と申せば納得がいかれるか」

重い吐息が三太夫の口から洩れ、

「やはりな……」

と嘆くように呟いた。

「夏目様は忠邦様と姉の関わりを存じておられるので」

「水野様から一応のことは聞かされてはおる……」

影二郎は真相はまだ知らぬと言外に込めて答えた。

「相分かりました」

と答えた三太夫は座り直した。

「文化十四年、江戸より水野忠邦様遠州浜松に転封の知らせが唐津に届いたのは九月二十九日、唐津神祭《くんち》の日にございました。私は子供心にもその光景を今に覚えておりますよ。くんちで賑わう城下から一斉にくんち囃子《ばやし》も掛け声も消えて、それは水でもかけられたみたいに静かになったものでした。家中の方々は転封で増える借財を、町衆は新たに移封してこられる藩主様の治世を危惧してのことにございます」

「それだけ忠邦様の野心が強かったということか」

「さようにございます。忠邦様一人の野望が家中と町衆を一挙に不安と失望に追いこんだ。家老の二本松大炊様が自裁なされたのはその衝撃も消えぬ日にございました」

影二郎は二十三年前の唐津の哀しみを想像できた。

「夏目様、姉は江戸の忠邦様からなにかの連絡があるものと首を長くして待っておりました。だが、忠邦様からも浜松に移封される家臣の方々からもなんの連絡もなかった。姉の失望は計りしれないものがありました……」

忠邦は先代の三太夫の反対でお歌の浜松行きはならなかった、と影二郎に説明した。だが、真実は転封の忙しさと幕府の公務にお歌は忘れられていたのだ。

「忠邦様と愛し合った姉がこの唐津でいかなる扱いを受けるものか、うちは城出入りの鵜匠にございます。夏目様、お察しできますか。そんな最中、陸奥棚倉という江戸よりもはるかに遠い地から小笠原長昌様が唐津入りなされた……」

「……」

「姉の一件は小笠原様の家中には知られてはならないことでした。父は姉を唐津からよその土地に移し、親子の縁を切ったのでございます」

「なんと……」

「……むごいことにございます」

三太夫は言い切った。

影二郎は一歩踏み込んだ。

「姉様は懐妊なされておられたな」

三太夫の双眸がぎらりと光って影二郎を見ると詰問した。

「水野様はそれを存じておられたか」

「先ごろ、お歌様から手紙が届き、江戸にて一子邦之助どのの面会を求めてきたそうな。忠邦様はそれでお歌様との仲に子ができたことを知ったと申された」

三太夫は瞑想した。が、そのことについてはなにも発しなかった。

「夏目様のご用向きはなんでございますな」

「お歌様にお会いして申しあげたい、ご主人どの」

「でございましょうな」

深い吐息をついた。

「夏目様、唐津ではどちらにご滞在でございますな」

「まだ旅籠は決めてない」

「ならば近くのくじら屋になさいませぬか」

「それがし、見ての通りの素浪人、安直な旅籠が望みじゃがな」

「くじら屋は漁師や水夫《かこ》が泊まるような旅籠にございますよ」

三太夫は影二郎の生き方を、すでに察していた。

「それはよい」

「夏目様、この三太夫にしばらくときをくれませぬか。二十三年も会わぬとはいえ、姉は姉。なぜ、今になって姉は水野様に手紙を差し出したか、夏目様との面会が、姉にどのような結果をもたらすのか考えとうございます」

「相分かった」

影二郎は縁側から立ち上がった。

「くじら屋には三太夫の客と伝えてくだされ」

頷いた影二郎はくるりと鵜匠に背を向けた。

四

影二郎は独り昼下がりのくじら屋の前に立った。

鵜屋敷から二丁ほど離れた海っぺりにその旅籠は建っていた。

看板は何隻もの船が勇魚《いさな》を囲んで、勇ましくも漁師たちが銛《もり》を打ち込む光景が描かれていた。

おこまはその日、別行した喜十郎にくじら屋泊まりを知らせにいった。連絡先は埴生流之助の家だ。巻八はおこまに従った。

影二郎は敷居をまたいだ。

磨かれて光る太い柱、広い玄関先、それに続く囲炉裏端の板の間にもくじら屋の年輪が見えた。

黒光りした梁にはくじら漁に使うとみられる銛が何本も飾られてあった。その銛先は今でも使えそうにぴかぴかに研がれてあった。

「ごめん」

影二郎の声に奥の間から陽光に焼けた老爺《ろうや》が出てきた。

「部屋を所望したい」

「……………」

「そなたは主どのか」

影二郎の問いにも答えず、一文字笠に南蛮外衣という客の風体を確かめるように見ていた。

「鶇屋敷の三太夫どのの紹介じゃ」

三太夫様の、と呟いた老爺は、

「なんでそれを先に言わんね」

と文句を言った。

「一人か」

「いや、三人でな。二人はすぐに参ろう」

「わしがくじら屋の伊代吉《いよきち》たい、上がりなっせえ」

矍鑠《かくしゃく》とした挙動はその昔、伊代吉がくじら漁師であったことを推量させた。

案内された二階の部屋からは松浦川河口に囲まれ、唐津港に突き出した舞鶴城が望めた。

城を囲む三方の海と川には三間から五間余りの高さの石垣が積まれてあった。ただ一つ、地続きの西側は家臣の屋敷が幾重にも取り囲み、さらに水路に隔てられて広がる内町と橋でつながっていた。

海に浮かぶ本丸の対岸には、満島があった。

元々本丸のある満頭島山と満島は地続きだったが、松浦川の流れを変更して、城の防衛と水運を計ったものであった。

本丸は高さ十九間、東西に三十七間。

天守台は石垣高六間、東西十一間四尺、南北九間五尺。

さらに東に向かって二ノ丸、三ノ丸、下ノ曲輪《くるわ》と続き、櫓《やぐら》は九か所、城門口は大手門、西ノ門、北ノ門、埋メ門、水ノ門と五か所あった。

水に浮かぶ城は舞鶴城の呼称どおりに美しかった。

「よい眺めじゃな」

「眺めでは腹が満たされんたい」

伊代吉はぼそりといった。

「野には潰れ百姓、家中の方々は借財だらけ……」

「ご家中の内証は苦しいか」

「なにしろ百石以下の侍が九割もおられる。その百石取りのご家臣が頂く俸禄が玄米十三石三斗三升三合、稗《ひえ》三斗、大豆六斗、これでは満足に腹も満たされぬ道理たい」

影二郎は南蛮外衣と一文字笠を脱ぎ、部屋の隅に置くと、

「主どの、酒をくれぬか」

伊代吉は黙って階段を下りた。

影二郎も続いて下りると囲炉裏端に座した。

囲炉裏の火は消えようとしていた。

影二郎は灰の中に残った埋もれ火を火箸で集めて新しい粗朶《そだ》をくべた。すると小さな炎が上がった。

影二郎が炎に手をかざしていると伊代吉が徳利と大ぶりの杯を三つ運んできた。

手酌で酒を口に含んだ。

江戸に入ってくる下りものとは味が違い、野趣豊かな風味だった。

三、四杯、杯を重ねたとき、

「伊代吉の父っあん」

と外から入ってきた若い大男が言った。

がっしりした体と面魂には見覚えがあった。

男もまた囲炉裏端の影二郎に視線を止めて、

「手妻使いの浪人さんね」

と笑いかけた。

「おお、先ほどは過分な投げ銭を頂いたな、すまぬ」

一朱を一文字笠に放りこんでくれた若者だった。

「まだ陽が高いというのに酒盛りか、よほど稼いだばいな。それに別嬪の姉様はどうしなはったな」

「今にこよう」

「ならば姉様の顔を拝んでいこうばい」

若者はごそごそと影二郎のかたわらに上がってきた。

「おれは勇魚捕りの珠吉《たまきち》たい」

若者は胸を張った。

「鯨漁は休みか」

「いや、親方の使いで道具ば買い揃えにきたとこたい」

珠吉は海上八里と離れた捕鯨基地の呼子《よぶこ》港から唐津に用事できていると言った。

「付き合わぬか」

「よかとね」

珠吉は酒好きと見えて、影二郎の出した杯を素直に受け取った。徳利からなみなみと注ぐと珠吉は豪快に喉に流しこんだ。

「おお、腹が温まった」

「あとは手酌でやれ」

「へえ」

珠吉は徳利に手を出した。

「勇魚取りは見たことがない」

「玄海は魚が豊かやからな、ごちゃごちゃいろんな魚が捕れるたい。そん中でも勇魚は魚の中の殿様、いや、将軍様たい」

「今は勇魚が海にくる時節か」

「秋から冬が勇魚が玄海に姿を見せるときばい。鯨というてんな、座頭《ざとう》、瀬美《せみ》、長須《ながす》鯨といろいろたい」

「玄関先で銛を見た、あれで刺し殺すのか」

「ここいらに紀州から鯨捕りが伝わったときはたい。浪人さんのいわれるように勢子《せこ》船、持双《もっそう》船で鯨をかこんで、羽差（刃刺）が一番銛を打ったあと、ふんどし一丁の漁師が海に飛びこんで、鯨の鼻に綱を通して捕まえたげな。今じゃ、突漁は近場の海に追いこんだ勇魚相手しかやらんたい。沖合に網ば張ってくさ、網船に掛かった勇魚ば勢子船、持双船で囲んで、銛を何本も打ちこんで捕まえるとたい」

「勇ましい風景が目に浮かぶ」

「荒海に寒風が吹き荒ぶ中、赤ふんどし一丁で勇魚を捕る漁師は玄海灘の花たい」

「珠吉」

と伊代吉が顔を見せた。

「江戸の人を相手に半人前が能書きたれとるか」

「父っあん、聞いとったとな」

「まるでおまえ一人で鯨を捕まえとうごたる」

「勘弁してくれんね」

「珠吉は主どのには頭が上がらぬか」

「伊代吉の父っあんは、羽差の名人じゃったばい。唐津呼子の伊代吉ちゅうとな、壱岐《いき》の印通寺から対馬《つしま》の勝本、平戸の生月《いきつき》、大村の平島から五島列島の有久、魚目にかけて知らんものはなか名人羽差たい。われのど頭など這いつくばって謝らにゃいかんたい」

珠吉は笑った。

「大仰抜かすな」

伊代吉が吐き捨てた。が、珠吉は堪《こた》えた風もなくさらに言った。

「父っあん、この浪人と連れの別嬪さんたい、札ノ辻で黒獅子の勘九郎親分と一家の者を刀も抜かんとあっさりと料理しなさったばい」

伊代吉がじろりと影二郎を見た。

「肩に掛けとらした南蛮合羽をちょいちょいと振らしたらたい、ばたばたと子分衆の手から長脇差が巻きとられてくさ、その上、合羽の裾で殴られて、様ちゃなかったばい。日頃、威張りくさっちょろうが、溜飲がくうっと下がって、見物の衆は拍手喝采たい」

珠吉は手酌の酒に饒舌になっていた。

「勘九郎もこの浪人が始末されたか」

いや、と珠吉が答えたとき、玄関先に菱沼喜十郎とおこまの親子が立った。

「父っあん、黒獅子の元結ばばっさりと切んなさったのは三味線弾きの別嬪、あん姉様たい」

伊代吉が新たな客に目を向けて、

「おめえさん方は唐津に騒ぎを起こしに来らしたか」

「江戸の芸人と浪人が食いつめて、西海道に紛れこんだと考えてもらおう」

「嘘も白々しかね」

伊代吉がぼそりと吐き捨てると、

「姉様、あんたらの部屋は二階たい。荷物を置いてこんね」

とおこまに言った。

「お邪魔になります」

おこまが父親の道中合羽や菅笠、大小を受け取り、二階の階段を上がっていった。

菱沼喜十郎が囲炉裏端に座ると、

「影二郎様、揉め事があったそうにございますな」

と丁重な口調で言いかけた。

「年上の侍さんが浪人に気ば使うて、おかしなこったい」

珠吉が首を捻った。それにはかまわず伊代吉が聞いた。

「おまえ様方、昨晩はどこに泊まらしたな」

「犬に誘われてな、医師の埴生流之助どのの家に厄介になった」

「おお、埴生先生のとこな」

大声を上げたのは珠吉だ。

「知っておるか」

「知るも知らんも勇魚捕り漁師の守り神たい。先生が唐津におらすけん、漁師は安心して勇魚漁ができるとたい」

「ほう、流之助どのは外科医師か」

「本道(内科)から怪我までなんでもござれの名医たい」

「名医か、さもあらん」

と素直な感想を洩らした影二郎は、

「流之助どのは唐津になんぞ縁があって来られたか」

「おりゃ知らんばい」

珠吉はあっさりと答えた。

伊代吉はしばらく考えていたが、

「もはや十年も前のこと、そんことでおめえさん方が江戸から来たとも思えんたい」

と言い訳するように言うと、

「文政十一年の秋のことじゃったね、肥前長崎で蘭船が嵐に遭うて、稲佐浜《いなさはま》に打ち上げられたこつがあった……」

コルネリウス・ハウトマン号の修理のために積み荷を下ろしたところ、蘭医シーボルトの荷の中から国禁の日本地図などが発見された。

この地図は幕府の天文方高橋景保《かげやす》から贈られたもので、伊能忠敬《いのうただたか》の『大日本沿海輿地全図』の縮図であった。

シーボルトを尋問した長崎代官所の調べを元に幕府では、翌文政十二年、シーボルトの国外退去を決めた。

この事件を契機に蘭学は一挙に冬の時代を迎えた。そして、影二郎がこの年の夏に江戸で巻きこまれた事件、蛮社の獄へと発展するのだ。

「埴生流之助先生は、シーボルト先生の弟子の一人たい、長崎にもおられんようになり、江戸にも帰れん。それで鯨長者の常安九右衛門様を頼って唐津にこらしたとたい」

「そうであったか、痛ましいことじゃ」

影二郎の心底からの言葉を伊代吉はじっと聞いた。

「埴生先生ほどの人なら、江戸で蘭医の看板を上げられれば、たちまち評判ば呼ばれまっしょうにな」

「珠吉、そなたらにとっては流之助どのの唐津滞在は幸いであったな」

「そりゃそうたい、何人もの漁師が先生のおかげで命ば助かっとる」

影二郎は火箸で火をかき立てた。

そのとき、玄海灘からの冷たい風が乱暴に弾き開けられたくじら屋の戸口から囲炉裏端に吹きこみ、炎を揺らした。

影二郎らが視線を向けると、「どどどっ……」と入ってきた者がいた。

「おお、これはお奉行所の八木様」

と伊代吉が旅籠の主の顔に戻って声をかけた。

「客は江戸の方のほかはまだですたい」

革鞭を手にした陣笠の八木は、唐津藩町奉行職の役人か、中年の侍だった。

若い役人が二人に小者を四人ほど伴っている。

「その方ら江戸から唐津に参られたか」

八木は伊代吉の言葉を無視して、影二郎に聞いた。

「さよう」

「名はなんと言われる」

「江戸は浅草三好町に住まいする浪人夏目影二郎に菱沼喜十郎だ」

菱沼喜十郎は幕府勘定奉行所の監察方だが、名乗れるわけもない。影二郎は喜十郎も長屋住まいにしてしまった。

「そなたは別にしてもう一方は浪人とも思えぬ風体じゃな、唐津に何用か」

今にも板の間に踏み上がりそうな勢いで八木が詰問した。

「長崎見物にいく道中、唐津に立ち寄ったまでだが、それが迷惑かな」

「昨夜、女連れの三人が虹の松原の関所で乱暴狼藉を犯したと報告が上がってきておるでな、そなたらの身分を改めたい」

「見せる手形もないこともないが、見ての通り寛《くつろ》いでおるところ、ちと煩《わずら》わしい」

「役所に引っ張って調べることになる」

八木はじっと影二郎を睨みつけた。

「それがし、くじら屋の囲炉裏端が気に入った。玄海から吹き付ける通りには出たくはなし、ご城下には百鬼水軍と称する輩《やから》が出没するというではないか」

「ますます怪しげな者どもじゃな」

八木が部下や小者たちに合図を仕掛けたとき、

「父っあん、世話になるばい」

と泊まり客の漁師たちが入ってきて、その場の光景に立ち竦んだ。

「八木どの、そなたの役職を聞いておこうか」

「唐津藩町奉行所手代八木七郎平」

「よかろう、近々のうちにそなたの役所を訪ねて参る。今夕は客も見えられた、おとなしく引き上げられえ」

影二郎が平然と言い放った。

「おのれ、唐津藩を愚弄致すか」

八木が鞭を振るって部下たちに捕縛を命じた。

影二郎の手が躍った。

火箸が虚空を飛んで、振り上げた八木の持つ鞭の真ん中に突き刺さり、それが後方に飛んで、鯨銛の飾られた梁に突き刺さった。

「あっ!」

八木七郎平が鞭の飛び消えた手を呆然と見詰め、板の間に殺到しようとした部下たちは、その場に凍りついて動けなくなった。

「珠吉、この程度では羽差になれぬか」

影二郎の手にはもう一本の火箸があった。

珠吉が大口をぽかんと開けて、絶句した。

「八木どの、われらは唐津がいたく気に入った。逃げもせぬ、隠れもせぬ。日を改めて参られえ」

鏡新明智流桃井春蔵門下で、

「位の桃井に鬼がいる……」

と江戸の剣術界に名を轟かせた影二郎の気迫がその場を制した。

「その言葉、忘れるでないぞ」

八木七郎平はなんとか威厳を取り繕《つくろ》うと、

「引き上げじゃ！」

と部下たちを怒鳴りつけて、表に飛び出していった。

「ふーう」

と重い溜め息をついたのは伊代吉だ。

「見物料はいらんね」

と驚きを表わしたのは珠吉だ。

「珠吉、あしたから退屈ばせんでよかごとあるね」

玄関先に立っていた漁師の一人が破顔した。

「おお、なんやら唐津くんちがまた来たごたる」

「それたい、血が沸き躍るね」

「喧《やかま》しか！」

と怒鳴った伊代吉が、

「江戸の客人、うちでな、騒ぎは起こさんでくだされ」

と釘を差した。そして、

「おまえさん方は、ともかく風呂に入ってきちくれ。こやつどもが入った風呂はとても入れんでな」

とその場を去らせた。

影二郎はおこまを先に風呂にやった。

「影二郎様、百鬼水軍の話となると、だれもが怯《おび》えまして話どころではありませぬ」

喜十郎がその日の探索の成果がないことを報告した。

「百鬼夜行がそやつらの得意技なら会う手立てもないことはない」

「はい」

と頷いた喜十郎が、

「百鬼水軍の捕縛を指揮なされておられる国家老の等々力雪鵜様がなかなかの傑物のようでございます。藩主長和様の幕閣入りを熱心に支持されておるのも等々力様とか、江戸での運動資金を捻出なさっておられるのも等々力様にございます。この唐津では長和様より力を持っておられるともっぱらの噂にございます」

「おもしろいな」

「刀町に古藤田《こうだ》一刀流の霜平《しもひら》実右衛門様が道場を開いておられますが、家中の次男三男が多く集まって稽古に励んでいるそうです。彼らはご家老等々力雪鵜様の藩改革を支持して、新町筋の飲み屋かぶと屋と申す店にたむろしては声高く論じております」

「部屋住みはどこも不平不満分子だ。それを家老どのは取りまとめたか」

「雪鵜様の次男、紳次郎《しんじろう》が霜平道場の師範格ということもあって纏《まと》まったようです。この紳次郎を中心に百鬼水軍退治の唐津若衆組を組織して夜回りをしているようです」

「感心ではないか。それにしても百鬼水軍の倭寇どもが横行するようになって三年と申したか、若衆組はなんの手柄もなしか」

「これまで数度、遭遇したようです。乱戦におよんだそうですが、怪我人を出した程度で百鬼水軍には海へ逃げられてしまったそうです」

「唐津も騒がしいことよ」

「影二郎様、家中の傑物が等々力様なら町衆の親玉は鯨長者、日野屋の主の常安九右衛門どのです」

「その者、埴生流之助どのが唐津に来られるとき頼られた御仁ではないか、鯨長者か」

「鯨は肉から脂まで商いになる大魚だそうで、この鯨を他国に売って大儲けしたのが常安様のご先祖だそうです。当代の常安どのも人望もあり、肝っ玉も据わった人物のようで、唐津の町方三千人の頭分《かしらぶん》にございますよ」

「この者の下にも町奴どもが集まっておるか」

「珠吉のような鯨漁師など荒くれ者が常安九右衛門の親衛隊にございますよ」

「等々力と常安の仲はどうか」

「真実は知れませぬ。表面上はつかず離れず、互いを立て合っているとのことにございます」

「喜十郎、一日目にしては十分な成果じゃ。見知らぬ土地での聞き込み、これからも無理をするでない」

はっ、と畏まったとき、おこまが、

「お先に失礼しました。よいお風呂でしたよ」

と部屋に戻ってきた。

第二話　呼子《よぶこ》沖鯨絵巻

一

水主《かこ》町の漁師旅籠のくじら屋の裏口から一つの影が忍び出たのは、深夜九つ（午前零時）の頃合いだ。一文字笠の下に南蛮外衣を纏って、玄海灘から吹き付ける寒風を避けた夏目影二郎を待つものがいた。

「おお、巻八、夜回りに付き合うか」

蘭医埴生流之助の飼犬巻八は、影二郎の夜回りを予測したようにくじら屋の裏口に待っていた。

外町水主町の往還を冷たい海風に吹かれながら進んだ影二郎と巻八は、札ノ辻口から内町へと入った。

影二郎が最初に足を向けたのは京町の日野屋であった。

代々常安家では神集島の大敷網で財を成し、呼子、小川島を根拠地に捕鯨に乗り出して、上方まで名が知られるようになった豪商だった。さすがに堂々とした店構えで唐津の町衆三千人の頭領たる風格を漂わしている。

（一度会いたいものだな）

影二郎は常安家のある京町から中町へと足を向けた。

寺の門前に差し掛かったとき、前方に提灯の明かりが浮かんだ。

十数人の夜回りは唐津若衆組が百鬼水軍を警護する姿か。

影二郎の歩みは止まらなかった。

提灯の明かりが揺れ動いた。

「夜回り、ご苦労に存ずる」

間合いが数間に達したとき、影二郎の方から若侍たちに声を掛けた。

無言のまま、若侍たちは黒衣を身に纏った影二郎を取り囲み、観察した。

「何者か」

中の一人が誰何《すいか》した。

「唐津に物見遊山《ゆさん》に参った者だ」

ざわざわとざわめいた。

「唐津若衆組の面々にございますな」

「われらのことまで知っておるぞ」

「うろんな奴だぜ」

「待て待て」

頭分が、影二郎の前に立った。影二郎と同じくらいの長身で手に四尺余りの赤樫の木剣を下げていた。

「昼間、札ノ辻で黒獅子の勘九郎を痛い目に遭わせたのはその方だな」

「親分が無理無体をいわれますのでな」

ふーんと鼻で返事した若者は、

「何用あって深夜のご城下を徘徊《はいかい》しておる」

「そなた様方と一緒ですよ」

「なにっ」

「百鬼水軍とか申す怪しげな輩にお目にかかりたくてな」

「われらは藩の許しを得ての行動である。素浪人ごときの夜歩きと一緒にするでない」

「それは失礼致した」

影二郎は若衆組のかたわらを通り過ぎようとした。

「おぬし、百鬼水軍のかたわれではないか」

木剣を握った若侍が影二郎の行く手を阻《はば》んだ。

「今度は夜盗の疑いをかけるか」

影二郎が笑った。

「そなたらは何度か百鬼水軍と遭遇したというではないか。おれがそやつらの仲間かどうか判断はつこう」

「小暮、言い訳ばしよって、怪しかぞ。こやつを道場にしょっ引いて体に聞いてみらんか」

仲間の一人が木剣の若者を唆《そその》かした。

影二郎と巻八を囲む輪が縮まった。

「そなたらの師匠は霜平実右衛門様と申されたか」

「先生の名まで出しおって、引ったてようか」

「師匠の許しもなく旅の人間を道場に連れこんでよいのか」

「先生は久留米《くるめ》に法事に行っておられる」

若衆組の一人が霜平の不在まで告げた。

「よかろう、夜のそぞろ歩きに行くところがあるでなし。古藤田一刀流の道場、拝見したくなった」

影二郎の歩きに合わせて、提灯を持った一団が取り囲み、内町の筋を西に向かった。

古藤田一刀流の流祖は古藤田勘解由左衛門俊直《かげゆざえもんとしなお》だ。

俊直は相州北条《そうしゅうほうじょう》の家臣、はじめ新当流を修行したが、伊藤一刀斎が相州にきたときに試合して負け、門人になった。

三代目の弥兵衛俊定《としさだ》が諸国行脚《あんぎゃ》の修行中に実戦の技を編んで、創始した流派が古藤田一刀流であった。ゆえに実質的な流祖は俊定といえた。

影二郎には古藤田一刀流との立ち会いはこれまでない。

刀町に看板を上げる霜平道場はなかなかの威容であった。

立派な長屋門を潜り、玄関先で影二郎は巻八に、

「待っておれ」

と声を残すと式台から道場へと通った。

広さは百二十畳ほどか。

正面に上段の間があって神棚が祀られていた。

磨き上げられた板目にも霜平実右衛門の人柄と指導ぶりが垣間《かいま》見られた。

「よき道場じゃな」

木剣の先を突き付けた小暮が、

「抜かすな」

「おぬしの名は」

と聞いた。

「鏡新明智流夏目影二郎」

「ふーん」

と桃井八郎左衛門直由によって創始された流派は鼻で一蹴された。

江戸とは縁がない次男三男では、

「位の桃井……」

もかたなしだ。

「勝負せえ」

小暮が叫んだ。

「やめておけ」

影二郎が静かに諫めた。

「素浪人風情が唐津でのさばっておるのは気に食わぬ」

幕府が誕生して二百数十年の歳月が過ぎ、武家たちに出世の望みなどない。すべて俸給は城下の商人たちに何年も先まで押えられていた。それでも跡取りならなんとか体面を保つだけのことは出来た。次男三男の部屋住みともなると養子縁組でもないかぎり、まず一家の主になることは適わぬ。

唐津若衆組もそんな集まりだ。

「小暮と申したか」

「おおっ、御番組小暮武太夫の次男辰之助だ」

道場の明かりの下で見れば、まだ十八、九の若さだった。

「そなたらの頭領はおらぬのか」

影二郎は家老の次男の等々力紳次郎のことを聞いた。

「御用で博多に行っておられるわ」

「いつ戻られるな」

「明日にも唐津に帰着されよう。そんなことより立ち会え」

小暮辰之助が急かした。

「先生がおられるときに改めて出直そうか」

影二郎は辰之助にくるりと背を向けた。

「臆したか、逃げるでない」

影二郎が退去しようとしたことをそう見た小暮辰之助は、影二郎の行く手を阻むように立ちはだかった。

「おれは武士じゃ、手妻などは通用せぬぞ」

辰之助は木剣で南蛮外衣を差した。

「勇ましいな」

影二郎は南蛮外衣を脱いで、道場の隅に投げた。

腰には先反《さきぞり》佐常と異名をとる法城寺佐常二尺五寸三分の豪刀が一本だけ落とし差しにされて

いた。

「辰之助、赤樫で踊ってみるか」

「なにを！」

影二郎に挑発された辰之助がいきなり四尺の赤樫を振りかぶって突進してきた。

影二郎の腰が沈んだ。

京の名工埋忠明寿《うめただみょうじゅ》が工夫した秋蜻蛉《せいれい》飛翔図、金銀・素銅で線刻象嵌《ぞうがん》された鍔が鳴った。

先反佐常が光になって、弧を描いた。

小暮辰之助が振り下ろした赤樫の太い木剣が音も立てずに両断されて、先端の二尺ばかりが床板に飛んで転がった。

再び鍔が鳴ったとき、先反は鞘に収まっていた。

呆然として辰之助が立ち竦んでいた。手には切られた木剣を握りしめていたが、どうしてそうなったか確かめるように床に転がった先端に視線をやった。

「辰之助、そなたらがたむろする酒屋が新町にあるそうじゃな。座興の礼をしたい、夕刻、かぶと屋で会おうか」

そういい残した影二郎は南蛮外衣を摑むと道場の外に出た。

半刻後（およそ一時間後）、影二郎と巻八の姿は舞鶴城の西側、二ノ門堀に立っていた。

足軽長屋や鉄砲職人たちが住む一帯だ。

堀をはさんで石垣の向こうは家臣団が住む侍屋敷が広がっている。

唐津湾から吹き付ける烈風が影二郎の体から体温を奪いさっていく。

影二郎は海に視線をやった。

月光にわずかに海面の陰影が見分けられた。

波が盛り上がって砕けるとき、白く泡になって虚空に飛び散った。

波間に船影を見た、と影二郎は思った。

異国のもののようにも見えた。

何挺もの櫓で漕がれる早船は、荒波などものともせずに舞鶴城の北の浜に漕ぎ寄せられ、影二郎の視界から消えようとした。

水主たちは海に慣れた連中だ。

沖に親船がいるのであろう。

(出おったかな)

「巻八、浜に下りる道を知らぬか」

犬は影二郎の言葉が分かったように西の松原まで迂回して松林に連れていった。

「利口じゃな」

巻八は褒められたことが嬉しかったか、自慢の鉢巻尻尾を大きく振った。

影二郎は波打ち際に出た。そして、早船が向かった浜へいった。

早船は浜に乗り上げていた。

革の袖無しに革の裁付袴、足を革足袋のような履物で固め、腰には異国の剣を差し落としていた。それに奇妙にも顔には革製と思える面具を当てていた。

古の倭寇とも思える男たちは手早く積み荷を浜に放り投げ、再び荒れる海に漕ぎ出して戻っていった。手慣れた作業ぶりで一瞬の無駄もない。

積み荷を受け取ったのは唐津藩士たちだ。

陣笠を被った武士に指揮された一団は粗布包みの荷を担ぐと、石垣の一角に切り取られて口を開ける北門の中へと運んでいった。

影二郎と巻八は半丁ばかり離れた浜から荷揚げの様子を見ていた。

「何者か!」

ふいに影二郎らに気がついた者がいて、ばらばらと走り寄ってきた。

陣笠の武士の他は鉄砲や槍を手にしていた。

「何用あって御城の浜に潜入致した」

紋入りの陣笠が詰問した。

正三角形を二つ上下に重ねた籠目紋だ。

籠目とは竹籠の編目を表わすものだ。ときとして呪符《じゅふ》として用いられ、忍びが空《くう》をきる九字はこの籠目からきていた。

文様としてはおもしろいが滅多にある紋ではない。

「酔輿にも夜の散策に出てきたまで」

「他国者か」

誰何する陣笠に近付いた藩士が耳元で囁《ささや》いた。

陣笠の顔がさらに険しくなった。

「唐津街道から城下に怪しげな三人組が潜りこんだというが、かたわれか」

「さてな」

「札ノ辻口で黒獅子の勘九郎をいたぶったそうじゃな」

「唐津藩では深夜、危険も顧みず怪しげな船から荷揚げをなさるか」

「公儀の密偵か」

「否と答えたところでどうせ無駄であろうな」

「こやつ、認めおったぞ。引っ捕らえて牢にぶちこめ！」

鉄砲が三挺、影二郎を狙った。

「止めておけ、火縄が消えておるわ」

威嚇に構えていた鉄砲手が慌てた。

「槍組、前へ！」

陣笠が喚いた。

「今夜はただの散策、これにて御免被《こうむ》ろうか」

影二郎がくるりと背を西の松原へと向けた。

「逃がすでない！」

と陣笠が怒鳴った直後、火花が十数間離れた砂山の向こうで上がり、銃声が響いた。

「くあん！」

陣笠の鉢金が鳴り、

「うああっ！」

とその場に腰を抜かした。

「さらばじゃ」

影二郎と巻八は鉄砲町の辻まで走り戻った。

足軽長屋の陰から短筒を手にしたおこまが姿を見せた。

「おこま、腕を上げたな」

秩父《ちちぶ》の山中で影二郎が倒した短筒の礼五郎という名手の持ち物を、

「おこま、そなたの父上は道雪《どうせつ》派の弓の名人じゃ。娘のそなたにも飛道具の勘は伝わっておろう」

と下げ渡したものだ。

天保七年（一八三六）に阿米利加《アメリカ》国で製造されたばかりの古留止《コルト》社製の輪胴式連発短筒であった。

あれから三年、闇夜に霜が降りるがごとくに引き金を絞る稽古に励んだおこまは父親の弓同様の飛道具の名人になっていた。

「風が気になりましたが、なんとか当たりましたよ」

「夜行するものは百鬼水軍ばかりではないな」

「先ほどの早船は百鬼水軍にございますか」

「さてな、まずは籠目紋の御仁がだれか調べてみよ」

「畏まりました」

「夜明けも間近、われらもねぐらに戻ろうか」

くじら屋で影二郎が目を覚ますと喜十郎もおこまの姿もすでになかった。

囲炉裏端にいくと伊代吉が一人いた。

「仲間は商いに出らしたぞ」

「つい寝過ごした」

「夜歩きなんぞをするからたい」

「知っておったか」

「知らんで旅籠の主が務まるか」

伊代吉は台所に行くと膳を運んできた。

丸干し鰯に青菜の煮浸しに麦飯、いりこだしの味噌汁の具は大根であった。

「夜遊びしてなんぞ分かったね」

「早船が荷揚げにやってくるようじゃが、唐津の人は承知のことか」

伊代吉は黙って影二郎を見た。

「知らんでよかことは、知らん顔すっとが長生きの秘訣たい」

「西国大名が異国の物品を密輸入していることは江戸でも周知のこと。そう無理に隠すことでもあるまいに」

「そげんこつも考えとうなか」

「家中の者で籠目紋はだれか」

知らんなと答えた伊代吉の顔に不安が走った。

「伊代吉、そなたは常安九右衛門どのの船の羽差であったか」

話題が変わって老爺の顔が安堵した。

「ああ、唐津の鯨漁師は大概日野屋の息がかかっちょる」

「当代の九右衛門様は、等々力雪鵜様と親密か」

また怯えが漂った。

「さてね、九右衛門様は立派な漁師で商人たい」

「その顔の裏で家老どのと手を結ばれてはおらぬかと聞いておる」

「旅籠の主が知らんでんよか」

伊代吉はそれ以上のことは喋《しゃべ》ろうとしなかった。

三和土に白い影が動いた。

巻八が口に紙切れを銜《くわ》えていた。

「おお、使いにきてくれたか」

影二郎は残っていた丸干し鰯を巻八にやると口の紙片を取り上げた。

開くと埴生流之助からの伝言で、

〈竹林を訪ねてくだされ〉

とあった。

「巻八、待っておれ」

巻八に命じた影二郎は二階に上がって仕度をした。

「埴生先生のところにいくとね」

「呼び出されたでな」

伊代吉が寒鰤《かんぶり》を持っていってくれと言った。

「渡せばよいな」

影二郎は伊代吉から鰤を受け取ると代わりに五両を手渡した。

「われらになんぞあったとき、旅籠代にしてくれ」

「何年逗留する気かね」

「さてな、埴生どののように長逗留になるか、明日にも姿を消すか」

「まず預かっちょこうたい」

伊代吉が五両を納めた。

二

「筑前博多に前園南柏《まえぞのなんぱく》と申す者が医家を開いておりましてな」

患者を囲炉裏端の診察室に何人も待たせた竹林の主は、井戸端で煙管《きせる》煙草を一服つけながらいきなり言った。

二人の足下にはくじら屋の伊代吉が持たせてくれた鰤が桶から頭と尻尾をはみ出しておかれてあった。

「ご同様に国外追放になったシーボルト先生の弟子ですか」

影二郎が聞いた。

にやりと笑った埴生流之助は、

「調べられたか」

と顔を向け、答えた。

「そう、私同様幕府に目をつけられた人物です」

「流之助どのが江戸に戻られなかったのは正しい判断であったな」

影二郎は今年の春に遭遇した蛮社の獄事件を語った。

「渡辺崋山《かざん》、高野長英《ちょうえい》両先生をはじめ、仲間たちが酷い目に遭ったようですな」

「江戸では妖怪と呼ばれる御目付鳥居耀蔵《ようぞう》様が蘭学を学んだ人々を目の敵《かたき》にして、今も江戸じゅうに網を張っておられる」

旗本にして伊豆《いず》代官の江川太郎左衛門英龍《ひでたつ》までもが鳥居に目を付けられて苦労していることを話した。

流之助は影二郎に穏やかな視線を向けると、

「なんと夏目さんは江川様の知り合いか」

「父の屋敷が英龍様の江戸屋敷と隣合わせでな」

とだけ話した。

ならば話が早い、と流之助が言うと、

「昨日の夜明け前、筑前博多で小さな出来事があった。南柏の許に激しい腹痛と嘔吐に見舞われた旅の武家が運び込まれ、手当てしたそうです。病は旅の疲れと風邪によるもの、治療の結果、二、三日の静養で治ろうと手紙に書き送ってきました」

影二郎には筑前博多で病を起こした武家に思い当たることがなかった。

「まあ、お聞きなさい。急病の者に付き添っていたのは、筑前福岡藩士と等々力紳次郎どのの二人……」

「紳次郎は国家老等々力雪鵜の次男にして唐津若衆組の頭分であったな」

「一日にしてようなんでもご存じだ」

「若衆組と行き合うて古藤田流の道場に招かれた」

流之助が影二郎を注視した。

「ご心配なく。竹林の先生の許に運びこまれる怪我人などは出なかった」

頷いた流之助は、

「紳次郎どのは江戸から下向してきた病の人物を迎えるために博多に滞在していたようです。どうやら紳次郎どのは父上の雪鵜様の命《めい》で福岡藩に使いに出た。それと江戸から下向してきた病の武家の三者は、共同で仕事をしようとしていると三人の話しぶりから察せられたそうな」

と流之助は言葉を切った。

「夏目さん、江戸から福岡に下ってきた人物、老中どのの密偵・夏目影二郎を追ってきたそうです」

影二郎が今度は流之助を見た。

「名も身分も分かりませんよ。腹痛と嘔吐が治った安心感から、江戸から来た者と紳次郎どのが喋っているのを耳に止めたそうで。南柏は手紙にそのことを記して、唐津でなんぞ騒ぎが起こりそうだから、気をつけよと飛脚便で注意してきてくれたのです」

「得難き知らせです」

「夏目影二郎とは幕府の密偵ですかな」

流之助が聞いた。

「ご公儀にはそれがし関わりない。それがし、本来なれば流罪になってしかるべき科人《とがにん》にござる……」

影二郎は自らの過去を流之助に語った。

「……夏目様が流罪にな」

「父によって牢から助けだされ影の者となって、何度か父の仕事を助けてきた……」

「この度も父上の命で唐津に来られたか」

「いや、われら父子、老中水野忠邦様に借りがござる。その借りを返すために西海道に紛れこんでしまう羽目になった」

「鵜匠の岸峰三太夫様の家族と関わりがあるのですね」

「さよう、三太夫どのには昨日会った」

「私の診療所が忙しくならぬように願いますよ」

と流之助は釘を差した。

「相分かった」

「これからどちらに」

「日野屋の主どのと話がしたい」

「常安様はなかなか多忙な人物。いきなりいっても面会は適わぬかもしれませんよ」

「蘭医埴生流之助の名を出しても駄目かな」

「役に立つかどうかやってご覧なさい」

流之助が苦笑した。


竹林を出た着流しの影二郎に巻八が従ってきた。

「巻八、常安九右衛門様のところに案内せえ」

巻八は影二郎の命が分かったように太い尻尾を振った。

京町の日野屋へ巻八は連れていってくれた。

「待っておれよ」

人や荷車の出入りの激しい店の前に巻八を残して、影二郎は日野屋の店先に入った。さすがに唐津の町衆を代表する常安九右衛門の店、奉公人も大勢立ち働いていて、多忙を極めていた。

「なにか御用にございますか」

帳場格子の向こうから番頭が声をかけてきた。

「番頭さんか」

「進蔵にございます」

「主どのに面会したいのじゃが」

番頭はじっと影二郎の顔を見ていたが、

「ご浪人様は昨日、黒獅子の勘九郎親分を痛めつけられた方ですかな」

「番頭さんの耳にまで入ってしまったか」

「唐津は小さな町にございます。よい話も悪い話も一時のうちに尾ひれがついて広まってしまいますよ」

「どんな尾ひれがついたかな」

「例えば、そなた様はご公儀の隠密とか」

「番頭さん、唐津は老中格の譜代大名にございますぞ」

さよう、と答えた番頭が、

「幕府の忍びを入れるような騒ぎがございますかな」

「さてな、物見遊山の旅の者には分からぬ話……」

と答えた影二郎は、

「それがし竹林の医師どのの口添えを貰って参った」

「なにっ、埴生先生の……」

と言って立ち上がった進蔵は手代の一人を呼び付けて、

「このお方を旦那様のところに案内しなされ」

と命じた。

「番頭さん、造作をかけたな」

「確かにご公儀の密偵にしてはあからさまな言動にございますな。お名前はなんと申されますな」

「江戸は浅草無宿の夏目影二郎だ」

「夏目様、覚えておきます」

と番頭が応じた。

手代は札ノ辻橋下の船着場に影二郎と巻八を案内すると川舟に乗せた。

影二郎が舟の真ん中に座すと巻八は舳先《へさき》に水先案内でもするように座りこんだ。

町田川を河口に向かって舟は下った。

町家の内町と三ノ丸のある侍屋敷の間を幅二十間余の堀が分かって、堀の奥に大手門が聳えてみえた。

松浦川と唐津湾に囲まれた東城内が正面に見えてきた。

今日は穏やかな日和で風もなく、内海のような松浦川河口に師走の陽光が落ちていた。

そのせいで水面がきらめいて美しい。

唐津城の対岸には満島が突き出て、城と島の間から唐津湾が青く望めた。満島の東側には虹の松原の景観が続いていた。

満島の沖一丁ばかりのところに十隻余の帆船が停泊していた。

何隻かの船の船腹には川舟がへばりついて、荷揚げをしていた。黒い粉があたりから舞って光にきらきらときらめいていた。

「松浦川で掘られる石炭の船積みですたい。採掘場から土場（船着場）まで川舟で運んで、満島の石炭問屋に渡すとです」

影二郎の視線の先を見た手代が櫓を漕ぎながら教えてくれた。

影二郎の川舟は石炭船とは異なる黒く塗られた帆船に漕ぎ寄せられた。

「着きましたばい」

「手代どん、客人か」

髭面の船頭が影二郎を案内してきた手代に声をかけた。

「船頭、旦那様はおられるね」

「おお、船倉におられるたい」

川舟が綱が垂れた黒い舷側に横付けされた。

「客人、お待ちしております」

手代が言い、影二郎は脂臭い綱に縋《すが》って船に上った。

するとと船倉がぽっかり穴を開けて、下では樽が荷積みされていた。

「旦那、客人じゃぞ」

船頭が船倉に叫びかけた。すると精悍な顔が影二郎を振り仰いだ。

常安九右衛門であった。

かたわらに帳簿を手に付き添っていた番頭がなにかを耳打ちした。頷いた九右衛門は奉公人や人足たちに何事かを命じて、船倉の後方にあるはしご段を身軽に駈け登ってきた。

九右衛門と影二郎の二人は艫《とも》で対面した。

「くじらの脂肪を油にして博多で売りますので」

九右衛門は大店の主というよりも捕鯨組の総頭取といった風貌の持ち主だった。

年の頃は三十七、八か。男盛りだ。

「油船ですか」

「さよう」

船全体にくじら油の匂いが漂っていた。

「臭かでっしょうな、江戸の方には」

九右衛門は豪快に笑った。

「勇魚は捨てるところがございまっせん。くじら肉と軟骨はむろん食べます。歯は笄《こうがい》や簪《かんざし》の細工物にされます、毛は綱にすると丈夫ですたい。皮は膠《にかわ》や油になります。筋は弓弦に、骨は肥料にも油にも使えます。血は薬に、糞まで香料として使えますたい」

「糞までか、日野屋が分限者《ぶげんしゃ》になるわけだ」

「と言いなさるばってん、相手は生き物、そうそううまくは捕れまっせん」

と九右衛門は笑った。

「夏目影二郎様、常安になんの用事ですな」

「さすがに町衆の頭領、無宿人の名までご存じだ」

「無宿人とは真っ赤な偽りやろたい」

「九右衛門どの、この唐津の町が夜になると夜盗の横行にひっそりといたすは、なんぞ格別な理由があってのことか」

「百鬼水軍のことで」

「さよう」

「これぱっかりは百鬼水軍に聞かんと分からんたい」

「町衆の総頭取の常安様は、なぜ手をこまねいておられるな」

「そう問い詰められると面目もなかです」

常安の口調が初めて澱《よど》んだ。

「昨夜、城の北浜で早船を見かけた。異国の者とも思える者たちは粗布のこも包みをいくつも砂浜に投げ下ろすと再び海に消えていった……」

九右衛門はなにも答えない。

「荷を受け取ったのは籠目紋の陣笠を被った藩士が長の藩中の者であった。九右衛門どの、百鬼水軍と昨夜の早船は関わりがござろうかな」

「夏目様は江戸からわざわざかかることをお調べに来られましたか」

「そなたもそれがしを公儀隠密と考えるか」

「違うとですか」

「二十三年前の後始末を頼まれただけのことよ」

「二十三年前と言いなはったか。そりゃ文化十四年じゃなかかね、水野様があっさりと唐津ば捨てなさった年たい」

「九右衛門どのも忠邦様の仕打ちには憤慨しておられるか」

「野心と夢は紙一重。水野忠邦様の出世は家臣の血と、唐津の町衆の涙の上に築かれたものたい、むごかもんで」

「家老の二本松大炊どのが切腹して抗議したそうな」

「唐津くんちの日に転封の知らせが江戸から来ましてな。あの光景はだれも忘れはしまっせん」

「祭りの場に冷水をぶちかけたそうだな」

「すでに知っておられるね」

「忠邦様はこの度、老中首座を狙っておいでになる」

「雀百まで踊り忘れず。夢は見終えると消えていこうもん、野心は灰になるまで果てしがなかたい」

影二郎は声もなく、九右衛門は豪快に笑った。

「夏目様が忠邦様のなんば後始末に来んしたとな」

影二郎が聞いた。

「藩鵜師岸峰家のお歌の一件といえば……」

九右衛門の顔に哀しみとも怒りともつかぬ感情が走った。

「番頭はどげんして夏目様を船まで送ってこらしたとやろか」

九右衛門が独白するように言った。

「蘭医の埴生流之助どのの名を出したからな」

「道理でな」

そう納得した九右衛門が、

「刀町《かたん》を訪ねられたか」

とふいに聞いた。

「なんぞおもしろきものが見られるか」

「小笠原様の移封に合わせて泉州《せんしゅう》堺《さかい》からこの唐津に進出して店を開かれた和泉屋《いずみや》夏兵衛様の店先など覗かれると唐津土産が見つかりましょうたい」

「常安九右衛門どの、手間を取らせたな」

「なんの。暇んとき、呼子にくじら捕りなと見物に来らっせ」

影二郎はくるりと九右衛門に背を向けた。


刀町に入ったとき、影二郎は尾行されていた。

黒獅子の勘九郎の一家の三下《さんした》たちにだ。だが、決して近付こうとはしなかった。

和泉屋は唐物問屋で間口は十五、六間はあった。

小笠原様の転封に伴い、唐津に店を開いたにしては急速な発展ぶりであった。脇の口からは船頭や漁師たちが出入りして、ただの唐物を扱う商人の店とは違うように思えた。

「影二郎様」

振り向くと三味線を胸前にかけたおこまが深編笠の下から白い顔で見ていた。

「あの店になんぞからくりがあるのか」

影二郎とおこまは肩を並べて店の前を通り過ぎた。

「唐津一の唐物、南蛮物は和泉屋様が一手に引き受けておられます。品の一部は博多佐賀に流れますが、大半は船積みされて上方へ運ばれるそうでございます」

「なかなか商い繁盛とみたが、仕入れ先は早船がこも包みで浜渡しにする荷か」

「おそらくは」

唐津藩と和泉屋が密接なつながりを持っているということだ。

二人は大手門のある堀端を避けて、右手の町家の筋に曲がった。

「脇門から出入りする男たちは和泉屋の荷を運ぶ船頭たちか」

「和泉屋は常に何隻もの帆船を動かしているそうにございますから、その船頭や水主たちでございましょう」

「漁師たちもいるように見えたが」

「それにございますよ。和泉屋様では強引に捕鯨業に乗り出されて、呼子の港に和泉屋のくじら捕りの宿を造られたそうにございます」

「唐津一帯では常安九右衛門が捕鯨を牛耳ってきたのではないか」

「それを和泉屋様が藩重役のお墨付きで新たにくじら漁に乗り出されたのでございます」

「常安ではおもしろくあるまいな」

精悍な九右衛門の風貌を影二郎は思い浮かべた。

「それに漁師がよう集まったことよ」

「五島や壱岐から金で買い集めてきたそうで」

「それはちと厄介な」

「九右衛門様や番頭方は船頭や漁師たちをなだめておいでだそうですが、湊や海では小競り合いが起こっているようです」

さもあらん、それで九右衛門は呼子に影二郎を誘ったか。

「和泉屋に捕鯨の許しを与えた藩重役とはだれか」

「国家老等々力雪鵜様」

「ほほう」

「それに唐津藩のご家中で籠目紋は等々力家だけにございます」

「家老め、早や尻尾を出したか」

刀町から呉服町に移り、名護屋六坊の一つ、安楽寺の門前に出た。

三

「仏心も持ち合わせてはおらぬが参ってまいろうか」

影二郎の言葉におこまが黙って従った。

本堂で手を合わせたのはおこま一人だ。

影二郎は一文字笠の下から覚めた視線を本堂の内外に向けただけだ。そして、ゆっくりと長身を墓場へと入れた。

「黒獅子の勘九郎親分、出やすいように死者が集う地に足を向けてやった」

墓石の向こうに声をかけた。

すると大たぶさを小さく結い上げた勘九郎が顔を出した。

「礼などいらぬに」

「なんばしに唐津に来たとか」

「役人の真似事か。やくざはやくざの分をわきまえることだ、勘九郎」

「泣き面ば見せてくれんね、先生方」

墓場の陰から三人の剣客と浪人が現われた。

その日暮らしの浮き草稼業の染みが剣客たちの相貌に見えていた。

一人は痩身の着流しの浪人姿、中背の二人は裾のほつれた野袴を身につけた剣客だ。

「影二郎様、うっかり忘れておりました。黒獅子の勘九郎親分は和泉屋様の使い走りですよ」

「道理で懐が温かそうじゃ」

「小うるせえ、女子が」

と勘九郎がおこまを忌ま忌ましそうに睨んだ。

影二郎は襲撃者たちに聞いた。

「いくらで勘九郎に腕を買われたな」

着流しが黙って剣を抜いた。そして、右斜め前に切っ先をおく構えをとった。

その左右から二人の剣客が剣を抜きそろえて、二人して長身の影二郎の喉元に突きの構えを見せた。

三人で組んで殺生仕事を繰り返してきたのだろう。

手慣れた動きだ。

「殺生はしたくはないが挑まれた喧嘩、いたし方あるまい」

影二郎は正面に位置取りした痩身の浪人に七分の注意を払いながら、静かに待った。

「ひるんだか、抜け！」

右の剣客が威嚇するように叫んだ。

「参られえ」

静かな影二郎の誘いに左手の剣客の突きが、そして同時に右手の剣客がわずかに時を外して突っ込んできた。

影二郎の腰がわずかに沈んで薙刀を二尺五寸三分で峰に鍛ち直された豪刀、法城寺佐常が抜き上げられた。

それは左右から突進して同時に影二郎の喉首一点を突き上げようとした二人の剣客の想像をはるかに越えて迅速に弧を描いた。

光と化した先反佐常が二つの剣を一瞬のうちに両断した。さらに佐常は一人目の脇腹から肩口を襲い、もう一人の肩を袈裟に割って、前のめりに倒れこませた。

一瞬の早業だった。

瘦身の浪人が動いたのは、影二郎の先反佐常の切っ先が下方に流れ動いている、まさにその瞬間だ。

右斜め前に置かれた剣が大きく伸びやかに影二郎の不動の体に迫った。

巧妙な剣捌《さば》きだった。

影二郎は腰を沈めて、その場で虚空へ飛んだ。

跳躍の中で先反佐常が再び半円を描いて頭上に振り上げられ、振り下ろされた。

おこまは声もなくただ見詰めた。

「せ、先生……」

黒獅子の勘九郎は祈るように呟きつつ、見守った。

擦り上げた剣と振り下ろされる佐常が虚空で火花を散らした。

重い刀身の先反佐常が用心棒浪人の剣を両断して、伸び上がった眉間に吸い込まれた。

げえっ！

押しつぶされるように浪人が倒れこんだ。

その体を飛び越えるように影二郎が着地した。

「黒獅子の勘九郎」

影二郎の視線が立ち竦む勘九郎の両眼を射抜いた。

「そなたのせいであたら三人の命が奪われた、菩提《ぼだい》を手厚く葬ってつかわせ。相分かったな」

「へっ、へへえ」

血ぶりをくれた影二郎とおこまは山門に向かって殺戮《さつりく》の場を足早に遠ざかった。

「な、なんちゅう剣か」

「は、初めて見たぞ」

墓石の陰で唐津若衆組の小暮辰之助らが呆然と立ち竦んでいた。


影二郎とおこまが材木町のくじら屋に戻ると菱沼喜十郎が待ち受けていた。

「岸峰三太夫様の使いの方が手紙を届けて参られました」

影二郎は達筆で夏目影二郎様と記された書状を開いた。

〈夏目影二郎様御許
取り急ぎ要件のみを認《したた》めまする。

姉お歌の存在は私ども岸峰の者にとって喉に刺さった小骨にございました。

姉が前藩主水野忠邦様と相思相愛の恋情に立ち至ったか、九歳であった私には正直分かりませぬ。ただ忠邦様が屋敷にお見えになるときだけは父を始め、ぴりぴりと神経を尖らすものですからなんとなく察しておりました。

忠邦様が参勤のため唐津の地を離れられたのが文化十四年の春先にございました。

姉は忠邦様が唐津に戻って来られるのを楽しみにしていたと思います。

父は姉の腹に忠邦様のお子を宿したことに仰天して、国家老の二本松大炊様に相談に参りました。戻ってきた父の顔がどこか穏やかになっていることに子供の私はほっとした覚えがございます。

姉の腹が日増しに大きくなっていくに連れ、母は産着など用意し始めました。

一度、二本松様のご用人が江戸から品々と手紙を届けに見えました。おそらく忠邦様からのものと察せられます。

その年の唐津神祭は例年通りに九月二十九日に催されました。

刀町の赤獅子を先頭に十四台のヤマが唐津神社に集まったそのとき、水野忠邦様の遠州浜松への転封が告げられたのでございます。

祭りは暗転しました。

岸峰家は二重の不安を抱いたのでございます。唐津はどうなるのか、また姉はどうなるのか。

江戸の忠邦様からの手紙を姉は待ち望んでいたと思います。

父は何度も二本松大炊様に相談に行きました。が、芳しい返事はそこでも頂けなかったと見えて、いつも悄然と戻って参られました。

藩鵜師の家柄とはいえ、藩主に付き従う水野家中の方々とは異なります。唐津城主がどなたであれ、その家中に従うのが藩御用の鵜師にございます。

水野様の後任は陸奥から小笠原様が入封されると聞き及んでおりました。

そのとき、姉と生まれてくる子はどうなるのか、頼りは家老の二本松様お一人にございました。

その二本松様が自裁なされたという知らせが飛び込んできたのでございます。父は直ぐに岸峰家の籍から姉を消し、唐津から出す決心を固めたのでございます……〉

影二郎は長い手紙に小さく息を吐くと再び書状に目を落とした。

〈……夏目様、深夜、姉のお歌が船に乗せられて行った先は、肥前長崎の町年寄祝《いわい》矢《や》七兵衛様方にございます。姉は七兵衛様の養女として間もなく男子を出生したと風の便りに聞きましてございます。

非情なこととは存じますが、父もわれら家族も小笠原様ご支配の唐津で藩鵜師の体面と家系を保つことに汲々として姉のことを忘れた、いや、最初からいなかったように振る舞って参ったのでございます。

この度、姉がどのような事情で江戸幕府の重鎮に出世なされた水野忠邦様に手紙を差し出したか、私には知る由もございません。

姉と忠邦様の子がどこぞの家中に召し抱えられたかも存じませせぬ。ただ姉が長崎で今も壮健であることのみを承知しているのでございます。

夏目様が突然わが家にお見えになって姉の事を問い質されたとき、私には二十三年前に刺さった小骨が未だにしっかりと喉に突き刺さっておることを知らされました。私にとってお歌はただ一人の姉、そして、その子はわが甥にございます。二人に危害が加わることを恐れました。迷った末に埴生流之助様に相談致しましたところ、二十三年前の一件を言い出されたのは姉の方、すべて夏目影二郎様にお任せしてはとの忠告にございました……〉

影二郎は三太夫の手紙に書かれた内容に愕然とした。それを口には出さず、手紙を喜十郎に渡した。

「……なんと」

父は娘に手紙を渡した。

「むごいことを……」

おこまが口にした言葉であった。

「喜十郎、おこま、われらの唐津下向は水野様の若き日の過ちを摘み採ることにあった。だがな、こう錯綜していてはそう簡単に行きそうにもない」

「どうなさいますな」

喜十郎が今後の行動を聞いた。

「おれは肥前長崎に参るつもり」

「お供致します」

とおこまが即座に言った。

影二郎は喜十郎を見た。

「影二郎様の長崎行きで事が解決するとも思えませぬ」

影二郎が頷いた。

「影二郎様は再び唐津に戻ってこられるような気が致します。それがし、この地に残って探索を続けてようございますか」

菱沼喜十郎は老練な勘定奉行監察方だ。

唐津の動きがなんらかお歌の行動とつながりを持つと考えたのだ。

「なんぞ心当たりがあるか」

「本日の昼下がり、家老の等々力様の屋敷に乗り物が到着してございます。乗り物の主は分かりませぬが、江戸から下向してきた人物と思えます」

博多で病に倒れた人物だ。

乗り物には古藤田流の道場の等々力紳次郎が、そのかたわらに付き従っていたという。

「影二郎様を追ってきた人物に食らいつくことこそ、水野様を思い煩わす真相を明らかにすると思えます」

「喜十郎、好きにせえ」

はっ、と畏まった喜十郎がおこまに、

「しっかり供をせよ」

と命じた。


夕暮れの刻、影二郎は孤影を引いて、藩の下士、足軽、漁師、職人たちが集まる飲み屋が軒を並べる新町の狭い辻に入っていった。

肩に南蛮外衣が掛けられていた。

江戸から夏目影二郎を追跡してきた人物はだれの手のものか、影二郎には推量できなかった。

ともかく事件は江戸と唐津が結ばれたのだ。

菱沼喜十郎が唐津に残ると決断したのは正しいものであった。

影二郎は漁師や人足たちが喚くようにして酌婦にしなだれかかり、女たちも茶碗酒を呷《あお》り飲む見世を覗いて歩いた。

辻の中ほどに縄のれんが掛かったかぶと屋の奥の小座敷に唐津若衆組の面々がひっそりと飲んでいた。

影二郎は縄のれんを割って漁師たちが騒ぐ三和土を奥へと通った。

「おとなしいな」

小暮辰之助が黙って影二郎を見た。

その顔には畏敬とも恐怖ともつかぬ表情があった。

「辰之助、いかがしたな」

「安楽寺の勝負を見た」

と辰之助がぼそりといった。

「座に入れてもらおう」
七、八人の若衆組が慌てて影二郎の座を開けた。
影二郎がみれば、徳利が二本出ているだけで卓上は寂しかった。

「酒は嫌いか」

辰之助が仲間の顔を見回し、

「紳次郎様がわれらの金主、不在なれば持ち合わせがない」

と正直にいった。

「辰之助、座興の詫びに馳走すると申したはず」

「よいのか」

「好きなだけ酒と肴を頼め」

若い次男三男坊たちの座がわっと沸いた。

「音吉、親父ば呼んでこい」

辰之助に命じられて、一番小柄な若衆尾崎音吉が立ち上がり、料理場に走った。

「安楽寺の三人の始末を勘九郎はつけたか」

「和尚を呼んで、なにやら頼みこんでおった」

辰之助が答え、聞いた。

「夏目様と申されたか、唐津城下ではそなたが幕府の密偵と申しておるが真実か」

「だれもがそう聞く。辰之助、そなたらも家中の者なら、考えもつこう。唐津は老中格の家柄、福岡と佐賀の二つの外様を御目付し、長崎を警護する二藩の家臣団を見回る役目を持った譜代大名ではないか。そのような徳川家と信頼厚き藩に密偵などを送りこむかどうか、考えてもみよ」

「そうやろな、おれもそげん風に考えちょった」

辰之助らの顔がようやく和んだ。

音吉が座に戻ってきてすぐに赤ら顔の主と女たちによって酒と肴が運ばれてきた。

「お侍、あんたが払いばしちくれるとな」

親父が影二郎に念を押した。

影二郎が懐から一両を出すと渡した。

「足りなくば申せ」

「馬鹿こけ、この辻で一両を飲み切るのはやおいかんたい」

「いや、飲む」

「飲みきる飲みきる」

若衆組に茶碗が回された。

辰之助が運ばれてきた酒をまず影二郎に注いだ。

「夏目様はなんばしに唐津にこらしたな」

「物見遊山とは申さぬ。じゃがな、唐津藩をためにするために足を止めたわけではないことだけははっきり申しておこうか」

酒が行き渡り、座が賑やかになった。

「そなたらの頭領はまだ博多から戻られぬか」

「そろそろお戻りになってもよいのだが」

辰之助らは等々力紳次郎の唐津帰着を知らぬ様子だ。

「そなたらが百鬼水軍と遭遇したというのは確かか」

影二郎は話題を変えた。

「ああ、一年も前やったろか、夜回りの最中に大名小路の辻で出合うたたい」

「斬り合いになったか」

「ああ、紳次郎様を先頭に一歩も引かんで斬り合うたたい」

辰之助が胸を張った。

「百鬼水軍の方が逃げたもんな」

「それはようやった。そなたらの中に手傷を負うた者はなかったか」

音吉らが手を上げ、恥ずかしそうな顔をした。

「音吉ら三人が斬られたばってん大したことはなか。埴生先生の手も煩わさんくらいやったたい」

「百鬼水軍は異人ではないか」

「ありゃ、倭寇とか申す水軍の残党やろう。総頭領は七尺余の巨漢でたい、劉白紘《りゅうはくげん》ちゅう男げな」

辰之助は言い切った。

「劉自身が唐津にきたことがあるか」

「まだなかね。来たらくさ、海に追い返しちゃるたい」

「戦ったのは一度きりか」

「何度も見かけたけんど、おれたち若衆組と見るとすぐに逃げてしもうて話にならん」

「町家では何軒も襲われたというではないか」

「魚問屋に材木商、それに酒屋も襲われたばい」

辰之助のかたわらから音吉少年が答えた。

「百鬼水軍はなんの狙いがあって唐津に参るな」

「そりゃ、町衆の金やろもん。ご家中の者はいつもぴいぴいしとらすばってん、町衆は懐が温かいもんね」

音吉が答えた。

「鼠、他国者にぺらぺら話すでない」

ふいに声が掛かった。

「あっ、紳次郎様じゃ」

「いつ帰ってこらしたな」

辰之助らが声を上げた。それを無視した等々力紳次郎は、

「勘定奉行の常磐豊後守秀信の走狗《そうく》じゃそうな。何用あって唐津に参ったな」

紳次郎の目の奥には疑惑と憎悪が宿っていた。

「そなたが博多へ迎えに出た御仁が承知であろう」

「なにっ！」

紳次郎が気色ばんだ。

「等々力紳次郎、また会う機会もあろう」

影二郎はかたわらの南蛮外衣と法城寺佐常を手にすると三和土に下りた。

そのとき、影二郎と等々力紳次郎はわずか半間の間で睨み合った。

「夏目影二郎、そなたは鏡新明智流桃井春蔵道場の鬼と呼ばれたそうな」

「そういう昔もあった」

「この唐津では鬼の徘徊など許さぬ」

「ならば海から来る百鬼水軍をなぜ野放しに致す。そなたの父上に一度聞きに参ろうか。そう、伝えておけ」

「おのれ……」

紳次郎の手が柄《つか》にかかった。

「止めておけ、ここは一日の憂さを晴らす場所、血なまぐさい騒ぎを起こすところではないわ」

影二郎はそう言い残すと店の外に出た。

四

夜明け前、唐津から呼子への道を急ぐ三つの人影と一匹の犬の姿があった。

南蛮外衣の影は夏目影二郎だ。同行するのは道中合羽のおこま、そして、道具箱を背負った蘭医埴生流之助と飼犬の巻八だ。

西の松原から潮騒が聞こえ、海からの風が真っ暗な街道を急ぐ者たちに吹きつけた。

昨夜、唐津若衆組と別れた影二郎は竹林に流之助を訪ねて、長崎行きを告げた。

「長崎街道を下られるか」

なにか思案があるのか、流之助が聞いた。

「おこまは船が大の苦手でしてな、陸路をいくことになりましょうな。喜十郎を唐津に残すことにしました、なんぞあればよしなに頼みます」

「ならばくじら屋を引き上げて、うちにこないかと菱沼様に伝えてくだされ」

と伝言をもらって別れた。

その流之助が数刻もしないうちにくじら屋の表戸を叩いて、影二郎らを起こした。

「常安の鯨組と和泉屋の鯨漁師がぶつかって、怪我人が出たそうです。これから呼子湊に治療に向かいます」

「流之助どの、われらもご一緒しようか」

影二郎が即座に決断して、おこまも手早く仕度を整えた。

喜十郎に見送られて表に出てみると、巻八が当然という顔で三人を待ち受けていた。

唐津城下を一気に突っ切った影二郎らは、名護屋口から西の松原ぞいの呼子への道に入ったところだ。

師走の夜明け前、玄海灘から吹きつける風は夜行する者たちを悩ました。襟首をしっかりと紅絹《もみ》で巻いたおこまさえ、どこからともなく背に冷たい風が忍びこんで体温を奪っていった。

「おこまさん、山道にかかれば風も幾分は和らごう」

前かがみに足を運ぶおこまを流之助が励ました。

「動いているうちに体も温まってまいりましたよ」

と答えたおこまが、

「常安と和泉屋はこれまで何度か小競り合いがあったそうですね」

「そうなんだ。だけど、私が呼ばれるようなことはなかったがな」

知らせは呼子からの早船できたという。

「風さえなければ、唐津湾を北上するのが早いのだがな」

「埴生先生、それは勘弁してくださいな。なんと言っても歩きが一番ですよ」

「おこまさんは船が苦手だそうですね」

流之助が笑った。

「影二郎様に信濃《しなの》川から天竜《てんりゅう》川の川下りを始め、遠州灘《えんしゅうなだ》から駿河《するが》湾、相模《さがみ》灘から房州《ぼうしゅう》灘と荒海を引っ張り回されましたよ」

「ならば大したことはないか」

と流之助が呟いた言葉の意味をおこまは聞き逃した。

「おこま、おれが無理に誘ったようではないか」

影二郎の言葉でおこまが恨めしそうにみた。

唐房の集落を過ぎて、山道にかかった。すると唐津湾が白んで夜明けがやってきた。

寒さも峠を越えた。

先頭をいく巻八の見事な尻尾もよく見分けられるようになった。

「ほれ、あそこに見える島影が神集島です。初代常安九右衛門様はあの島で、鰤の大敷網を始めて財を築かれたんです」

鉄錆色の海を背景に神集島が幻想的な姿を女瀬ノ鼻の向こうに見せていた。

峠の頂きに上りついた。

影二郎らは呼子湊へのだらだらした坂道を一気に下った。なにしろ怪我人が待っているのだから休む暇もない。

唐津から呼子までの陸路五里を二刻（四時間）余りで走破し、五つ半過ぎには網元常安九右衛門の鯨宿に到着した。

浜には旦那納屋と呼ばれる網元らの小屋、引き上げた鯨の解体処理を行う大納屋、油や筋の処理を行う小納屋、そして、船子から網、鍛冶、桶など職人たちが寝泊まりする職人納屋などが並んでいた。

「埴生先生、待っとったばい」

旦那納屋から顔を見せて、出迎えたのは網元の常安九右衛門その人だ。

「夏目さんもござったか」

九右衛門は影二郎とおこまにも目を向けた。

「九右衛門様、怪我人の具合はどうか」

流之助が聞いた。

「血止めはなんとかしてあるたい。先生の手を借りねばならん者が二、三人待っちょる。診てくれんね」

「おこまさん、手伝ってもらえるか」

流之助がおこまに声をかけた。

「なんなりと」

おこまも最初からその気であったのだろう。流之助に続いてすぐに怪我人が寝かされているという旦那納屋に入った。

「九右衛門どの、和泉屋の漁師たちと争いになったと聞きましたが、相手方にも怪我人が出たのですか」

呼子の鯨組の網元は、しばらく影二郎の問いに答えなかった、が、ようやく重い口を開いた。

「相手には怪我はなか」

「ない。そなたが漁師たちを止められたか」

九右衛門は湊に止まる勢子船や持双船の船団に視線をやっていたが、

「夏目様、鯨漁はな、この呼子の沖合を流し船が走り回ってくさ、鯨の潮吹きを見つけるところから始まりますたい。鯨を見つけた流し船は旗でくさ、岬にある魚見場に通報しますとたい。魚見場から知らせを受けた勢子船、持双船十数隻が一気に沖を目指して漕ぎ出るとです。そりや、壮観な光景《もの》ですたい……」

と影二郎に勇魚捕りの仕組みを説明した。

「昨日の夕暮れ前に、うちの流し船が鯨の群れば見つけたとですたい。すぐに勢子船、持双船に漁師たちが乗り込もうとしたところ、二十数人の浪人やらならず者どもが抜き身の槍やら刀やらを振りかざしましてな、出船の邪魔ばしたとです」

「なにっ、漁師同士の先陣争いではないのか」

「違います」

九右衛門は首を横に振った。

「漁師同士の争いで二人の者が犠牲になることはありまっせん」

「死人が出たのか」

思いもかけなかったことで影二郎は驚いた。

「むろん、浪人らは和泉屋の息がかかった者たちであろうな」

「とは思いますばってん、表から言うてん知らん存ぜぬとはね付けられまっしょうな」

九右衛門はなにか思い悩むように重い口調で答えた。

「和泉屋の鯨宿はどこにあるな」

「あの小さな岬の陰にありましてな、こっちの動きば監視しとります」

「九右衛門どの、和泉屋は小笠原様の移封に合わせて、泉州堺から唐津に来たというが、ここにきて急にのさばりだした理由はなにかな」

「鯨漁の運上金の割合は収入の五分から六分に上がりますたい。どなた様かがその金を欲して
おられるとでっしょうが」

「長和様の幕閣への昇進のための金か」

「それはごく一部と見ましたが」

「どうやら唐津騒動の中心は和泉屋を隠れ蓑にした国家老等々力雪鵜らしいな」

「となれば、うちは手も足も出ませんたい」

と言いながらも常安九右衛門はなにか考えていた。

「九右衛門どの、鯨捕りは海が戦場《いくさば》じゃ」

鯨捕りの網元が顔を影二郎に向けた。

「はい、おっしゃる通りにございます」

九右衛門の返事には含みがあった。

「流し船から通報はそうそうにないものか」

「何十日もないこともあれば、二日三日続けて知らせが入る場合もございますたい」

「昨日の喧嘩は、次の漁で取り戻すことだ」

はい、と頷いた九右衛門は、

「いつでも船団は出られるようにはしてありますばい」

と答え、この次の漁には常安九右衛門自身が船団を率いて海に出ると明言した。

「それは見物、楽しみにしておる」

影二郎は九右衛門に頷き返すと勢子船が止まる浜に向かった。すると巻八がついてきた。

「旦那、やっぱり旦那かい」

一艘の勢子船の陰から珠吉が顔を出した。

「怪我はなかったか」

「網元さえ止めんばくさ、あやつらの一人や二人、足腰たたんようにしちゃけんどな」

珠吉が息巻いた。

「魚見場とやらに案内せえ」

「どこの魚見場に行きまっしょうかな」

としばらく考えた珠吉は、

「そっちの舟に乗ってくだっせ」

と小舟に影二郎と巻八を乗せた。

さすがに勢子船の漕ぎ手の珠吉だ。櫓捌きもあざやかにすぐ沖合の加部島《かべしま》に舳先を向けた。

「昨日、そなたの出船の邪魔をしたのは黒獅子の勘九郎の手下たちか」

「へえ、勘九郎の三下たちとどこぞで雇われてきた浪人者でしたな」

影二郎は話題を転じた。

「昨日は和泉屋の鯨組にやられたか」

「必死でくさ、うちも勢子船と持双船が沖合まで漕ぎ出したばってん、和泉の漁師どもがくさ、一丈八、九尺ばっかりの座頭に網ば打ってくさ、羽差が銛ば打ちこんだところたい。腹が立ったばってん、網ばかけられた鯨はどもできん、仕方なか」

珠吉が漕ぐ舟は加部島の北端、ツイタ鼻の岩場に着けられた。

岩場に巻八が飛び、舫《もや》い綱を手に影二郎が続いた。

舟を止めた珠吉は、

「ちぃと崖ば上がりますたい」

珠吉は岩場から衝立《ついたて》のように切り立った崖に九十九《つづら》折りに設けられたはしご段を上っていった。

巻八も粗末な足場をものともせずに上っていく。

ツイタ鼻の魚見場は崖上の突端にさらに一丈ほどの櫓が組まれてあった。

櫓には見張り一人が上がられる広さだ。

「五吉どん、流し船はどこにおるな」

櫓の上の見張りがほぼ真北を差した。

曇天の海に小川島がかすんで見えた。

珠吉が、

「南蛮の旦那、ほれ、あそこにおるぞ」

と差して教えてくれた。だが、波間に上下する流し船の影を見ることはなかった。

海に生きる者の目は何倍も遠目が利いた。

影二郎は晴れた日には壱岐島も望めるというツイタ鼻の魚見場に半刻（一時間）ばかり玄海の雄大な海を見て過ごした。

「流し船も見張りも根気仕事じゃな」

「一時も気が抜けんたい。それば和泉屋は横取りしくさって、腹が立つ」

影二郎らは岩場から再び舟に乗った。

加部島の西側まで来たとき、珠吉が叫んだ。

「旗が上がっちょる、長須の大物ばい」

一気に船足が早まり、飛ぶように波を切って珠吉の舟は呼子湊に戻りついた。すると出船しようという常安九右衛門の鯨漁師たちの前に浪人やならず者たちが抜き身の槍を囲んで、邪魔をしようとしていた。それをおこまが女一人、体を張って立ち塞がっていた。

その様子を旦那納屋の前から心配げに埴生流之助が見守っていた。

「珠吉、鯨は任せたぞ」

「南蛮の旦那はあやつらを退治してくれるとね」

抜き身の槍先をおこまの脇腹に突きかけようと浪人の一人が身構えた。

影二郎の手が一文字笠の縁にかかった。

骨の間に差し込まれてあった唐かんざしを抜くと手首が捻られた。

珊瑚珠《さんごだま》を飾りにした両刃のかんざしが虚空を飛んだ。

槍を差しかけようとした浪人の鬢《びん》に突き立った。

「げえっ!」

悲鳴を上げて、浪人者が槍を手から落とした。

珠吉の漕ぐ舟がどんと舳先を浜に乗り上げた。

影二郎が南蛮外衣を翻して舟から飛んだ。

おこまは胸前に四ツ竹を構えて、無法の者たちの前に立っていた。

「おこま、ようやった」

「影二郎様」

おこまがうれしそうに言い、影二郎が悠然と歩を進めた。

「ま、またおまえが邪魔すっか」

黒獅子の勘九郎が子分たちの間から叫んだ。

浪人剣客が七人に勘九郎の子分が十数人いた。

「今日はいつもんごといかんたい」

黒獅子が浪人たちに合図した。

抜き身の槍を構えた浪人が二人、黒柄の槍をしごきかけた。

「先生方、こやつの合羽に気つけてくだしぇえ」

影二郎の胸前に右手の浪人の槍の穂先が突きかけられてきた。

南蛮外衣が浜風に舞った。

黒羅紗の合羽の裾に縫い込まれた二十匁の銀玉が槍の穂先に絡みつくと虚空に跳ね上げた。

さらに影二郎の手首が捻りあげられると、もう一本の槍も海に飛んで落ちた。

一瞬の間だ。

「あっ！」

驚きの声を発した浪人が剣の柄に手をかけようとした。その視界に裏地の猩々緋が広がり迫った。

（な、なんだ、これは……）

立ち竦んだ浪人の眉間を銀玉が襲ったのはその直後だ。

柄に手をかけたまま、浪人が昏倒した。

「やりおったな！」

さらに影二郎の手首が返されて、南蛮外衣が手から放された。すると生き物のように黒と緋の合羽は宙を飛んで、影二郎に突進してきた剣客の首に絡みついて浜辺に転がした。

「先生方、野郎の手妻は終わりだ。取り囲んで殺《や》ってくだせえ！」

黒獅子の勘九郎が叫んで、長脇差を抜いた。

「夏目様、お願いしますばい！」

網元船の舳先に仁王立ちになった常安九右衛門が叫ぶと、勇魚捕りの羽差、水主、船頭たちに、

「今日はどげんこつあっても一番銛はうちが取るばい！」

と気合を入れた。

「おおっ！」

海の男たちの吠えるような叫びが呼応して、船団は沖合に漕ぎ出されていった。

「勘九郎、呼子の浜がそなたの彼岸への渡し場と思え」

鏡新明智流桃井春蔵道場で鬼と呼ばれた夏目影二郎が豪刀法城寺佐常二尺五寸三分を抜き上げた。すると薙刀を鍛ち替えた反りの強い佐常が鈍色《にびいろ》の空に銀色に光った。

「なにを抜かしやがるね！」

勘九郎が虚勢を張った。

浪人とやくざ者たちは影二郎を半円に囲んだ。

影二郎はゆっくりと峰に返して八双に構えた。

「死ね！」

左手にいた大兵肥満の剣客が上段撃ちを見せて、突っ込んできた。

その鼻先を叩いたのはおこまの四ツ竹だった。

影二郎が巨漢の仲間に応戦すると多寡を括っていた浪人たちは驚いた。

八双の剣が輪の中に飛び込んできて、予期せぬ展開を見せた。

豪剣が動揺する浪人剣客たちの肩口を襲い、二人目の胴を抜き、小手を叩いてと縦横無尽に舞い動いた。

影二郎の長身がいくところ一人、二人と倒されていった。

襲撃者のある者は背後から影二郎に応戦しようとして、おこまの四ツ竹の洗礼を受けた。

先反佐常が動きを止めたとき、剣客浪人たち七人ほどが浜に倒れ伏して、呻《うめ》いていた。

黒獅子の勘九郎と子分たちが呆然と立っていた。

「そなたに慈悲をかけたばっかりにあたら二人の勇魚捕りが命を落とした」

影二郎が刃に戻した先反佐常を提げて、勘九郎に迫った。

「や、野郎ども、こやつば始末せんね！」

子分に命を飛ばしたが、だれ一人動こうともしなかった。

「来るな、来ると斬るばい」

長脇差を無闇に振り回す勘九郎の背が浜に上げられた船の横腹にあたった。

「畜生！」

口を大きく広げて喚いた勘九郎は長脇差を振りかざした。影二郎の眉間に叩き下ろそうと突進してきた。

影二郎は十分に引きつけて、法城寺佐常を擦り上げた。

先反が光になって突進してきた勘九郎の太股から腹部を深々と斬り上げた。

血飛沫が上がった。

「げ、げげえっ！」

黒獅子の勘九郎は絶望の悲鳴を上げると顔から突っ伏すように浜に倒れこんだ。

子分たちは声もなくただ立っていた。

「流之助先生、そなたの手を煩わすことになった」

「夏目さん、あんたという人は……」

と絶句して、影二郎を睨みつけていた蘭医は、

「さっさと怪我人を運んでこい！」

と子分たちに怒鳴りつけた。


四半刻後、自ら櫓を漕いだ影二郎は加部島のツイタ鼻の魚見場に独り戻ってきた。

眼下の玄海灘では今しも巨大な長須鯨が頭に網を打たれて暴れ回り、勢子船がその後方から半円に迫っていた。

五丈はあろうかという勇魚を囲んでいるのは常安九右衛門が自ら指揮する鯨組だ。

六人の水主が赤ふんどしも勇ましく櫓を漕ぐ勢子船の一艘には日野屋の家紋が入った旗がたなびいていた。常安九右衛門が乗る網元船であろうか。

「こりゃ、百年ものの大物たい！」

「逃がすでなかぞ、呼子の水主の意地ば見せんね！」

魚見台の見張りの五吉が仲間を鼓舞するように叫び続ける。

勇魚は荒々しくも網を引きずって水中に潜りこんで逃れようとしていた。

頭が上がった。

背から潮が吹き上げられた。

網元船が引きずられて傾いた。

それでも水主たちは網を引き絞って船の傾きを立て直した。

さらに勢子船が半円を縮めた。

暴れる鯨の右後方から勢子船一隻が抜き出てきた。

「よし、太郎吉さん、外しちゃいかんばい！」

祈るように五吉が叫ぶ。

舳先に立った羽差の太郎吉が虚空に向かって一番銛を放った。綱持ちが綱を伸ばしていく。

「よっしゃ！」

銛は見事に長須鯨の横腹に突き刺さった。

海を鯨の血が染めた。

「よしよし、その調子たい。手ば緩めるな」

五吉が呟く。

さらに二番銛が、続いて三番銛が巨体をばたつかせて暴れる長須鯨の背に、頭に突き立った。

だが、玄海の勇魚は網に頭を塞がれ、何本もの銛を打ちこまれながらも沖合に逃れようとした。

息を飲む死闘は重く流れる時間の中、さらに四半刻、半刻と続いた。

旗がたなびく網元船から常安九右衛門と思える人物が十六本目の止どめの銛を打ち込んだ。

「おおっ！」

という勝鬨《かちどき》が玄海の海に響き渡った。

勢子船から綱を持った水主が荒海に飛びこみ、今や荒い動きを止めて、海水を弱々しく吐く鼻に綱を通した。

「珠吉たい！」

五吉にその男が珠吉だと影二郎は教えられた。

「おおおっ！」

再び海の男たちの勝利の鯨波《とき》が響き渡った。

眼下の海に展開された勇壮な長須鯨の漁をまるで絵巻物でも見るように一つの動きも見逃すことなく夏目影二郎は堪能した。

「五吉、よいものを見せてもらった」

「侍さん、これが玄海灘の鯨捕りの生き方たい」

見張りの五吉が胸を張った。

第三話　平戸《ひらど》南海船戦

一

船の行く手に島が見えてきて、船頭の紀平《きへい》が舵手の珠吉に合図を送った。すると常安丸はゆっくりと舳先を転じた。

「南蛮の旦那、平戸島の白岳だ」

操舵を終えた珠吉が影二郎に指差して平戸島の北端だと教えた。

唐津の常安九右衛門が所有する二百石船は、本土と平戸島の間に細く伸びる平戸瀬戸へ入っていった。

日差しは穏やかで海に黄金色の夕暮れが迫っていた。

船に弱いおこまは旦那部屋に寝込んでいた。

「四ツ竹の姉さんは大丈夫やろか」

「陸に上がれば治る、請け合いだ」

常安九右衛門が陣頭指揮した鯨組船団は、体長五丈を越えた大物の長須鯨を引いて呼子に戻ってきた。

歓喜で湊じゅうが出迎え、勇魚はすぐに大納屋に引き上げられた。

職人たちが大切包丁や大鋸《おおのこ》を手に巨体に取り付き、村人たちが協力して解体と加工の作業が始まった。いくつもの竈《かまど》に火が入り、熱気に溢れた光景だった。

呼子じゅうに鯨の匂いが漂った。

影二郎が瞬く間に解体される大鯨を見ていると九右衛門がかたわらにやってきた。

「夏目様、おかげで昨日の借りは返せましたばい」

「海で勝ちを得たのは常安の鯨漁師の腕がよかったからであろう」

「夏目様は長崎にいかれるそうで」

影二郎は頷いた。

「ちょいとこちらに」

九右衛門は影二郎を浜に誘った。

「船で行かれんですか」

「便船があるのかな」

「いや、都合のよか便船はなかばってん、今日の礼たい。うちの船ば使いなっせ。船頭と水主をつけましょうたい」

湊の一角を差した。そこには常安丸と書かれた二本帆柱に三角帆まで装備した二百石船が停泊していた。

「よいのか」

「夏目様が長崎に行かれるのは正しか考えですたい。百鬼水軍もあっちから来ますもんでな」

「ほう、百鬼水軍も長崎な」

「南蛮物、唐物の船積みは長崎周辺に決まっとりまっしょうが」

九右衛門が明言し、影二郎は首肯すると聞いた。

「九右衛門どの、お歌様はそなたの許婚であったそうな」

「そげん日もございましたな。岸峰三太夫さんから聞きなさったか」

「三太夫どのも迷った末にな、手紙で知らせてくれた」

「二十三年前のことを気になさってな、岸峰では先代は死ぬまで日野屋の前を遠慮して通られんほどじゃった」

九右衛門の視線は遠くの海を見ていた。

「お歌様はなぜそなたを裏切りなされた」

「さあてな、女心となんとかと言いまっしょう」

と苦く笑った九右衛門は、

「ともかく藩主の意向にはだれも逆らえんたい」

とだけ答え、その話題に蓋をした。

「夏目様、どうせ唐津に戻ってこられまっしょう。ならば、うちの常安丸ば使いなっせ。船足はどげんな南蛮船にも負けまっせん」

「ならばちと頼みがある。唐津城下にな、われらを乗せた常安丸が筑前博多に急用で走ったという噂を流してくれぬか」

「長崎行きばお城のだれぞに知られたくはございまっせんか」

「いずれは知られようが当座でもよい。ときを稼ぎたい」

「任せなっせ」

影二郎らを乗せた快速帆船の常安丸は呼子を出ると、いったん舳先を筑前博多に向けた。そしてその半日後に沖合で反転して、平戸湊へと向け直したのだ。

常安九右衛門が玄海の海を走り回る船だ。大きくはないが快速な上におこまが休む旦那部屋もただの船頭部屋どころではない。豪奢な造りになっていた。

おこまは長崎へ船行になったと聞いたとき、

「そんなことになるのではと覚悟しておりました」

と諦《あきら》めの口調で答えたものだ。

九右衛門から水主の一人に指名された珠吉が、

「姉さん、呼子から平戸島まで海上十余里、風具合では半日たい。平戸島から呼子ノ瀬戸ばぬければ、三日もあれば長崎に着きましょうたい。姉さん、常安丸でのんびりしてなっせ」

と勧めた。

船が嫌いなおこまはただ小さな溜め息をつくと笑ったものだ。

影二郎は船旅の徒然《つれづれ》に流之助が貸してくれた天保長崎図絵を読みながら、ときを過ごした。

平戸瀬戸に入って、常安丸は左右に揺れ始めた。

「珠吉、縮帆せえ」

船頭の紀平が珠吉の手から舵を受け取り、命じた。

伊佐次、珠吉、茂三郎の水主三人が帆に取り付いた。

「あれが亀岡城たい」

紀平が影二郎に教えてくれた。

享保《きょうほう》三年（一七一八）、この地を支配してきた第三十代松浦《まつら》党が山鹿《やまが》流の築城法で建てた城であった。

影二郎が船上から望遠する平戸島は、商人町十六町、職人町五町、町家数九百余軒、人口三千二百余人、町奉行が町年寄、乙名《おとな》、総代らを仕切って統治していた。

島全体から異国情緒が漂ってくるのは、平戸島がかつて南蛮貿易の拠点であったからだ。

室町時代の末期、天文《てんぶん》十一年（一五四二）、平戸藩主二十五代の松浦隆信《たかのぶ》は中国福建省《ふっけん》から海賊の頭目五峰王直《ごほうおうちょく》を招いて、白狐山城《はっこざん》の東麓の土地を与えた。

王直はここに館を築いて、中国沿岸を荒らし回って、珍しき物産を船に積んで平戸に戻ってきた。さらに王直は平戸とシャム、広東など東南アジアとの密貿易の交易海上路を造り上げた。そのせいで平戸には異国の物産が溢れていた。

天文十九年には交易を求めて葡萄牙《ポルトガル》船が姿を見せた。さらには、西班牙《イスパニア》、英吉利《イギリス》の商船が次々に南蛮の物資を満載してやってきた。

慶長十四年に阿蘭陀《オランダ》国の国王の親書を携えた商船二隻が平戸島に到着して、第二十六代松浦鎮信《しげのぶ》は一行を歓迎すると徳川家康に謁見させた。

これが機縁で家康より通航の朱印状をもらった阿蘭陀《オランダ》国は平戸島に商館を設けた。

南蛮貿易の拠点として平戸島の黄金時代が始まった。

ヒラドの名は遠く欧州の各地に知られるようになった。しかし、寛永《かんえい》十八年（一六四一）、幕府の大目付は平戸の阿蘭陀《オランダ》商館を閉鎖し、長崎出島に移すことを命じて、鎖国時代に入っていく。

平戸島の繁栄は九十余年で終わった。が、今も夕暮れの残照に浮かぶ島から往時の栄光が色濃く漂ってきた。

影二郎は旦那部屋にいくと、おこまに声をかけた。

「おこま、平戸港に到着したぞ」

「やっと平戸ですか」

青い顔に笑みが浮かんだ。

「珠吉さんたら、今日の玄海は鏡みたいに平らだなんて、嘘ばっかり言って」

「おこま、そなたが勇魚捕りを見物していたら、そのような言葉は吐けなかったわ。

「珠吉らに

とって、今日の海などはまるで泉水、静かなものであろうよ」

「鯨捕りは荒海で行われるのですか」

「勢子船が波間に高く低く見え隠れしていまにも沈むかと思うほどじゃ。まだ生きておる鯨の鼻に珠吉が綱を通したときには、おれもほっと心から安堵したものよ」

「ともかく船を出て、土の上を歩きます」

常安丸は常灯の鼻を回って平戸湊に入っていこうとしていた。海に石垣が組まれ、その上に明かりを点《とも》す塔が置かれてあった。

「姉さん、船着場が見えまっしょ、その裏手に昔は南蛮の商館があったそうげな」

紀平がようやく顔を見せたおこまに説明してくれた。

おこまは目を見張って平戸湊の町並みを眺めていたが、

「なんと美しい島にございましょうな」

と感嘆の言葉を吐いた。

「船酔いぐらい、吹き飛びまっしょうが」

常安丸は石が切り積まれた船着場に着岸しようとしていた。

珠吉たちが敏捷に動き回った。

「おこまさん、夕飯まではだいぶ時間もございますたい。町中を見物してきなっせ。気分も変わりましょうたい」

常安丸が接岸すると影二郎とおこまは一番先に陸地に上がった。

「やっぱり人間、地面に立つようにできているものですよ」

おこまは嬉しそうに足裏でぽんぽんと石畳を叩いた。

顔色も直ぐによくなって、いつものおこまになった。

一文字笠に着流し、腰に法城寺佐常を落とし差しにしただけで影二郎とおこまは常灯の鼻に足を向けた。

入江の対岸には平戸藩六万一千七百石の居城の亀岡城が望める。

「異国にきたようにございますよ」

二人は往時阿蘭陀船が停泊していた光景を脳裏に思い描いて、江戸からはるかに旅してきた感慨に浸っていた。

寛永期に取り壊された阿蘭陀商館は阿蘭陀塀と土台石だけを見せていた。

「影二郎様、紅毛人の国は江戸より遠いのでございましょうな」

「阿蘭陀か、なんでも南蛮船で何年もかかると聞いたことがある」

「そのようなところから苦労してなぜ見えるのですか」

「紅毛人の国も唐国も交易を盛んに勧めておるやに聞く。南蛮の物産を長崎に持ちこめば、大変な儲けになるらしい。また、帰り船で日本の物品を南蛮に持ち帰れば、これはこれで商いになるらしい」

「埴生先生の師匠も日本の地図を持ち出そうとして、追放になったのでしたね」

「シーボルトか」

「蘭学を学ぶことがさほどに悪いことでしょうか。埴生先生が怪我の治療をするところを手伝ってつくづく考えました」

二人はいつの間にか阿蘭陀塀の続く石畳の坂道を上っていた。

「鳥居耀蔵のように鎖国を順守することが徳川幕府によいことか、心ある者は疑っておろう。江川太郎左衛門どのに聞いたことがあるが、わが国の医学や科学は随分と遅れをとっているらしい。今こそ諸外国の進んだ技や考えを取り入れるときかもしれぬな」

日がすうっと沈んで、屋敷の甍《いらか》の間から見え隠れする湊が濁った黄金色に染まった。

二人は祝町の通りをゆっくりと西に向かって足を進めた。

半刻後、平戸のあちこちを見物して歩いた二人が立ち止まったのは、城と町家を結ぶ幸橋の袂《たもと》だった。

「私はこんな石橋、初めてみましたよ」

緩やかな円弧を見せる石橋は元禄《げんろく》十五年（一七〇二）、木橋から架け替えられたものだ。平戸の阿蘭陀商館の建設に携わった石工たちがその技を代々伝えて、幸橋の建設に生かしたものだという。

「おれも見たことがない」

夕闇に沈む橋を橋際の常夜灯の明かりがおぼろに浮かび上がらせた。

港ぞいには道はない。

町年寄や豪商たちの家の塀が湊ぞいに連なっていた。

二人は木戸を潜って安富町に出た。

「影二郎様」

おこまが小声で言った。

「気がついておったか」

やはり、と答えたおこまは、

「最前からだれぞに見張られているような気がしておりました」

「樹光寺の山門下の石段を下るあたりからじゃな」

「平戸は影二郎様も私も初めて訪ねた町にございます」

「唐津から追ってきたにしては手際がよすぎる」

紀平が船頭の常安丸は九右衛門が船足は早いと自慢しただけに一気に呼子沖から平戸へと突

っ走ってきたのだ。それを追走してきた船があったとも思えない。

「まあ、よい。われらに関心があるものなら、先方からやってこよう」

二人が常安丸に戻りついたとき、船上には夕げの仕度が出来上がっていた。

鉄鍋に魚や貝や野菜が味噌仕立てで炊き込まれた、豪快な漁師料理だ。

「なんの手伝いもしないでごめんなさい」

「おこま様は客人たい。手伝うてもろちみい、旦那から叱られるばい」

勇魚捕りの男たちは、九右衛門がその場にいようといまいとその命を守って整然と動いていた。

「南蛮の旦那、酒ばどうぞ上がっちくらっせ」

珠吉が茶碗を影二郎に渡すと大徳利を持ち上げた。

おこまにも茶碗が渡された。

影二郎はゆっくりと茶碗酒を胃の腑に納めた。

船旅のあと、陶然とした酔いが全身にやってきた。

「珠吉、そなたに聞いておきたかった」

「なんばですな」

「鯨の鼻に綱を通すとき、どんな気持ちか。怖くはないか」

勇魚は江戸の人間には想像もつかないほど巨大な生き物だった。半死半生とはいえ、鯨が大口を開けてつっ掛かってくれば人間なんて一飲みだ。

「見ちょったか」

「魚見場からそなたらの勇猛ぶりはとくと見せてもろうた。勇魚とはよういうたものじゃな。あの暴れる光景は遠く岩場から見ても肝が竦んだ」

「あの長須はえろう大きかったな、十年に一度の大物たい」

船頭の紀平も言った。

「勇魚に挑むそなたたち鯨捕りは勇魚以上に肝っ玉が据わった男たちじゃ」

珠吉がなんともうれしそうに笑った。

「旦那、珠吉はあのときが初陣たい。金玉が縮み上がっちょったばい」

老水主の伊佐次が真相をばらした。

「伊佐次の父っあん、言わんでんよかろうもん」

珠吉が文句を言うと、

「ほんなこついうと金玉どころじゃなか、五体じゅうが金縛りやったと」

と頭を掻いた。

「あんときくさ、九右衛門様が、珠吉、長須の鼻面に綱ば通しちこいといきなり言わしたいもん。目ん前がくさ、真っ白うなって、それでん勢いで海に飛びこんだたい。あとは無我夢中でくさ、長須の顔ば見たときにゃ、ほんまこつ、金玉がのうなったたい」

「何を考えたな」

「人間、だれんが一度は死ぬもんじゃと腹括って、鼻の穴に手を差しこんだ、それだけたい」

「珠吉、九右衛門様に一人前の鯨捕りにして頂いたな」

「一人前やろか」

「珠吉、鯨の鼻に綱ば通せば、本物の勇魚捕りであろう」

「旦那、珠吉ば増長させちゃいかんばい」

伊佐次が口をはさんだが顔は笑っていた。だれもが、若い漁師が一人前になることがうれしいのだ。

「九右衛門様が手柄の褒美ちゅうて、長崎行きば命じなさったとよ」

「そうだったのか」

鍋料理を肴に影二郎は茶碗二杯の酒を飲んだ。

おこまは茶碗に半分ほど口をつけただけだった。

監視の目が気になっていたからだ。

水主たちの朝は早い。

夕げの後、おこまも手伝い、汚れ物を片付けて、五つ半（午後九時）には影二郎らは眠りに就いた。

影二郎とおこまは旦那部屋に同宿だ。

眠りに就いて二刻（四時間）余り、影二郎とおこまは目を覚ました。

常安丸に接近する船の気配があった。

「来ましたな」

「先方から出おったわ」

影二郎は法城寺佐常を、おこまは古留止製の輪胴型連発短筒を手に起き上がった。

「おこま、まずはこちらの手のうちを見せぬことだ」

おこまが飛道具を持っていることを相手に知らせたくなかった。

「はい」

素直におこまが短筒を仕舞い、四ツ竹に変えた。

影二郎が旦那部屋から出たとき、いかにも船足が早そうな六挺櫓の船が常安丸の横腹に接舷して、数人の男たちがするすると甲板に飛び上がってきた。

影二郎が唐津の城の北浜で一度見掛けた早船だ。

船着場の常夜灯の明かりがわずかに船上にもこぼれていた。

革の袖無しに裁付袴、足下も革足袋で身軽に固めていた。顔の半分には革製の面具を当て、腰には先反佐常よりもさらに反りが強く、幅も広い青龍刀を帯びていた。

唐津城の北浜に早船を乗りつけて、こも包みを陸揚げして海に消えた連中と思えた。ということは長崎に戻る途中の親船がどこかにいるということだ。

「総頭領、劉白絃の下、玄海灘を横行する百鬼水軍とやらはおまえらか」

甲板に上がった先頭の三人が動きを止めて、影二郎を見た。

平然としたものだ。

無言のうちに一人の手から縄が頭上に放り投げられた。先端についていた手鉤が常安丸の帆《ほ》桁《げた》に絡まった。さらにもう一人が反対の帆桁に投げ上げた。

縄の端を片手に摑んでするすると後退した襲撃者たちは、艫の水主部屋の壁を利して、外艫の上に這い上がり、一気に反動をつけて、虚空に身を躍らせた。続いてもう一人……。

二人のもう一方の手にはいつの間に抜き上げられたか、青龍刀が右手に構えられていた。

人間振り子は常安丸の左舷右舷の上方から時間差で音もなく襲ってきた。

一撃目、幅広い反りの青龍刀が白い光になって影二郎を襲ってきた。

影二郎は不動の姿勢を保っていた。

法城寺佐常の柄には手が掛けられてもいなかった。

速度を増した一番目の振り子が甲板近くまで下りて、再び虚空へ舞い上がっていく。

円月刀が円弧を帯びて影二郎を襲った。

影二郎はひょいと頭を下げて躱《かわ》した。

襲撃者は身を虚空で捻り、軌道を複雑に変えた。振り子が戻ってくるときにどこからともなく揺れながら、影二郎を襲うと思われた。

一番目の振り子武人が舳先に振り上がった。

二番目の振り子戦士が左舷からくるくると舞いながら襲撃してきた。

びゅーっ！

夜空を四ツ竹が飛んで、縄をぶっつりと断ち切った。

「あっ！」

虚空を自在に舞い回って襲撃してきた振り子が海に放り落とされた。

一番目の振り子武人は外艫の上からさらに反動をつけて影二郎に襲来した。

影二郎は腰を沈め、振り子に合わせて長身を伸び上がらせた。その反動を利して先反佐常を抜き上げた。

振り子武人の青龍刀と先反佐常が虚空で火花を散らした。

両手で持たれた先反が片手の刀を弾いた。

影二郎はくるりと向きを変えた振り子の首筋を刎《は》ねた。

血飛沫が飛んだ。

「げええっ！」

振り子武人が帆柱の下に転がった。

おこまが艫の一角に姿を見せた。手には新たな四ツ竹を構えていた。

「われの客人になんばすっとか！」

外艫に鯨捕りの銛を構えた珠吉が姿を見せて、仁王立ちになって喚いた。

「ぴゅっ……」

早船から口笛が吹かれて、襲撃者たちが一斉に退却しようとした。海に転落させられた振り子武人も船に泳ぎついていた。

影二郎は斬り倒した百鬼水軍の一人を抱え上げ、

「仲間じゃ、連れていけ！」

と今にも離れようとした船の中に投げ込んだ。

二

夜明け前、平戸港から常安丸は帆を上げ、出船した。

平戸藩から調べが来て、面倒に巻きこまれないうちに平戸を離れようという船頭の紀平の判断に従ったのだ。

常安丸は常灯の鼻に別れを告げて、二百五の島々が連なるという九十九島の海に入っていった。

朝がやってきた。

船嫌いのおこまも荘厳な朝焼けに言葉をなくして茜色《あかねいろ》のきらめきを見詰めていた。

影二郎は艫で舵を握る紀平のかたわらに立った。

出船の慌ただしい作業は一段落し、伊佐次らは朝飯の用意に入っていた。

「紀平、百鬼水軍とは唐人か」

「あやつらは唐の言葉も南蛮の言葉もわしらの言葉も自在に話す人間たい。船を住家としてな、生きておる倭寇の末裔、海人たいね」

「平戸は唐津と長崎の間の立ち寄り湊か」

「どげん船も立ち寄っていく湊たい」

やはり唐津の北浜にこも包みを投げ出すように荷揚げした百鬼水軍が長崎に戻る途中に影二郎たちを平戸島で見掛けて襲ってきたということであろうか。ということは百鬼水軍は影二郎をすでに敵対する者として認めていることになる。

「これから先の島にも中継の湊はあるのだな」

「黒島じゃね、まずこの風具合なら夕方には着こうたい」

と紀平は言った。

常安丸は船尾からゆるやかな風を受けて、帆を膨らましていた。

舳先に立った珠吉が行き合う船と怒鳴り合うように話を交わしていた。

風下にいる影二郎たちにはよく聞こえなかった。

珠吉が艫に飛んできた。

この数日、珠吉はしっかりとした海の男の面魂に変わっていた。挙動にも自信が満ち溢れている。


「百鬼の船は一刻ばかり先を長崎に向けておるそうばい」

「ならば黒島でまた会うたい」

「今度はな、おれがあやつらの土手っ腹に銛ば打ちこんじゃる」

「珠吉、そなたは漁師、あやつらはわれらに任せよ」

うんと頷いた珠吉が、

「南蛮の旦那、おこま姉さんもなかなかやるたいね」

と旦那部屋に引っ込んだおこまの姿を探し求めるように視線を彷徨《さまよ》わした。

「珠吉、惚れたね」

紀平が笑いかけた。

「別嬪やもんね、惚れん男がおったらおかしかたい」

珠吉は正直だ。

「珠吉、おこまは手強いぞ」

「男嫌いやろか」

「さてな」

と笑った影二郎が、

「唐津に戻れば、親父どのが待っておられる。おこまをうんと言わせるのなら、旅の間じゃな」

「よかろ、鯨捕りの心意気ばおこまさんに見せちゃる」

珠吉が真剣な顔で言い切った。


「影二郎様、船の旅も悪くはありませんね」

おこまが言い出したのは朝飯のあとだ。

九十九島の海はべた凪、緩やかな順風を受けた常安丸は大きな揺れもなく南に下っていた。

「上げ膳据え膳の上に珠吉はおこまにお姫様に仕えるようじゃからな。おこまの気分も悪くはなかろう」

「影二郎様、けしかけられましたか」

「男嫌いかと心配しておったわ」

まあ、と言ったおこまが恨めしそうに影二郎を見た。が、すぐに話題を変えた。

「まさか長崎まで足を伸ばすとは夢々考えもしませんでしたよ」

「まあ、唐津よりも動きはやすかろう」

唐津は譜代とはいえ、大名小笠原藩の城下だった。が、長崎はどこことも違う、江戸時代ただ一つの国際交易港、天領だった。

流之助が貸してくれた書物の一冊『翁草《おきなぐさ》』に、

〈長崎奉行は、他国の奉行と違ひ、交易の事を専要にして、其余の事は枝葉の如し……〉

と明言してあった。

長崎は江戸時代、ただ一つ異国に開かれた窓、幕府の直轄領として代々旗本から任命される長崎奉行が支配していた。

遠国奉行としての長崎は、江戸町奉行職に次いで格が高いものであった。それは、
一、異国との交易専要に行う特異性
一に西国大名を監督する権限
にあった。だからこそ、長崎奉行を拝命して江戸を発つ前には将軍への拝謁が許され、旅も十万石格の大名と等しく、一行が通過する所領地の大名はそれなりの格式で挨拶に出なければならなかった。

長崎奉行は老中直属の遠国奉行だ。となれば、江戸を出るときに老中水野忠邦が影二郎に与えた書付けが役に立つ。

「南蛮の旦那、知り合いが待ってござるぞ」

と珠吉が舳先から叫んだのは、昼下がりのことだ。

島陰に異国の船のような二本帆柱の船影が停泊していた。

「百鬼水軍の船か」

「おお、艫がぐいっと上がってたい、丸みを帯びておろうが」

影二郎の目にも舷側が高く、細長い船印が艫櫓からたなびき、船尾には六挺櫓の早船を引いているのが見えた。

三本柱の天辺に赤、青、黄、紫、白、黒、緑、そして灰色の八流の旗が色鮮やかにたなびいていた。

「八流の旗ばあげとるもんで、わしらは八旗丸と呼んでおるたい」

常安丸よりも何倍も大きい。

「総頭領の劉白絃は乗っておるか」

「いや、乗っちゃらんね。劉が座乗のときはよ、頭領旗があがっちょるたい」

「船足はどうか」

「まあ、おっつかっつじゃね」

正面から攻撃されたら、常安丸は一溜まりもあるまい。

「南蛮の旦那、船が小さい分、小回りはうちが利こうたい」

と珠吉が豪快に笑い飛ばした。

常安丸は素知らぬ顔で百鬼水軍の八旗丸の前を通過していった。するとするすると帆が上がった。

百鬼の文字が浮かび上がった。

「あやつら、待ち受けちょったばい」

紀平は本柱と補助柱にも帆を上げさせ、船首の弥帆《やほ》も張らせた。

これで船速が格段に増した。

旦那部屋からおこまが艫櫓に上がってきた。

「なにかございましたか」

「百鬼水軍の八旗丸が追ってくるわ」

おこまが北の海を見た。

そこには満帆に風をはらんで、白波を蹴立てて追尾してくる船影があった。

二船の速度はほぼ同じ、距離は半里ほどあった。

「おこまさんよ、船に女ば乗せると海が荒れるちゅうがほんとやったばいね」

「船頭さん、百鬼水軍の密輸船が現われたのは私のせいなの」

「さあてのう」

紀平は平然としたものだ。

右舷には平戸島の影が、左舷には九十九島の島が次々に立ち現われる中、二隻の船はひたすら順風を受けて南下していった。

一刻後、平戸島が遠のいていく。

相変わらず八旗丸は間をおいて常安丸を追跡してきた。

影二郎の目にもわずかにその間隔が狭くなったのが分かった。

「どうせ黒島じゃあ、一緒になろうもん」

紀平がうそぶく。

「枯木島を通り過ぎたぞ」

舳先で見張っていた珠吉が叫んだ。

「百鬼どもがわしらを襲うとしたらこの先じゃろうたい」

紀平の話では平戸島も本土も遠のき、船の往来も少なくなるという。

風が弱まった。

すると船の速度に差が現われてきた。

南蛮船の帆装と船体を取り入れた百鬼水軍の八旗丸が段々と大きくなってきた。

「いよいよ船戦《ふないくさ》じゃな」

影二郎は舳先に行った。するとそこでは珠吉が鯨銛の先端に油を浸したぼろ布を巻きつけていた。飛道具は何本もすでに造られていた。

「南蛮の旦那、一泡吹かせてやるけんね」

「うまくいくとよいがな」

「呼子の勇魚捕りの珠吉たい。金玉も縮み上がっちおらん」

火銛造りを影二郎も手伝った。

十数本の飛道具が出来た。

そんな作業の間にも百鬼水軍の八旗丸が見る見る迫ってきた。

松明も用意された。

「珠吉、引き寄せるまで隠しておけ」

影二郎の注意に珠吉は頷くと、

「さあ、来い！」

と素手で立ち上がった。

ついに八旗丸が右舷に並走してきた。

間合いは半丁もない。

その船の舷側は明らかに常安丸の倍以上の高さがあった。

横腹にぶつけられたら一溜まりもなかろう。

紀平は東へと逃れようと必死で操舵していた。

さらに八旗丸が接近した。

顔に黒革の面具をつけた倭寇の面々が穂先に飾り布をつけた長槍や銁手を持って接舷を待っているのが見えてきた。

船頭や水主の他、百鬼組の面々が十数人も乗船しているようだ。

二船の間隔は二十数間に縮まった。

「珠吉、茂三郎、まだ手のうちを見せるでないぞ！」

影二郎は逸《はや》る若い水主たちを諫めた。

「合点承知たい」

珠吉が武者震いしながら返答した。

三人は舳先に屹立してさらに大きさを増した百鬼水軍の八旗丸を見上げた。

百鬼水軍の戦士たちは縄の先に手鉤をつけた道具を頭上で回転させ始めた。

両船の幅が十余間に接近した。

奇妙な音の喇叭《ラッパ》が八旗丸に響いた。

「よし、今じゃ！」

鯨銛を手に立ち上がった珠吉の油布に影二郎が松明で火を点けた。

黒い煙を上げて燃え上がった。

珠吉が火銛を肩に担ぐと、接近してくる八旗丸の帆に投げた。

揺れる船上から投げられた火銛は見事に海上を飛んで、八旗丸の主帆に命中して切り裂き、燃え上がらせた。

「見事じゃ、珠吉！」

影二郎が大声を上げて褒め、珠吉が、

「呼子の羽差の技を知らんね」

と胸を張った。

さらに二本目の銛が今度は船尾の舷側に突き立って燃え上がらせた。

だが、八旗丸は強引にも接舷してきた。

船頭の紀平が必死に左舷に切って、船端を打ち破られるのを避けた。

三本目の銛は投げ遅れた。

再び舷側を接近させた百鬼船の甲板から縄がついた手鉤が投げられ、常安丸の船端に引っ掛かった。

影二郎は法城寺佐常を抜くと縄を一本二本と切った。が、手鉤は次々に飛来してきた。

常安丸は八旗丸に引き寄せられていく。

影二郎は飛びこんでくる百鬼水軍の武人たちとの斬り合いを覚悟した。

珠吉も銛を手に乱闘に備えた。

袖無しの革短着に足にぴったりした裁付袴に革足袋の百鬼水軍の一番手が青龍刀を翳《かざ》して、高い百鬼船の舷側から常安丸に飛び移ろうとした。

だーん！

海上に銃声が響いた。

艫櫓におこまの姿があった。その両手には阿米利加国古留止社が開発したばかりの輪胴型連発短筒が翳され、銃口から硝煙が上がっていた。

異国で造られた重い短筒を非力のおこまは両手撃ちで会得していた。

「あうっ！」

絶望の悲鳴を残した襲撃者は船と船の間の海面に落下していった。

二番手が飛んだ。

再び銃声が鳴り響いた。

胸を撃ち抜かれた百鬼水軍の男が常安丸の舷側に身を叩きつけられて海上に落下していった。

ふいに八旗丸が離れていった。

「ざまあなかたい」

「百鬼水軍も大したことなかね」

紀平と茂三郎らが言い合った。

八旗丸は帆柱から帆を下ろして、消火作業を行おうとしていた。

見る見る両船の間が開いていく。

「魂消《たまげ》たばい、おこまさんにあげん奥の手があるとはな」

珠吉が破顔して、艫櫓のおこまに叫んだ。

「ありがとう、珠吉さんの銛打ちもなかなかのものよ」

「そじゃろそじゃろ」

珠吉が正直喜んだ。

影二郎が後方を再び見ると完全に停船した八旗丸は消火作業に追われていた。

「これで黒島までは先につくたい」

船頭紀平の言葉に緒戦の勝利が宣告された。


夕暮れ、根谷ノ鼻を回って黒島の湊に入っていった。

湊には九十九島を航行する船が何艘か帆を休めていた。

「八旗丸はここまで追ってくるであろうか」

影二郎が紀平に聞いた。

「主帆を焼かれて往生しとろう。補助と弥帆で走らせてん、明日の夜明けじゃろうな」

緒戦に勝ったことで半日ほど余裕が生まれた。

「腹が減ったたい」

珠吉が叫んだ。

「今日は私も手伝うわ」

わずかながら湊付近には漁師の家や納屋が見えた。

常安丸はいつでも出帆できるように舳先を湊口に向けて停泊し、木樽を積んだ伝馬船が下ろされた。水や食料を仕入れるためだ。

珠吉が櫓を漕ぎ、影二郎もおこまも同乗した。

「黒島には隠れバテレンがおるげな」

湊付近には人もいない、のんびりした風景が広がっていた。

珠吉は一軒の漁師宿に入っていった。暗い三和土で老婆が口の中で経のようなものを唱えながら、かますの一夜干しを仕分けていた。

「ばあさま、唐津の珠吉じゃ、元気ね」

知り合いか、珠吉が大声を上げた。

老婆の顔がゆっくりと回って珠吉を、影二郎を、おこまを見た。

「珠吉さんね」

深く刻まれた皺が伸びて、天女のような笑みが浮かんだ。

「水ばくだせえ」

「ああ」

と領いた。

「ばあ様は耳が遠いとたい」

そう二人に言い残した珠吉は木桶を下げて裏庭に回った。

影二郎は土間を見て回った。すると三和土の隅に葡萄酒を入れていたぎやまんの空瓶が何十本とあった。また甕《かめ》がいくつかあって、こちらからは強い酒の匂いが漂ってきた。

「ばあ様、この瓶はどうしたのか」

影二郎が大声を出して聞いた。が、影二郎の言葉では理解がつかぬのか、素知らぬ顔だ。するとそこへ珠吉が戻ってきた。

「井戸端にあった蛸《たこ》ばもろうていくばい」

珠吉は手に塩で揉まれた蛸を下げていた。

老婆は素直に頷く。

「ばあ様の家はくさ、島で一つのなんでも屋たい。薪から水、野菜に魚まで海賊やろうと南蛮船やろうと商いをするたい」

珠吉が説明し、土間の瓶に目をやった。

「ずっと昔のことたい、西班牙《イスパニア》の船が難破して、木箱がいくつも浜に打ち上げられてくさ。そん中から、割れちょらん瓶ば拾うてきたとたい。ばってんだれも買うやつはおらんもんで何年も残っとう」

「甕はどこのものか」

「琉球の酒やろ、そんまんま飲んだらくさ、喉が焼くるばい。なんしろ強か、火付ければくさ、ぼうぼう燃えるもん」

「空瓶と火酒を一甕、売ってはくれぬか」

影二郎は懐から一両を出した。

「ばあ様、売るね」

珠吉が影二郎の考えを訝りながらも聞いた。

影二郎の差し出した一両を見ていた老婆は小判を引ったくると懐に仕舞った。にやりと皺だらけの顔に笑みを浮かべた老婆は、腰をがくがくと伸ばすと土間から消えた。しばらくして戻ってきた老婆の手には葉も瑞々しい大根が三本ほど下げられ、それが影二郎に渡された。

「ばあ様、いい商いばしたごつあるね」

珠吉が笑い、

「おこまさん、そん大根でくさ、鯨の脂身の塩漬けと煮込みまっしょ。蛸はぶつ切りでよかろ」

珠吉が縞柄の財布から銭を出して、老婆の手に蛸の代金を握らせた。

「かますも美味しそうよ、もらっていかない」

「よかよか、好きなだけおこまさん分けてもらいない」

珠吉が老婆の手に再び銭を握らせ、おこまは遠慮しながら何匹かのかますを手にした。すると老婆ががさりと摑んで、おこまの手に押しつけた。

三

湊に停泊した常安丸に戻ってみたが、百鬼水軍の八旗丸は黒島に姿を見せた様子はなかった。

「あやつら、人もおらんどこぞの島に泊まっちょうな」

紀平の推測であった。

「そりゃ寂しかろうもん」

珠吉は百鬼水軍に同情する余裕すらあった。

「今晩は枕を高くして休めるな」

「昨日から二度も襲われたもんね」

艫櫓の下で調理が始まった。

鯨の脂身と大根が煮られ、そのかたわらで蛸がぶつ切りにされ、かますが焼かれて、酒の肴が出来上がった。

「南蛮の旦那もおこまさんも、今晩はゆっくり飲んでよかたい」

「いや、明日からの船旅を考えると、夕げのあとな、ちと戦の用意をしておかねばなるまい」

影二郎が言い出した。

「旦那は用心深かかね」

珠吉が徳利を持ち上げて、影二郎の茶碗に注ぎながら笑いかけた。

影二郎や紀平ら六人が車座になっての夕げが始まった。

「影二郎様、船旅も悪くないわ。江戸に戻るのがなんだか嫌になりますね」

「よかよか、おこまさん、おいが嫁さんになって唐津に残ってくだせえ」

珠吉がおこまを口説いた。

「それもいいかな」

おこまの言葉にも真実が籠《こも》っていた。

「酒ば飲んでくだせえよ、おこまさん」

たゆたうような時間が流れていき、静かな夜を迎えようとしていた。


夜明けの前、常安丸は帆を上げた。

百鬼水軍の八旗丸はとうとう黒島に姿を見せなかった。

「もう追って来きらんごとある」

珠吉の考えだ。

「いや、油断は禁物だぞ、珠吉」

影二郎はそう簡単に諦めたとも思えなかった。

影二郎と珠吉は黒島の浜で拾ってきた石にぼろ布を巻きつけて綱で縛り、その綱の端を五尺ほど残した投げ玉を何十個と徹夜で作り上げていた。火銛と同じようにぼろ布に油を浸して、襲いくる百鬼水軍の八旗丸に投げようという新たな飛道具だ。

それに強力な飛道具を影二郎の考えで拵《こしら》えてあった。だが、それが実戦の役に立つかどうか、発案者の影二郎にも分からなかった。

黒島を出航して一刻、朝焼けの海を常安丸はひたすら南行していた。

四方には海が広がって、一隻の船影も見えなかった。

東風が常安丸の横手から吹きつけて、船足はそう上がらなかった。だが、百鬼水軍の追跡を受けているわけでもない。

ゆったりとした船旅で、おこまも艫櫓で南国の陽光を浴びて半日を過ごした。

昼を過ぎて風が常安丸の後ろに回って、追風になった。

船速が上がった。

舳先に回った影二郎に珠吉が、

「南蛮の旦那、あれが見えるな」

と遠くにかすむ陸影を指した。

「ありゃ、寄船鼻たい。もうな、あそこからなら、陸伝いに長崎に行けるもん」

珠吉は西に視線を巡らして、大島だと言った。

潮の流れが早くなった。

「呼子ノ瀬戸に入ったとやろ、今晩は大島泊まりやね」

半島の影が大きくなってきた。

さらに潮の流れが瀬戸の南に向かって急流のように流れ始めた。

おこまが悲鳴を上げて、旦那部屋に逃げこんだ。

「おこまさん、湊にすぐ着くたい」

珠吉が笑いかけ、潮の流れを読む作業に入った。そして、複雑に変わる流れと波間に見え隠れする岩場の位置を艫櫓の船頭の紀平に大声で伝えた。

視線を上げた珠吉が驚きの声を上げた。

「なんとまあ、百鬼水軍の野郎ども、先回りして湊の入口ば塞いでおるたい」

影二郎が見ると百鬼水軍の八旗丸と早船が六挺櫓を立てて、湊への水路を閉ざすように停船していた。

色鮮やかな八流の旗が異彩を放って風にはためく光景はなかなか壮観であった。

「やつらは夜のうちに先行していたか」

「南蛮の旦那、どうするね」

「湊には入られぬな、先へ急ぐしかあるまい」

「ならば明かりのあるうちに呼子ノ瀬戸ば乗りきらんば危なか」

珠吉が艫櫓の紀平の許に走った。

しばらくすると常安丸の舳先が回頭して、瀬戸の流れに戻った。

影二郎も艫に行った。

「夜の海を走れるか」

「今夜は十五夜、月明かりでなんとか走れんことはなかが……」

下りた。

紀平の言葉に懸念があった。

百鬼水軍の八旗丸に三本の帆柱に百鬼の文字が書かれた帆が上がり、早船の六挺櫓が水中に下りた。

常安丸は帆をすべて張り終わり、船足を最大限に上げた。

だが、早船はさらに船足が早かった。六つの櫓を舵手の指揮で見事に揃え、間を詰めてきた。

親船の八旗丸はその数丁あとをゆっくりと追跡してきた。

だが、瀬戸では戦いを仕掛ける様子は見えなかった。

気配を察したおこまが旦那部屋から出てきた。

「珠吉、われらも飛道具を用意しておこうか」

「おお」

舳先櫓と艫櫓に火銛、投げ玉が用意された。だが、影二郎新案の飛道具はまだ南蛮外衣の下に覆い隠されたままだ。

船のあちこちに火を点された松明が掲げられた。

船頭の紀平、水主の伊佐次じいと茂三郎の三人は操船に専念せねばならなかった。

常安丸の戦闘員は影二郎におこま、そして珠吉の三人だけだ。

四半刻後、呼子ノ瀬戸を抜けた。

広々とした海に追い出された常安丸と百鬼水軍二隻の船上に茜色の残照が舞い散っていた。

八流の旗が夕日に輝き、主帆の百鬼の文字が鮮やかに浮かんだ。

八旗丸と早船が左右に分かれた。

常安丸の両舷から襲うつもりか。

珠吉は早くも火銛を手にしていた。

「あやつら、すぐにも戦を仕掛けてくるとやろうか」

影二郎は両眼を凝らしてみた。が、まだ戦機は熟してはいなかった。

「夜戦とみたな」

「ならば、めしでも食っておくか」

珠吉は握り飯にかぶりついた。

黒島を出るとき、残り飯でおこまと珠吉が作っておいた握り飯だ。

「よくまあ、食べられるわね」

船酔いに悩まされ続けるおこまが呆れたように珠吉を見た。

「腹ば減っちゃ戦もできめえが」

勇魚捕りの漁師は平然としたものだ。

静かな追走がさらに半刻も続いたか、船頭の紀平が叫んだ。

「戦ば仕掛ける気ばい、船足が上がったぞ!」

影二郎らも後方を注視すると、右舷側から六挺櫓立ての早船が一気に迫ってきた。さらに左舷からも八旗丸が追いすがってきた。

常安丸は帆のすべてを使いきって、もはや船足を上げる方法はない。

影二郎ら常安丸の者たち六名すべてが艫櫓に集まった。

船頭の紀平が、

「旦那、なんぞ策はごぜえますか」

と影二郎に聞いた。

「二艘に挟撃されては敵わぬ。紀平、まずはわれらの力を六挺櫓に集めようではないか」

紀平が改めて追跡してくる敵船を見た。

六挺櫓の早船がすでに一丁の間に迫り、百鬼水軍の八旗丸はさらに一丁ばかり後方にいた。

「ようございますばい、六挺櫓ば狙いまっしょたい」

「おこま、そなたは紀平を守れ」

影二郎はおこまに操船する船頭を守る役を命じた。

「承知しました」

おこまが決然と答え、各自が持ち場に散った。

珠吉は舳先櫓から火銛をかざした。

茂三郎は左舷を守ることになった。

伊佐次は遊軍だ。

南蛮外衣をかたわらに脱ぎ捨てた影二郎は右舷の中央に待機した。

六挺櫓の押し殺したような掛け声が聞こえてくるようになった。

すでに半丁と間合いは狭まっていた。

恐ろしげな面具の一団のうち、舳先側の二人が櫓を上げ、鉄砲を構えた。

銃口は船頭の紀平に向けられていた。

「親父、鉄砲を撃ちかけてくるぞ!」

珠吉が叫ぶ。

「いらぬ心配ばすんな、わが身くらい守れるたい!」

紀平が操船しながらも叫び返す。

おこまも連発式の短筒を向けたがまだ距離があり過ぎた。

鉄砲の的の紀平は銃口だけを見据えていた。

煙が見えた。

紀平がひょいと頭を下げた。

銃声が海上に響いて、銃弾が紀平の頭の上を通過していった。

常安丸の船尾が波間に押し上げられた。

同時にもう一挺の鉄砲とおこまの古留止が火を吹き、鉄砲の弾は常安丸の外艫に当たり、おこまの弾丸は六挺櫓の上を飛び越えて、彼方の海で水飛沫を上げた。

影二郎は松明の火を油をたっぷりと染みさせた投げ玉に移し、縄を手に頭上でぐるぐると旋回させた。旋回の勢いで火勢が増した。

六挺櫓は常安丸の真横十余間のところに迫っていた。

「面舵《おもかじ》いっぱい！」

紀平が叫ぶと舵を右舷へと切った。

船足いっぱいで走る常安丸は、なかなか回頭を始めようとはしなかった。

紀平が必死で舵を押した。

影二郎が頭上で投げ玉を旋回させながら、艫櫓に視線をやった。

そのとき、ゆっくりと常安丸が六挺櫓に乗りかかるように方向を転じた。

影二郎の手から炎を上げる投げ玉が飛ばされた。

手製の火玉は薄闇の海を光らせて、六挺櫓の頭上を飛び去った。

影二郎は新たな投げ玉に火を点けた。

その間にも六挺櫓は常安丸に接近してきて、舳先の一人が鉤手のついた縄を投げると常安丸の舷側に引っ掛けた。

縄をぴーんと張った百鬼水軍の襲撃者は、勇敢にも六挺櫓の船端を蹴った。常安丸に飛びつき、船腹に足を掛ける心積もりだ。

張られた縄が海面近くまで下りた。が、襲撃者は巧みに両足を曲げ上げて飛び続け、船腹に足をかけると、猿のようにするすると登ってきた。

影二郎は二番目の投げ玉を六挺櫓の早船に投げると襲撃者のところに走った。

面具の顔が舷側にいきなり覗き、重い青龍刀を片手で抜き放つと影二郎の前に飛び下りた。

影二郎も法城寺佐常を抜いた。

二人は間合い一間半を一気に詰めてぶつかった。

襲撃者は青龍刀を大きく翳すと影二郎の眉間を砕く勢いで振り下ろしてきた。

影二郎は擦り上げるように二尺五寸三分の先反佐常を回した。

青龍刀と剣との長短と遅速の差が生死を分けた。

佐常の反りの強い切っ先が襲撃者の革の袖無しを斬り裂き、太股から下腹部を斬撃した。

影二郎は突進する勢いのままに相手の左へと走り抜け、青龍刀の打撃を避けた。

どさり！

青龍刀を投げ出すように倒れこんだ。

「弥帆に火が入ったぞ！」

紀平の叫びが上がった。

百鬼水軍の親船八旗丸から火矢が何条となく飛来して、弥帆に当たって燃え上がっていた。

火は弥帆だけではない。次々に燃え上がった。

「珠吉、消せ！」

新たな命が紀平から飛んだ。

珠吉が火銛を捨てて、消火にかかった。

おこまも艫櫓で燃え上がった火矢を抜き取ると海に捨てた。

その間に六挺櫓が常安丸の船端にぴったりと接舷していた。

二人の襲撃者が手鉤のついた縄を常安丸に投げかけようとしていた。

影二郎は、先反佐常を左手一本に持ち替え、右手で一文字笠の縁から珊瑚玉が飾りの唐かんざしを抜いた。六挺櫓を操る舵手に投げた。

虚空を真一文字に飛んだ両刃の唐かんざしは面具の真上、眉間に見事に突き立った。

舵手が悲鳴を上げて、体がぐらりと横倒しになった。

そのせいで六挺櫓の早船が左右に大きく揺れた。

六挺櫓と常安丸に大きな隙間ができた。

常安丸に駈け登ってこようとした襲撃者の一人が海に落ちた。

もう一人はかろうじて、船上に飛び上がってきた。

間合いを計った影二郎は、左手の佐常を青龍刀を振りかぶった襲撃者の胸に投げた。

豪剣は虚空を飛んで、鳩尾《みぞおち》に刺さった。その勢いで先反の切っ先が胸に抜けた。

よろめく相手に突進した影二郎は法城寺佐常の柄を握り、

「地獄に参れ!」

と片足で相手の体を蹴り倒した。

血塗《ちまみ》れの愛剣が影二郎の手に戻った。

六挺櫓を見下ろした。

舵手を失い、揺れ動いていた六挺艪の早船上では、漕ぎ手の一人が舵に取りついて船を立て直し、再び常安丸に接舷しようと試みた。

影二郎は船端を乗り越え、虚空に身を躍らせた。

飛び下りたのは早船の舳先だ。

影二郎が飛びこんだ反動で舳先が沈み、船尾が浮き上がった。

櫓を捨てた漕ぎ手が青龍刀を抜いた。

腰を沈めて早船の揺れに合わせた影二郎は、血染めの佐常を突き上げた。

先反が襲来する男の面具を突き割って、喉首を斬り裂いた。

六挺櫓の早船に残るは二人だ。

影二郎は一気に攻めこんだ。

揺れる早船の中、敵方は一人しか、影二郎の攻撃に応戦することが出来なかった。

影二郎は姿勢を低くして両足で開いて突進すると、先反佐常で残る一人目の肩口に袈裟斬りを見舞った。

踏み込んだ分、斬撃が鮮やかに決まった。

最後の一人は呆然と立ち竦んでいた。

「うわわっ……」

鬼人の形相の影二郎に怯えたか、自ら足を踏み外すように海へ落ちていった。

影二郎は舵手の眉間に突き立った唐かんざしを抜き取ると一文字笠に戻した。

常安丸はあちらこちらで炎を上げていた。

「南蛮の旦那、今寄せるでな！」

紀平が漂う早船に常安丸を寄せてきた。

影二郎は血刀を口に銜えると常安丸の船端から垂れていた縄に飛びついた。

その反動で常安丸が早船から離れた。

影二郎の体は振り子のように虚空を舞って、船腹に叩き付けられた。

痛みが脳天を突き抜けた。だが、放すと海に転落する。

影二郎は必死に縄に縋って体勢を立て直そうとした。

「影二郎様！」

おこまの叫びが闇に響いた。

その直後、凄まじい打撃が常安丸と影二郎を襲った。海の上を振り回される影二郎の視界の端に百鬼水軍の八旗丸が常安丸の船尾に突っ込んだのが見えた。

だが、影二郎はわが身を保持しているのが精一杯で、どうすることもできない。ただ必死に耐えた。何度も船腹に叩きつけられ、失神しそうになった。
その度に意識を失えば死ぬぞと言い聞かせた。
ようやく揺れが鎮まった。
影二郎は萎《な》える腕を鼓舞して、よろめくように船端を這い上がり、常安丸に戻った。
痺《しび》れる両腕をさすりながら荒い息をついた。
影二郎が船上を見ると、あちらでもこちらでも炎を上げていた。
珠吉、茂三郎らが消火に追われていた。
その姿が影二郎を元気づけた。
(おのれ……)
影二郎は左舷に走った。
その視界に燃え上がった竹籠を海に投げこもうとする伊佐次じいの姿が目に入った。
「野郎ども、玄海灘の勇魚捕りを虚仮《こけ》にしちゃいかんたい!」
竹籠を放り投げた伊佐次の胸に深々と火矢が刺さった。
「あ、あいた!」
伊佐次は叫びを残すと暗い海に転落していった。
「糞!」
百鬼水軍の八旗丸は常安丸を威圧するように横手に迫ってきた。

何本もの手鉤をつけた長い棒が突き出され、その先で常安丸の船端を捕らえようとしていた。

影二郎は南蛮外衣の下に隠していた瓶の火口《ほくち》に松明の火を移すと、

「伊佐次の仇だ！」

とばかり、頭上から手鉤を振るって寄せようとする百鬼水軍の武人らが群がる舷側に投げ上げた。

瓶が船端に当たって砕け、ぱっと炎が上がった。

琉球の火酒と葡萄酒の瓶で造られた火炎瓶はなかなかの威力を発揮した。

火達磨《ひだるま》になった武人が甲板を転がり回るのを見た影二郎は、

「珠吉、茂三郎、次々に火炎瓶を投げよ！」

と叫んだ。

「おおっ、百鬼の船ば、火達磨にしちゃるけんね！」

珠吉が叫んで走り寄って火炎瓶を摑んだ。

影二郎ら三人、次々に火酒を詰めた瓶に火を点けると敵船に向かって投げつけた。

次々に新たな炎が上がった。

異国の言葉を吐いた百鬼水軍の武人が常安丸の艫櫓に強引に飛び下りてきた。

「四ツ竹のおこま姉さんが阿米利加国製の鉄砲玉を食らわしてやるよ！」

輪胴式の連発短筒を両手撃ちに突き出したおこまの指が啖呵《たんか》とともに引き金を絞った。

「だだーん！」

巨大な銃声が夜の海を震わし、襲撃者の胸に血飛沫がぱっと上がった。そして、体を大きくのけ反らせ、海に転落していった。

八旗丸が常安丸の船体から再び離れていこうとしていた。

それでも影二郎と珠吉は火炎瓶を投げ続けた。

今や海をあかあかと照らして二隻の船は燃えていた。

炎の勢いは断然八旗丸が盛んだった。

主帆も燃え上がり、八流の旗にも火が入った。

影二郎の投げた火炎瓶が海に落ちて、一瞬燃え上がった。

「止めよ、珠吉！」

もはや両船は大きく離れていた。

「珠吉、火ば消さんかい！」

船頭の紀平の次なる命に珠吉も影二郎も消火作業に専念した。

弥帆も二枚帆も焼け落ちた。

だが、なんとか常安丸は消火を終えた。

影二郎がふと気付いて、八旗丸に目をやると海上遠くに小さな炎が見え隠れしていた。

夜の船戦は終わった。

虚脱したおこまが艫櫓の片隅にしゃがみこんでいた。

撃退はしたが伊佐次を失い、常安丸も満身創痍で夜の海に漂流していた。

「南蛮の旦那、わしらは勝ったんやろか」

真っ黒な顔の珠吉がつぶやいて、焼け焦げだらけの船上に座り込んだ。

四

朝がやってきた。

常安丸は孤独にも南海に浮かんでいた。

百鬼水軍の八旗丸にぶつけられて船尾を破壊され、あちらこちらと炎が走った常安丸は、ただ海に浮かぶ棺桶のように漂流していた。

影二郎のかたわらではおこまが死んだように南蛮外衣を着せられて眠っていた。

整った顔に煤がこびりつき、汚れていた。それがかえっておこまの美貌に一際凄みを与えていた。

「ああ、影二郎様」

おこまが目を開いていった。

「お互い生きておったな」

おこまが影二郎を見返すと、

「なかなか人間死ぬようには出来てませんね」

と笑い返した。

「旦那部屋へ戻ってもう少し休め」

「ええ、そうします」

立ち上がろうとしたおこまがよろめき、影二郎の手が支えた。

「おこま、死ぬなよ」

「死にはしませんよ」

影二郎にしばらくしなやかな体を預けていたおこまが名残りおしそうに船室に向かった。

影二郎の手にはおこまの匂いのする南蛮外衣が残された。それを羽織ると艫櫓に上がっていった。

そこでは朝の光の中に破壊された外艫を調べる船頭の紀平、珠吉、茂三郎の姿があった。

「どんな風かな」

「見らんね、めちゃめちゃやられたばい」

上体を海に突き出すように調べていた珠吉が顔を上げていった。

影二郎は珠吉を真似て、外艫を覗きこんだ。

和船の舵は南蛮船のように船尾材にしっかり固定されてはいない。

舵を外艫に保護して吊り下げて、床船梁の凹みを軸受けにして浮かべてあった。浮動保持方式をとったのは日本沿岸の水深が浅く、舵が海底に引っ掛からないように上へ引き上げる考えから造り出されたのだ。また修理などで陸地に上げるときは舵が自在に取り外せるという利点もあった。

その和船の最大の弱点である舵の半分が八旗丸に引き千切られたように壊れ飛び、消えていた。

舵の一部だけが残ってわずかに海面に浸かり、波間に揺れ動いていた。

「海の上では修理はきかんたい」

珠吉に言われなくとも、破壊の激しさと修理が困難なことはすぐに分かった。

「紀平、帆はどうか」

「主帆が半分ほど焼け残っただけたい」

そう力なく呟いた船頭は、

「舵がこげんじゃどもならん」

と悔しそうに漂流せざるをえないことを告げた。それでも、

「珠吉、茂三郎、船ば見つけんね」

と行き合う船に助けてもらおうと水主たちに見張りを命じたのだ。

「おお」

と答えた珠吉が壺に残っていた水に柄杓《ひしゃく》を突っ込み、喉を潤すと帆柱にするすると登っていった。今一人の水主の茂三郎が舳先に走った。

艫に紀平と影二郎だけが残された。

「旦那、運がありゃどこぞの船に行き合おう」

「食べ物はどうか」

「食うもんはあるたい。けんどな、火ば消そうと水は使こうてしもうた。この水瓶だけが命の綱たい」

影二郎がのぞくと瓶の半分ほどしか入ってなかった。

「水を制限しても二日か三日……」

「そんだけ持とうか」

紀平の言葉は厳しかった。

影二郎は四方を見渡したが陸地も船影も見えなかった。ただ、鈍色の波間に白い波が立って広がっていた。

「旦那、こうなりゃ体力勝負たい。休めるときに体ば休めておいてくだせえ」

「そうさせてもらおうか」

艫櫓を下りた影二郎は帆柱の天辺に縋りついて、四方の海を見張る珠吉に声をかけた。

「船は見えぬか」

「鯨の潮吹きも見えんたい」

「気長に見張れ」

「心配せんでもよか、南蛮の旦那。珠吉が長崎まで連れていっちゃるけんね」

「ああ、そうしてくれ。待てば海路の日和ありというからな、おれは寝る」

「そうしない、そうしない」

屈託のない声が天から降ってきた。

旦那部屋には南蛮の敷き物が敷かれ、造りつけの寝台まであった。

おこまは寝台にひっそりと寝ていた。

影二郎は一文字笠と南蛮外衣を脱ぎ捨て、敷き物の上に寝ようとするとおこまが、

「影二郎様」

と声をかけてきた。

「眠れぬか」

影二郎は寝台のかたわらに立った。

「舵はどんな具合でございますか」

「海の上では修理が利かぬほどに破壊されておる」

「ものすごい激突でしたからね。私は船端に摑まってましたがいきなり吹っ飛ばされ、船端に頭をぶつけましたよ」

「おれは波間を綱一本に身を託して翻弄されておったわ」

二人はあの瞬間を思い出し、ぞっとした。

「帆も焼けた。だがな、一番の気遣いは水が余り残ってないことだ」

おこまがじっと影二郎を見上げた。

「影二郎様、これまでもなんとか生き抜いてきましたよ」

「そうだな」

夜具からおこまが手を差し伸べて、影二郎の手をとった。

影二郎がよいのかという風に見た。

おこまが小さく頷いた。

影二郎は着流しの腰から法城寺佐常を抜くと寝台に立てかけ、おこまのかたわらに滑りこんだ。

おこまの香りが甘く影二郎の鼻孔を刺激した。

「嫌いな船に乗せるのはいつも影二郎様でした」

「とうとう南蛮船が走る南海を漂わすことになったな」

「それもこれも影二郎様のせい……」

おこまの顔が影二郎の胸に添えられ、

「私たち、死ぬのでしょうか」

とさっきとは違う問いを発した。

「諦めるのはまだ早かろう」

「影二郎様と一緒なら」

とおこまが呟き、顔を上げた。

影二郎とおこまがすぐそばで見合った。

「おこま、苦しむことになるぞ」

「もう十分……」

影二郎の手がおこまの頰にかかった。

「いつ死ぬか知れぬ御用旅の間だけでも夢を見させてください」

影二郎の両腕がしなやかな体を抱きしめた。

おこまの腕も影二郎の首に巻かれた。

「影二郎様が好きでした」

叫んだおこまの顔が影二郎の顔に合わさり、激しく口がつけられた。

「ああっ」

いったん離したおこまの口から喜びが滲んだ声が洩れた。

影二郎の舌先がおこまの口を割った。

二つの舌先が互いの温もりを確かめるように絡み合った。

おこまのそれはやわらかくしなやかだった。

影二郎はおこまの肉体を抱くとくるりと体の位置を変えた。それでもおこまは絡めた舌を放さなかった。

影二郎は襟元に手を差し入れると二つに割った。

顔を上げて見た。

白いたおやかな双胸だった。

影二郎の掌にちょうど掴まれるほどの乳房はしっとりとして張りがあった。

「気持ちよいな」

「ああっ！」

おこまはうめき、下腹部を反らした。

影二郎の舌が乳首を転がすようにとらえた。

おこまは全身を悶《もだ》えさせた。

影二郎は二つの乳房の間を行きつ戻りつさせたあと、帯を解くと着物を大きく開いた。

白く伸びやかな五体だった。

影二郎の舌は乳房から落ちて脇腹へと回った。さらに愛らしい臍《へそ》の周りを回ると一気に豊かな繁みの下腹部へと落ちた。

「ああっ、え、影二郎様、お、おこまは死んでもようございます」

切れ切れにおこまが洩らした。

影二郎の顔をしっとりしたおこまの両足がはさみこんだ。

影二郎はおこまの腰を両腕に持ち上げた。

「な、なんと……」

官能におこまの五体がうち震えた。

影二郎はおこまの下半身を寝台に下ろすと下腹部を大きく開けさせ、芳しい香りを放つ秘部へおのれのものを沈めていった。

「よう、ようございます」

おこまは絶えずなにか呻きを洩らしながら、影二郎の全身を抱き締めた。

二人はただ波間に揺れ動く常安丸の船室で互いの肉体に束の間《つかま》の安息を求めた。それが生きている証《あか》しのように求め合った。


「船が見えたぞ！」

何刻ほど眠ったか。

珠吉の声に眠りを覚まされた影二郎は裸のおこまのかたわらから飛び起きて、素早く身仕度をした。

法城寺佐常を手に旦那部屋から飛び出すと、陽はいつの間にか西に回っていた。

帆柱の天辺にしがみついた珠吉が手を指すのは西南の方向だ。

影二郎は舳先に走った。すると茂三郎が松明に火をつけて、左右に振っていた。

確かに水平線のあたりに小さな影があった。

白い帆が波間に見え隠れしていた。

「おおい、助けてくれ!」

「唐津の日野屋の船たい、助けてくれんね」

何里も先の船に声が聞こえるわけもないと分かっていても、珠吉も茂三郎も救いを求める声を上げ続けた。

「おいおい、止まれ、止まってくれ!」

影二郎も叫んだ。

だが、船影は四半刻も波間に上下していたが、いつの間にか消えていた。

影二郎は松明を黙って消す茂三郎の肩を叩くと艫櫓にいった。

「風具合で西に流されちょうもんね。うまくいくとくさ、五島列島の福江島あたりに流れつこうたい」

紀平が楽観的な見通しを語った。

帆柱から下りてきた珠吉が、

「それまで命が持っちょろうか」

と呟いた。

「親父さん、おれたちはだいぶ南に流されとるたい。五島の島々はもはや遠くに行っておろうもん」

「珠吉、痩せてん枯れてんわしらは呼子の勇魚捕りたい。客人のおらす前で泣き言は言うちゃいけん」

はっ、とした珠吉が、

「親父、すまんかったね」

と素直に謝るとまた見張りに戻っていった。

影二郎は柄杓に少しばかりの水を酌み、飲んだ。

夏場の漂流でないことだけが救いだ。

だが、もし凪の海が一変したら、空恐ろしいことであった。

「腹が減ったらくさ、干し飯があるで、それに味噌ばつけて食べてつかあさい。結構な味ですたい」

常安丸には非常食として蒸した飯を乾かした干し飯や味噌を積んであると紀平は言った。

水も少なく竈は壊れ、煮炊きなどもはや出来なかった。

「腹も空かぬな、減ったらそうしようか」

その昼下がり、珠吉が見つけた船以外行き合う船は発見できなかった。

舳先と艫櫓に松明を点した常安丸で五人は干し飯を口に含んで、空腹を満たした。

味噌を口にすると喉が渇くのでだれも食べなかった。

「荒れてきよった」

紀平の呟きの半刻後、海が大きくうねり始めた。

「珠吉、茂三郎、船の上の荷ば調べなっせえ」

嵐に物が流されないように点検せよと船頭が命じて、二人の水主が舳先から艫へ走り回った。

おこまは早々に旦那部屋に入った。

大きなうねりに強風が加わり、常安丸は木の葉のように翻弄され始めた。

雨も降り始めた。

烈風荒天の中、常安丸の速度が早まった。

闇の中、船は走った。どちらに向かっているのか見当もつかないまま、木の葉のように揺れて走り続けた。

必死で破壊された舵でなんとか船体を保持していた紀平からその命が飛んだのは夜半のことだ。

「柱ば切り倒せ！」

その命は最後の手段だった。

珠吉に茂三郎と影二郎も加わって、常安丸の主柱が根元から切り倒された。

「珠吉、茂三郎、縄ばつけて艫から流さんか！」

大きく揺れる船上で新たな命が下った。

切り倒した柱に太い縄を付けて舷側から海に流し、船尾の後方に引かせて、なんとか船の速度を減じようと試みられた。

舵が利かない常安丸は船体を捩《よじ》らせては激しく揺れ動き、上下しては不気味な音を立てて軋《きし》んだ。

今にもばらばらに壊れそうだ。

船頭の紀平はそれでも半壊した舵でなんとか常安丸の体勢を保とうと試みた。

「紀平、頑張れよ」

影二郎はただ励ましの声をかけるしかできなかった。

「親父、おれが代わろう」

夜明け前、力が尽きそうになった紀平に代わって、珠吉が舵棒に取りついた。

東の空がゆっくりと白んできた。

そして夜が去って行くとともに嵐の海も消えていった。

常安丸はさらに痛めつけられた姿で海を漂流していた。

凪になった海を見て、紀平が艫櫓で眠りこんだ。

「珠吉、大丈夫か」

舵を握り通した珠吉が、

「まだまだ一晩や二晩いくるばい」

と胸を張った。

若い勇魚捕りを嵐の体験がまた逞しく育てていた。

今一人の水主の茂三郎は、舳先に見張りに立っていた。

影二郎は舳先に行くと、茂三郎に少し横になれと命じた。

茂三郎は黙って影二郎を見ていたが頷き、水主部屋に下りていった。

影二郎はいずことなく流される常安丸の舳先で海を見やった。

が、視界のきくかぎり船影はなかった。

夜が明けたとはいえ、吹きつける風には師走の寒気がこめられていた。

一文字笠を目深に被り、南蛮外衣を身に纏ってただ屹立して南の海に望みを託した。

無限とも思える時間が過ぎていく。

いつの間にかうつらうつら影二郎は立って眠りに落ちていた。船の揺れに船端に叩きつけられて目を覚まし、見張りに戻った。

艫櫓を振り返ると珠吉も舵棒に上体を預けて、眠っていた。

「珠吉、目を覚ませ！」

顔を上げた珠吉が、

「南蛮の旦那こそ、しっかり見張らんね！」

と叫び返してきた。

何度も眠りに落ち、だんだんとその時間が長くなっていった。

夢を見ていた。

亡くなった母親みつが両手を差し出して誘っていた。

「瑛二郎、母の許に来なさるか」

慈母の笑みを浮かべたみつの許に幼い瑛二郎が走り出した。

「母上！」

差し出した手の先にみつがいた。

そのとき、

「夏目影二郎、御用も果たさずに死ぬ気か！」

と父秀信の叱咤を耳の奥に聞いた。

はっ、と我に返った影二郎は走りを止めた。

みつの姿が急に遠のいていく。

「母上！」

影二郎は重い瞼を開けた。

その視界に帆を広げた船が見えた。

(なんだ、夢の続きか……)

飛沫混じりの烈風が影二郎の頬に当たった。

その瞬間、正気に戻った。

半里も先に浮かぶ船は幻影ではない。

「ふ、船だぞ！　珠吉、船が行くぞ！」

影二郎の叫びに珠吉も目を覚まして、視線をきょろきょろさせ、

「おおっ、船が行くばい、福江島通いの便船たい！」

と叫ぶと、松明に火を点して降り始めた。

おこまがよろよろと旦那部屋を出てきたのはそのときだ。

幽鬼のようにやせ衰えたおこまは、両手に阿米利加国古留止社製の輪胴式連発筒を虚空に向けるといきなり撃った。

その銃声が海上に殷々《いんいん》と響いた。

だが、行く手の船はそのまま航行を続けていた。

だだーん！

もう一発銃声が鳴った。

影二郎は見ていた。

長崎と福江島を結ぶ便船がゆっくりと船足を止めて、回頭してくるのを……。

「おおーい！」

「助けてくれえ！」

「唐津湊の日野屋の船たい！」

船頭の紀平も茂三郎も加わり、影二郎たちはそのへんにあるものを振り回して船を呼んだ。

今や確かに便船は常安丸に向かって進んできた。

「影二郎様」

おこまが影二郎の胸に飛びこんできて泣いた。

「どうやらこのたびも助かったな」

「はっ、はい」

涙に咽《むせ》ぶおこまを抱いて、影二郎は便船を迎えた。

第四話　長崎南蛮殺法

一

常安丸は長崎と五島列島福江島四十三里の海上を往復する便船に引かれて、伊王《いおう》島と神ノ島の間を抜けて長崎湾によたよたと入っていった。

西海で漂流中に発見されて三日後、便船の船頭が唐津の鯨旦那、常安九右衛門を知っていたことと、海から陸へ東風が吹いていたことが常安丸に幸いした。

二人の船頭の話し合いで南海に放置されることなく、長崎まで引っ張っていこうということになったのだ。

「影二郎様、着きましたねえ」

頬がこけたおこまが感慨深げに言った。そして、自分たちの身なりを見ると、

「あれあれ、私たちって、まるでおこもさんだわ」

と笑った。

数日間、海水に打たれ、潮風にさらされてきたのだ。着ているものもよれよれなら、頭髪もぼうぼうだ。

「命の代償と思えば、なんのこともない」

影二郎は身なりを気にするほど元気を取り戻したおこまに言った。

「そうですねえ。命あっての物種、江戸へ土産話ができましたよ」

二人の会話に珠吉が、

「おこまさんよ、長崎には南蛮のべべも唐の飾り物も売っとろうたい。いくらでも着飾れますばい」

と笑いかけた。

「珠吉、まずは常安丸の修理か」

影二郎がそのことを気にした。

「長崎には日野屋と取引するお店も船大工もおる。おれたちはまずは船の修理やな」

と答えた珠吉は、

「南蛮の旦那とおこまさんはおれが知り合いの旅籠に送っていくたい。なんも心配せんでよか」

と請け合った。

長崎港境は神埼ノ鼻だ。

両岸は複雑に入り組む地形で江戸で見たこともないような船が停泊していたり、奇妙な帆を上げて走っていたりする間をうねうねと抜けていくと長崎港が瓢簞《ひょうたん》の底のように広がってきた。

正面に稲佐山が見え、その対岸に西海道第一の港町が山に向かって段々に伸び上がっていた。

「長崎の町か」

影二郎も初めて見る風景に嘆息の声を上げた。

「きれいなところですね」

感慨深げに呟くおこまの目は、立体的な家並みから異国の船を彷徨った。

港には折りしも極彩色に塗られた唐船と三本柱の阿蘭陀《オランダ》船が並んで停泊していた。

長崎の町が造られたのは戦国末期、永禄《えいろく》(一五五八〜七〇)から元亀《げんき》(一五七〇〜七三)年間といわれる。

長崎の地名のいわれは諸説ある。

当時この地を支配していた大名は大村純忠《すみただ》で、その配下の長崎村の領主が長崎甚左衛門であったからという説もその一つだ。

正徳《しょうとく》から享保にかけて長崎奉行を勤めた大岡備前守清相《びぜんのかみきよすけ》は、その著『崎陽群談《きようぐんだん》』で、

「長崎の地は、昔日深江浦といひて、漁者樵夫の類ひのみ居住し、まことに鄙辺《ひへん》の遠境なりし

に、文治《ぶんじ》の頃、頼朝の卿治世の折から、長崎小太郎何某といひし者を地頭に補し、差下されしより、小太郎居民を随へて領地し、夫《それ》より彼子孫連綿として不絶……」

と長崎甚左衛門の祖先の由来説に言及していた。

鎖国政策を取る徳川幕府は長崎を特別な港として遇した。

江戸時代、ただ一つの海外に開かれた窓として、阿蘭陀国と唐国の船を長崎に寄港せしめて交易を許していた。

南蛮諸国や阿蘭陀国からの珍奇な物産と最先端の情報が長崎を長崎たらしめ、江戸期を通じて異国情緒に溢れた町として発展を続けてきたのだ。

二人が訪ねた天保期、唐蘭貿易の主体は唐、つまり清国に移っていた。

延享《えんきょう》三年（一七四六）の幕府の布告で唐船十隻、蘭船二隻に制限され、往時の交易とは比較にならなかった。

そんな直轄地長崎に幕府は長崎奉行所を置き、奉行二人制として一人を江戸に残し、もう一人を長崎に赴任させていた。

影二郎たちが眺める長崎に赴任していたのは、御目付から転じた戸川播磨守安清《はりまのかみやすきよ》であった。

異国が開国を迫る中、長崎の防衛を長崎奉行の命の下、肥前佐賀藩の鍋島《なべしま》公と筑前福岡藩の黒田公の外様大名が千人近い藩士を一年交替で派遣して警備していた。

千人番所と呼ばれるものだ。

長崎奉行とともに譜代の唐津藩が外様の千人番所を監視する役目をおわされていたのだ。

だが、直轄地長崎が他の都市と全く異なるのは、幕府から派遣されてきた長崎奉行の監督とは別に、複雑極まる自治行政組織を持っていたからだ。

長崎町年寄と呼ばれる頭分を頂点に町人身分の地役人二千余人が唐蘭貿易を始め、実際の長崎の行政を運営していた。

便船が大波戸の船着場に接岸し、常安丸を曳航してきた綱が外された。

常安丸の舳先から珠吉が綱を陸に向かって投げた。

船はゆっくりと長崎の港にぶつかって止まった。

「南蛮の旦那、ちいと迷惑ばかけたな」

船頭の紀平が謝った。

「なんのなんの、過ぎてみればなかなかの冒険であったぞ」

「私はもう二度と難破は結構ですよ」

おこまが笑いかけた。

「おこま様、帰りは一人で長崎街道ば唐津に戻られますね」

「それもちょっと……」

おこまが困った顔をした。

「珠吉、二人ば五島屋に案内ばせんね」

紀平の命に、

「承知たい」

と応じた珠吉が傷だらけの舷側から板を船着場に渡して、まずはおこまを上陸させた。

「やっぱり土の上はいいな」

九死に一生を得た今度ばかりは感慨が籠っていた。足裏で何度もとんとんと地面を叩いて、生きていることを実感していた。

「親父、いってくるばい」

「帰りに船大工の家に寄って、棟梁の弥吉さんば連れてこんね」

「よかよか、首に縄ばつけてん連れてくるたい」

珠吉が影二郎とおこまを馴染みの旅籠まで案内に立った。

「おこまさん、あれが出島たい」

「紅毛人が住んでおられるところですか」

子供の頃、おこまは阿蘭陀商館長の一行の江戸参府のとき、背が高くて、金色の髪をした阿蘭陀人の姿を見て、

「鬼がきた」

と泣いた覚えがあった。

あの人たちが普段に住んでいる島なのか。

「ああ、奉行様の許しがなければあそこから出られんたい」

幕府の命を受けて、長崎と平戸の町人たちの手で出島が長崎港の一角に築かれたのは寛永《かんえい》十三年（一六三六）のことだ。

この出島の最初の主人は南蛮の葡萄牙《ポルトガル》人であった。だが、五年後には、阿蘭陀人が取って代わり、幕末まで狭い出島に愛憎の歴史を重ねることになる。

唐津の豪商日野屋、常安九右衛門の長崎の定宿五島屋は、出島と向かい合った江戸町の海っぺりにあった。

「吉五郎さん、客ば連れてきたたい」

「おおっ、唐津の珠吉さん、めずらしかね。九右衛門様はお元気か」

五島屋の番頭が三人を迎え、

「これはまたひどい格好たいね」

と目を丸くした。

「そりゃそうたい。百鬼水軍の八旗丸に襲われてくさ、舵ば壊されて、嵐の海ば漂流しとったもん。命があったんだけでも文句はいえん。番頭さん、風呂ば急いで立てて、江戸の別嬪《べっぴん》に入ってもらえんね」

「おお、そげんな事情ならすぐに風呂を沸かしまっしょたい」

急いで番頭が奥に姿を消した。

女中が濯《すす》ぎの水を桶で運んできた。

「南蛮の旦那、ここは日野屋の屋敷と一緒たい。遠慮ばせんで、なんでん用事ばいいなっせ」

珠吉がそう言い残して、船大工の許に去っていった。

「女中さん、知り合いの呉服屋さんはないかしら」

おこまは潮を被ってよれよれの小袖を気にして聞いた。

「ございますばい、私がうちに呼んできまっしょかね」

「私もついていこうかしら。影二郎様のきものも一緒に選んできたほうがはやいもの」

「おこま、ついでに髪結いも頼んでこい」

影二郎は顎の無精髭を撫でた。

「ならば二人でいきまっしょうたい。どこに出してん恥ずかしかなか、別嬪さんと殿様に仕立ててあげますけんな」

影二郎に心付けをもらった女中が胸を叩いて、その足でおこまと二人で町に出ていった。

影二郎は戻ってきた番頭に二階の続き部屋に案内されて上がった。

障子を開けると出島がどーんと正面に見えた。

「これはなかなかの眺め……」

「江戸ではこぎゃん眺めは見られませんたい」

敷地四千坪の人工島には一本の橋が架けられ、周囲は高い石垣に囲まれていた。

旗竿にへんぽんと赤、白、青の三色旗が翻って、その右手には蘭船からの荷揚げ場が望めた。高い塀にさえぎられて、紅毛人の姿は見ることはできなかったが、異国風の建物が並ぶ光景は長崎ならではのものだった。

「ただ今、風呂が沸きますでな」

と番頭の吉五郎が宿帳を差し出した。

「そなた、町年寄の祝矢七兵衛様を存じておるか」

「材木町の首席年寄ですな、むろんに承知にございますよ。お侍はご存じで……」

「いや、知らぬ」

「もしお訪ねなら、使いの者を差し向けておきましょうかな」

「町年寄とはなかなかの実権の持ち主のようだな」

「長崎を支配なさるのは長崎奉行にございますよ。ですが、実際に町を動かしておるのは二千余人の地役人、町年寄はその地役人の筆頭にございますれば、力は大したものでございますたい」

吉五郎は胸を張った。

「七兵衛様はどのようなお人か」

「若いがなかなか肝が据わった旦那様ですたい」

「若いとな、いくつか」

「三十六じゃったかな」

「お歌の弟ごか」

番頭の吉五郎の顔に警戒の色が漂った。

「お歌様をご存じね」

「唐津から養女にきたことを知っておる。お歌には子がいたな」

吉五郎の口が急に重くなった。

「なんぞ不都合か」

「隠居された先代も当代の七兵衛様も頭を抱えておられましょうたい」

「そなた、事情を承知か」

「噂に聞く程度はな、じゃけんど迂闊なことは言えまっせんな」

と吉五郎は口を噤んだ。

「おれが調べよう」

吉五郎が頷き、宿帳を見ると、

「旦那は江戸の浅草からおいでで」

と改めて影二郎の顔を見た。

「長崎見物にきた暇人さ」

「それはなんともよいご身分、と申したいが、お歌様のことを知りたいといわれる旦那が物見遊山の旅とも思えませんな」

と真面目な顔で影二郎を見返した。

番頭が去ったあと、影二郎は手枕でごろりと横になった。

船旅ではまともに眠っていない。疲れがじんわりと全身にたまっていた。そのせいか、いつの間にか眠りに落ちていた。

「お侍、風呂が沸きましたでな」

番頭の声に起こされて、影二郎は階下の風呂場に行った。

「おこまはまだか」

「女衆が買い物に行かしたんじゃ、なかなか戻らんたい」

「それもそうだな」

「ごゆっくり」

新湯がきらきらと昼前の光にきらめいていた。

影二郎は真っ裸になると湯を頭から被って潮っけを洗い流した。

湯船に五体を沈めた。するとばりばりと筋肉が鳴った。

腕から肩口にはいくつも青あざができていた。常安丸の船端に叩きつけられた打撲の跡だ。

（よくまあ、生きていたものよ）

影二郎の正直な気持ちだ。

手足を湯の中で伸ばして、両眼をつぶった。

さてさて百鬼水軍などという輩に関わりあって、肝心要《かなめ》の水野忠邦様の頼みは一向に進展してはいなかった。

この長崎でなんとかかたを付けねばと思ったとき、

「影二郎様、呉服屋で仕立てるには時がかかります。古着屋になかなかの小袖がございましたゆえ、求めて参りました」

と脱衣場でおこまの声がした。

「古着か、よいよい」

「下帯と襦袢《じゅばん》は新しいものを用意してございますよ」

「おこま、おれは上がる。そなたも湯に浸かって命の洗濯をせえ」

はい、と答えたおこまの気配が消えた。

脱衣場に上がるとおこまが揃えてきた下着と襦袢を身につけ、濃紫絹の袷《あわせ》に袖を通した。

まるで影二郎に誂《あつら》えたようにぴったりと合う。それにまだ水は通っていないとみえて、布もしっかりしていた。

真新しい帯をきりりと締めると気分が引き締まった。

部屋に上がろうとすると番頭が、

「髪結いさんが待っておられますよ」

と日があたる縁側に連れていかれた。

男の髪結いが鬢盥《びんだらい》と木桶に湯を張って待機していた。

「頼もうか」

「へえ」

無口ながらきびきびした動作の職人が影二郎の髭を手際よくあたり、胡桃《くるみ》油をつけて髪を梳き直してくれた。

「おかげですっきりした」

影二郎は生き返った心地がした。

そこへおこまも風呂から上がってきた。

「さっぱりなさいましたな」

「地獄から舞い戻った気分だ」

影二郎はおこまと交替した。

「おこまも髪を梳き直してもらえ。おれはふらりと出て参る」

着流しの腰に法城寺佐常だけを差し落とした影二郎は、五島屋を出ると江戸町から運河ぞいに北に向かった。

外浦町、萬歳町などという町並みをそぞろ歩きに歩いていった。

南蛮菓子屋に子供たちが群がって菓子を求めていた。着ている着物の柄まで江戸とは違って晴れやかだった。影二郎には行き交う女たちが眉を剃ってないのが珍しかった。

江戸期、女房になれば眉を剃り、お歯黒にする習わしがあった。が、長崎の女たちは違っていた。

極彩色の唐寺の山門が異国情緒を醸し出していた。

色彩も香りも異なる町家を見物し、路地を抜けていくと影二郎は八百屋町の立川役所、長崎奉行所の前に出ていた。

長崎に入港する唐蘭二国の交易船を監督し、西国大名を監視する長崎奉行所は、なかなかの偉容を見せていた。

奉行所の前には唐蘭貿易を一手に扱い、地役人の俸給、地下配分銀・運上銀、直轄地の徴税など事務を司る長崎会所の建物があった。

幕府直轄地の行政の監督、貿易、徴税などを司る会所が通りに面して向かい合っていた。

浪人姿の影二郎を見とがめたか、門番がじろじろと見た。

「戸川様はご在宅か」

「そなたは何者か」

「江戸からの旅の者だが、戸川安清様にご挨拶などと考えておったところ」

門番がじろじろと影二郎の風体を見回した。

「なにっ、素浪人が挨拶と言うか。お奉行は御用繁多である、行かれえ」

と棒の先で追い払おうとした。

通り掛かった与力が足を止め、訝しい顔で影二郎を見た。

幕府の奉行所が数多《あまた》ある中で長崎奉行所の与力は優遇されていた。

御暇金として金十両、引越し金五十両、引越し拝借金としてさらに五十両が出た。そして年俸は御手当金七十両、雑用金六十両の高給取りだけに、与力が着ているのは上絹の羽織袴だ。

「待て、門番」

江戸から長崎に赴任してきたと思える与力が門番を制し、

「それがし、当奉行所与力長谷川与兵衛と申す。そなた、もしや鏡新明智流桃井春蔵先生のご門弟、夏目瑛二郎どのではござらぬか」

と聞いてきた。

まさか長崎に昔の夏目瑛二郎を知る者がいようなどと考えもしなかった影二郎は苦笑して、答えていた。

「昔のことをようも覚えておられますな」

「やはり桃井道場の鬼でしたか。それがし、江戸にあるときは北辰《ほくしん》一刀流道場に通っておりましてな、出稽古に来られたあなたを見かけたことがござる」

「千葉周作《しゅうさく》先生のご門弟か」

「不肖の弟子です。夏目どの、そなたがお奉行の知り合いとあらば、それがしが奉行に取り次ぐがいかがかな」

「これはご丁寧に痛み入る」

と苦笑いした影二郎は、

「長谷川どの、門番どのの手前つい大言を弄したまで」

長谷川が呆れ顔で笑った。

「じゃが、ちょうどよき折り、長谷川様のご親切お受け致そう」

影二郎は長谷川に近寄るとその耳元に囁いた。

長谷川が影二郎を見返した。

「長谷川様に迷惑はかけ申さぬ」

頷いた長谷川が、

「それがしに付いて参られえ」

と奉行所に同道していった。

二

半刻（一時間）後、夏目影二郎は長崎奉行所の表門を出ると通りをはさんで建つ長崎会所の門を潜った。

屋敷の玄関を入ると広い三和土に接して、これも広い板の間があって、大勢の地役人たちが帳簿を繰ったり、南蛮からもたらされた織物などを調べていた。

「ちと伺いたい」

帳場格子の中の眼鏡の男が影二郎を見た。

「町年寄祝矢七兵衛どのは公務中か」

長崎会所では町年寄二人が会所頭取を兼務すると奉行所で聞いてきたばかりだ。

「七兵衛様は非番でしてな、御用なら材木町の屋敷を訪ねられませ」

と眼鏡の男が教えてくれた。

「手を止めさせたな」

影二郎の足は材木町の町年寄祝矢七兵衛の家に向けられた。

この時期、長崎の地役人は二千六十九人、じつに町民の十三人のうち一人が地役人であったとか。その役料銀だけでも三千貫に及んだという。

この二千余人の地役人の総代が四名の町年寄だ。町年寄はその配下の乙名を従えて、長崎を動かしていた。

元禄《げんろく》期に来日していた阿蘭陀商館医ケンペルは、長崎の町年寄は市長のようなもので、乙名はその下僚……と書き記したが、実際には実務は乙名が行っていた。

今少し乙名に触れながら長崎の独特の自治を記してみよう。

乙名には長崎七十七町に各々一人の惣町乙名七十七名、遊里である丸山・寄合町の乙名、唐蘭居留地の出島乙名、唐人屋敷乙名と、四種の乙名があった。

惣町乙名こそ乙名たらしめる役目だ。

各町の惣町乙名の下に組頭と日行事と筆者がいて、町内の行事を補佐し、町木戸番、自身番、町火消を監督した。

さて乙名を監督する町年寄の本務は、年始めに江戸参府を行い、長崎奉行の市中巡見に同行し、蘭船の出入りを見届け、献上物を選択することにあった。そのほかにも奉行所からの命令伝達、諸役人の退役などの審査、移住者の踏絵執行、戸数、人口、宗旨の把握と奉行所への報告など多岐に亘《わた》った。

唐蘭船と直接関わるだけに実入りも多く、それだけにその実権と財力は大名並みといわれていた。

影二郎は首席町年寄祝矢邸の豪壮な門構えと石垣を積んだ塀の重厚なこと、敷地に建つ屋敷の立派さにまず驚かされた。

「ごめん」

玄関先に立つと奥へ声をかけた。すると用人と思える老人が顔を出した。

「祝矢七兵衛様にお目にかかりたいのじゃが在宅か」

「旅の方のようにお見うけしますが、主とはお約束にございますか」

「いや、ない」

「それなればちょいと」

「用人どの、お歌様のことで江戸から参ったと伝えてくれぬか」

「江戸からでございますか」

用人の顔が緊張した。

「夏目影二郎と申す」

さらに用人は警戒の視線で影二郎の相貌を見ていたが、

「しばらくお待ちを」

と言い残し、奥に消えた。が、すぐに戻ってくると、

「夏目様、七兵衛がお会いすると申しております」

と面会が許されたことを影二郎に告げた。

案内されたのは中庭に面した南蛮風の部屋であった。

二十畳と十二畳の続き部屋には段通が敷き詰められ、高脚の卓や椅子があちこちに散っていた。そして、飾られているものはすべて異国の品々であった。

長崎の町年寄の威光を影二郎は思い知らされた。

「夏目様とおっしゃられますか」

唐物と思えるゆったりした長衣を羽織った、祝矢家の当主は椅子に座るように手で指し示し

た。

影二郎は法城寺佐常を卓に立て掛けると手近な椅子に座った。

血気盛んな壮年の顔に薄く憂いが刷かれて見えた。

「突然の来訪、相すまぬ」

「姉お歌の名を出されたそうにございますな」

「主どのには正直申し上げる」

「はい」

七兵衛の顔に緊張が宿った。

「それがし、老中水野忠邦様の使いにござる」

「水野様……」

ふいをつかれたように七兵衛が驚きを示し、迷いにか、何度か顔を横に振った。

「唐津にて鵜匠の岸峰三太夫どのと面会して参った。こちらのことを伺ったのは三太夫どのの口からじゃ」

七兵衛の視線は影二郎に釘付けになり、口を閉ざしたままだ。

「率直にお尋ね申す。七兵衛どの、そなたはお歌がなぜ岸峰家からこちらに養女に出されたか、その真相を存じておろうな」

「先代同士が話し合ったこと……」

「知らぬと申されるか。ならば、それがしが水野様の名を出したときの驚きようは何じゃな」

「さて、それは」

「得体の知れぬ素浪人の言辞など信用できぬか」

七兵衛の困惑の顔が心中の迷いを物語っていた。

影二郎は七兵衛に信用してもらうにはどうしたものかと考えを巡らした。

「町年寄の本務の一つに江戸参府があると聞く。南蛮貿易の拠点として長崎は開港のときから幕府勘定奉行と深い関わりがあろうな」

「はい」

「常磐豊後守秀信に面識あるか」

勘定奉行を呼び捨てにした影二郎を七兵衛は怪訝な顔で見た。

「ございます」

「勘定奉行常磐秀信は父だ」

秀信と妾であった母の間に生まれた子だ、という影二郎の告白に七兵衛の目が丸くなった。

「唐津派遣は父と水野様に頼まれてのこと。互いに腹を割って話す気にはならぬか」

祝矢七兵衛が両手で顔を押えるように撫でた。

手を膝に戻したとき、七兵衛の表情が変わっていた。

「夏目様にお話し申し上げる前に一つだけお答えいただけますか」

影二郎が頷いた。

「この時期、なぜ水野様はあなた様を唐津に派遣なされたのでございますか」

「お歌から水野様の許に手紙が届いた。お歌の子、邦之助との面会を望む手紙であったそうな」

「さてさて……」

七兵衛はどこか得心いったように頷いた。

「今一つお尋ね致します。水野様が夏目様に命じられた任務はいかようなものにございますな」

「お歌どのの手にある水野忠邦様の手紙を奪い返すこと。今一つは、邦之助どのの命を絶つことの二つ……」

「非情な命《めい》にございますな」

「老中首座を目指しておられる水野様のことだ。わが子の命など鴻毛《こうもう》より軽いわ」

七兵衛が影二郎を見て、詰問した。

「夏目様、その命に服されるおつもりか」

「水野様との面会のあと、父が申されたわ。遠隔地の長崎のこと、そなたの胸に聞いて行動せよと」

祝矢七兵衛の厳しい顔にわずかに笑みが浮かび、

「七兵衛、そなた様を信用することに致しました」

と言い切った。

七兵衛は先程の用人を呼ぶと、当分部屋にだれも近付けるなと命じた。

用人が去ると、これでよしと自らを納得させ、話し始めた。

「先代七兵衛は、幼名三郎助と名付けられた三男坊にございました。町年寄の名跡は当然、長男が継ぐ。さらに次男が祝矢が扱う交易の実権者となる、これが決まりでした。三郎助は、二人の兄の補佐をすることに決まっておりましたが、兄たちの補佐で一生を終わるよりはと、青雲の志を抱いて、長崎を出ましたそうで。そして、琉球から薩摩《さつま》、肥後《ひご》、日向《ひゅうが》、豊後と旅して歩きながら、なにを生涯の途に選ぶか考えていたそうにございます。そこで肥前の唐津港にたどりつき、縁あって藩鵜匠の岸峰三太夫様の屋敷に逗留しましてな、勇魚捕りの手伝いなどしていた。その折りのことです……」

長崎から唐津に入った船が祝矢七兵衛の長男の不慮の死を告げた。

長兄は嵐の日、座礁した唐船の見張りにいって海に転落、水死したとか。

三郎助は陸路長崎街道を走って故郷に戻った。

葬儀には間に合わなかった。が、祝矢では三男の帰郷を快く迎えてくれたという。そして、その場で次男が町年寄を、三郎助が祝矢の交易物産問屋を継ぐことが決まった。

だが、その半年後に町年寄を継ぐべき次兄が流行病《はやりやまい》で亡くなるという悲劇が祝矢家を襲った。

「……父は兄二人の死によって偶然にも祝矢の当主になったのです。もし伯父二人が健在なれば、唐津の勇魚捕りになるはずであったと、私は子供の折り父から何度も聞かされました。父は若き頃に世話になった唐津の岸峰三太夫様と死のときまで親しい交流を続けて参りました。いえ、会う機会は滅多にございませんでしたが、長崎と唐津には船が行き来しておりますでな、手紙のやり取りは頻繁でありました……」

七兵衛は話を中断すると壁の飾り棚からぎやまんの瓶に入った南蛮の酒とぎやまんの杯を二つ持ってきて、赤い酒を注ぎ分けた。

「葡萄牙のマデイラ酒です」

七兵衛は渇いた口を潤すように飲んだ。

影二郎も真似た。

甘く濃い酒が口の中で豊潤に広がった。

「私は幼名を壱太郎と申しましたが、十三歳のとき、正月前のことであったと思います。父の七兵衛が私に、そなたに姉ができるといきなり申しました……」

十三歳の壱太郎はびっくりして父を見た。

「そなたも長崎の男子なら、黙って運命を受け入れるときもあることぐらい理解つこう。姉となるべき人は一切祝矢の血を引いてはおらぬ。ゆえに祝矢の名跡、商いは継がせぬ。だがな、祝矢の女として、しかるべき家に嫁に行かせると私に宣告なされたものです」

先代は自分が外で生ませた娘ではないと明言したという。

七兵衛はマデイラ酒を口に含んだ。

「しかし、父も養女になった姉が身籠っていようとは想像もしなかったと思います」

「お歌の腹の子の父が前唐津藩主水野忠邦様とは知らなかったと申されるか」

はい、と七兵衛は明答した。

「父は突然に娘と孫を持つ身になった。長崎では、三郎助が放浪の折りに生ませた娘を引き取った、父が父なら娘も娘、奔放な生き方よ、と噂になったものでした。生まれた子を邦之助としたいと言い出したのは姉でございました。ともあれ、姉は祝矢の出戻り娘のように、邦之助は孫のように私と同様に分け隔てなく育てられたのでございます」

子まで持つ身とはいえ、十八歳の若さで美貌、祝矢の一族の娘を嫁にもらいたいという申し込みが七兵衛の許にいくつも来た。が、お歌自身ががんとして、嫁入り話を受けようとはしなかった。

「私と姉とは実の姉弟以上の仲であったと申せます。ええ、姉が三十の年になるまでのことでございます」

影二郎はお歌の秘密にようやく辿りついたことを知った。

「長崎には唐蘭船からもたらされる物産を購入するために西国大名方の屋敷がございます。ようやくシーボルトの禁制品持ち出し騒ぎが鎮まった文政十三年（一八三〇）、肥前唐津藩のお屋敷に等々力昭右衛門様が着任なさいました。譜代の唐津藩は千人番所を監督するという名分も持っておりますから、ここ長崎ではなかなかの顔にございます。むろん余禄として、唐蘭貿易に関わるという甘い話もございますので、羽振りがようございます」

「等々力と申されたが国家老等々力雪鵜どのの血筋か」

「末弟にございますよ」

と言った七兵衛は残ったマデイラ酒をぐいっと飲み干した。

「長崎では九月八日にくんちが始まります。この日、うちでは長崎在住の主だった方々をお招きする習わしがございます、唐人も蘭人も招かれます。そんな最中、昭右衛門様が姉に近付かれたようで、くんちの終わった長崎に姉と等々力様のことが噂になって流れたのでございます」

「すでに祝矢家では邦之助の父親がだれか知っておられたか」

「はい、そのことでございますよ。義姉が子を生んだ直後からうちでは密かに邦之助の父がだれか調べておりましたので、なんとなく分かっておりました。俗に三十後家は立たずと申しますが、うちでは義姉が等々力様にのめり込んでいくのを不安の面持ちで見守っていたのでございます。等々力様には唐津に奥方様もお子もおられます、二人が所帯を持つことは適いませぬ。ですが、お武家には側室がおられるのはままあること……父もそんなふうに自分を得心させていたのでございましょう。ところが天保五年、水野様が老中職に就かれたという江戸からの知らせに父は頭を抱えました。唐津の前藩主の庶子の母親が、現在の国家老の弟とねんごろであるのですからな」

「水野様はお歌様を捨てて、幕閣への野心を遂げられたのだぞ」

「とは申されますが、唐津藩主小笠原様もまた幕閣への野心がおありとか、江戸の仇を長崎で討たれることもございますよ」

「確かにな」

「父は義姉に等々力様との関係を絶つように迫ったのでございます。が、義姉は父の説得を聞かずに邦之助を連れて、唐津屋敷に移ってしまったのでございます」

祝矢としてはさらに厄介を抱えたことになる。

七兵衛は影二郎と自分の杯を新たな南蛮酒で満たした。

「長崎には西国の主だった大名家が屋敷を構えていると申しましたが、これらの藩邸は唐蘭貿易のおこぼれに与《あず》かっております。と同時に、大きな声では申せませんが、長崎港の外での密貿易に競いあって従事しております。長崎奉行所でもむろん把握はしておりますが、そこはほれ持ちつ持たれつ、お目こぼしの範囲内であれば見て見ぬ振りをしてきました……」

密貿易で得られた利益の一部が長崎奉行の懐に入っていると七兵衛は示唆した。

長崎奉行を勤めれば、短期間に莫大な蓄財が出来るのは定説、江戸での猟官運動には、『長崎奉行三千両……』などとその相場が噂されていた。

「父が今から五年前、重い病に倒れ、私が七兵衛を継ぎました。その折り、父のたっての願いで義姉の籍を祝矢から抜いたのでございます。父は唐津の岸峰三太夫様も代変わりして、義理も済んだと考えたのでしょう。それに私と祝矢一族に後顧の憂いが、迷惑が掛からぬよう、自分の代に始末をつけておきたかったのでございましょう。ともあれ、義姉と邦之助は祝矢家とは関わりがなくなった。ですが、一度は姉と呼び、弟と呼ばれてきた間柄にございます。私の心中は複雑にございました」

「であろうな」

「父が亡くなり、重しが消えたと思ったか、姉は丸山遊郭の妓楼朝霧楼を買い取り、女主におさまったのでございます。また、元服した邦之助は唐津藩の長崎屋敷に奉公して、今では家臣としての扱いを受けております……」

重い溜め息を七兵衛がついた。

「今年の春のことにございます。野母崎《のもざき》沖に密貿易で座礁した唐の大船を唐津藩が密かに買い取って、修繕したのでございます。どうやら等々力昭右衛門様と姉は、この船を使って自ら大々的な密貿易に乗り出そうとしている様子、長崎の町年寄祝矢七兵衛としましても弟としましてもなんとも頭の痛いことにございます」

七兵衛は話し終え、虚脱の表情を見せた。

「承った」

と影二郎は応じた。

「七兵衛どの、なぜ今になってお歌どのが水野忠邦様に一子邦之助の面会を望んだと思うな」

「そのことでございますよ。先ほどから話しながらも考えて参りました」

「思いあたることはないか」

「もし今を時めく老中の水野様の子と邦之助が認知されれば、密貿易にも手心がと考えたか」

「その母親の情夫は唐津藩の長崎屋敷の責任者だぞ」

「どちらにせよ、唐津藩にとっては水野様に匕首を突きつけているようなもの」

「そういうことだ」

「そんな折り、夏目様がうちに飛びこんでこられた」

「邦之助とはどんな男か」

「父は地役人として邦之助を育てたいと思っておりました。が、姉は侍の子供として育てました。そこで姉の考えを尊重したのでございます、唐津の岸峰様への遠慮もあったのでございましょう。ですから、地役人の祝矢家にあって、邦之助の位置はふしぎなものであったのはたしか……それでもうちにあったときは素直な子でございました」

「元服した邦之助が厄介者のように聞こえるがな」

「長崎の諏訪《すわ》社前に火村吉太郎様が主の真貫《しんがん》流道場がございましてな、うちを出る前から通っておりました。近ごろでは荒稽古で鳴る火村道場の小天狗とか、神童といわれて腕を上げたようで。悪仲間とうち揃って、町中を闊歩しているそうにございます」

「評判はよくないか」

「徒党を組んで喧嘩三昧、しばしば私の耳にも入って参ります。それをまた母親の姉が許しておるとか、そんな噂も聞こえて参ります」

「七兵衛どの、そなたの望みはなにか」

「天領長崎は、他国に比しても特異な町にございます。地役人を中心にした町衆が長崎奉行の支配下で発展してきた町にございますからな。素人の姉と邦之助がやらんとしていることは長崎の特権を危うくしかねない、そのことを心配しております。また……」

七兵衛は空の杯を摑み、それに気付いて卓に戻した。

「たとえ血がつながっていなくとも姉は姉、甥は甥にございます。実父から暗殺の命を受けた邦之助が不憫《ふびん》にございます」

と七兵衛は憂いに満ちた顔を影二郎に向けた。

影二郎は頷いた。

「なんとか長崎で真っ当に生きる手立てが見つけられれば、それに越したことはない。それが七兵衛の願いにございますよ、夏目様」

「相分かった」

影二郎は法城寺佐常を引きつけた。

「夏目様はどちらにお泊まりでございますか」

「江戸町の五島屋に泊まっておる」

「なにかございましたら、そちらに使いを立てます」

「連れはおこまと申す女芸人じゃ。その女なれば、それがしと同じと考えてもらおう」

「相分かりましてございます」

影二郎は憂いを残した七兵衛に目顔で辞去の挨拶をした。

三

およそ三百段が圧倒する様に影二郎の前にあった。

長崎の総氏神様の諏訪神社は寛永《かんえい》二年(一六二五)、ときの長崎奉行の援助の下に創建された社だ。

キリシタン対策の一つであったそうだが、この社殿で行われるおくんちは長崎の町衆を熱狂させる祭りであった。

その創建の由来ゆえか、新任の長崎奉行の着任は、九月の七日七つの刻に長崎街道の最後の宿場矢上の宿を発って、日見峠の七曲がり付近でくんちのしゃぎりの音で迎えられ、長崎に入ることを習わしとした。

影二郎は石段を上がって、社殿を仰ぎ見た。そして、ゆっくりと御輿が駆け上がり駆け下るという石段を下りた。

影二郎の足は真貫流の火村吉太郎道場に向けられた。

道場は諏訪神社の石段下から伸びる通りを横手に曲がったところにあった。

昔、寺の本堂を道場に改装したらしく、高い屋根や階段を上がって道場に入るところや回廊など、寺の雰囲気をとどめていた。

影二郎が階段を上がると竹刀で打ち合う音が響いてきた。

御仏の座をとり除いて百畳ほどの板の間が広がり、二十数人の男たちが打ち合い稽古を繰り広げていた。

壁を見回すと唐南蛮の武具や刀剣が飾られてあるのが、長崎の剣道場ならではのものであった。

「何用か」
三十三、四の男が影二郎の姿に目を止めた。
「長崎で高名な火村様の稽古を見物させてもらおうと足を運んだ者、邪魔にならぬように致すゆえ拝見させていただけぬか」

「そなた、旅の者か」

「西海道筋を流浪しておる浪人者にござる」

「うちは見世物小屋ではない、お引き取りあれ」

「さようか」

影二郎が引き返そうとしたとき、

「師範代、お待ちなされ」

という若い声がした。

影二郎が再び振り向くと、柱の陰に羽織袴の壮年の武家と若い侍が立っていた。

「邦之助どの、なにか」

若い侍が老中水野忠邦とお歌の間に生まれた岸峰邦之助であった。

聡明に見える端正な顔の下に、若さゆえの傲慢《ごうまん》の影が潜んでいるのを影二郎は見抜いていた。

「道場を見世物小屋と間違う御仁もござるまい。言葉とは裏腹に、なにがしかの草鞋銭《わらじせん》をねだりにきた痩浪人と思える」

「道場破りにございますか」

師範代が邦之助から影二郎に視線を移した。

「さような魂胆はござらぬ」

影二郎が階段に体を向けようとしたとき、邦之助が手を振った。すると稽古を止めて成り行きを見ていた門弟たちの何人かが竹刀や木剣を手に影二郎の下り口を塞いだ。

「火村吉太郎どのとはそこもとか」

影二郎が羽織袴の武家に問うた。

「いかにも、それがし火村吉太郎勝元にござる」

「棒振りの前に弟子に礼儀を教えるのが先と見たが」

「抜かしおったな」

火村の血相が変わった。

「大作、そやつを道場に引き連れてこい！」

邦之助が命じた。

「はっ！」

竹刀を手にした巨漢が片方の太い腕を伸ばして、影二郎の襟首を摑もうとした。

影二郎が手首を下から払うと巨漢は階段を突んのめっていった。そして、いつの間にか影二郎の手に竹刀が奪いとられていた。

「おのれ！」

朱に染めた顔で階段を駆け上がろうとした巨漢をよそに影二郎は、

「せっかくのお招きゆえに道場に通る」

と言い捨て、草履のまま道場の中央に進んだ。

「神聖なる道場に土足で踏みこんできおって、構わぬ。叩き伏せえ！」

邦之助が命じた。

十数人の門弟たちが壁の武具を取ると影二郎を囲んだ。

得物は唐の槍あり、刃を引いた青龍刀ありとまちまちだ。

影二郎に竹刀を奪い取られた巨漢門弟の手には、両端に鉄の輪の嵌《は》められた七尺の棒があった。

「だれも手出しは無用、こんどは油断せぬ」

巨漢は器用にも胸の前で棒をくるくると両手で回した。すると風車のように回転する棒が唸りを上げた。

影二郎との間合いは一間半。

七尺の棒を伸ばせば届く距離だ。

影二郎の手の竹刀はだらりと下げられていた。回転する棒に竹刀があたれば、粉々に砕けることは必定であった。

回転がさらに早くなった。

巨漢の体が回る棒の影で消えた。

唸りがふいに変化した。

巨漢の片手が棒の端に移動すると回転に合わせて大きく回しながら、七尺の棒の軌跡に変化を与えた。

同一円を描いていた棒が虚空を大きくうねり舞い、影二郎の頭上に鉄輪が嵌まった先端が落ちてきた。

影二郎は逃げなかった。

雪崩《なだ》れるように落ちてきた棒のかたわらを巨漢の懐へと飛びこんだ。飛びこむと同時にだらりと下げられていた竹刀が太股あたりをしたたかに打った。

手から棒が飛んで、鉄の輪が道場の床を打ち跳ね、巨漢が横手に転がった。

床を跳ねた棒が影二郎を囲んでいた門弟たちの輪の一角を襲った。

「ぐえっ！」

飛んできた棒に打たれた門弟の一人がうずくまって倒れた。

輪が乱れた。

影二郎の長身が優雅に舞った。

竹刀が振られるたびに門弟たちの手の得物がはたき落とされた。

「なにをしておる、囲め囲め！」

邦之助の叫びをよそに得物を叩き落とされた門弟たちが呆然と立ち竦んだ。

「糞っ！」

棒を拾って立ち上がろうとした巨漢の脇腹を影二郎の竹刀が打った。すると巨漢は頭を床板に打ちつけて、再び転がった。

「おれがやる！」

岸峰邦之助が腰の剣を抜こうとした。

その手を火村吉太郎が押え、影二郎が手の竹刀を放り投げた。

「こたびは挨拶、また会うこともあろう」

影二郎はくるりと背を向けた。

「師匠、それがしに……」

邦之助が火村に訴える声をよそに影二郎が道場の門を出ると、長崎の町に夕暮れが訪れていた。

影二郎がそぞろ歩きに行くと中島川の川岸に出た。

流れにそって下っていくと、いくつもの常夜灯が岸辺を美しく照らし出していた。

その明かりの下に半円も美しい二連の石橋が見えてきた。

眼鏡橋だ。

南蛮船によって石橋の建築技術が伝わり、長崎の豪商末次一族の資財で造られた橋だ。

最初の眼鏡橋は、寛永十一年（一六三四）、興福寺住職如定《にょじょう》によって完成されたという。

影二郎が異国情緒に彩られた風景に目を預けながらいくと、町の一角から四ツ竹の音が響いて、おこまの澄んだ声が聞こえてきた。

「江戸で流行の四ツ竹節にございます、御当地長崎は初めてなれば、拙き芸を披露いたします……」

四ツ竹と三味線が交互に響き、おこまの歌声がそれに掛け合った。

なかなかの人気と見えて大きな人の輪が出来ている。

影二郎が四ツ竹節を人の背越しに聞いているとなんと勇魚捕りの珠吉の声が混じった。

「江戸の流行の四ツ竹節たいね、美しい姉さんの芸に投銭ばくれんね。兄さん、長崎の人の心意気や、弾んでくれんね」

商売繁盛のようだ。

見物人の頭越しに珠吉が鳥追笠を手に鳥目をもらって歩いている姿が見えた。

「ありがとね。また今度聞いてくれんね」

見物の輪が散ると珠吉が、

「南蛮の旦那、どこにいっとったね」

と笑いかけてきた。

「芸は勇魚捕りだけではないのか」

「なかなか決まっとろうが」

おこまが苦笑いしながら、三味線を肩に担いだ。

「常安丸はどうしたな」

「立神の造船場に移したたい。修繕にくさ、一月はかかりそうげな。修繕賃のこつもある、紀平の親父は頭ば抱えてござるたい」

「それでおこまと二人稼ぎに出たか」

「投銭じゃ間に合わんもんね」

影二郎はなんとか工面せずばなるまいなと考えた。

「あっ、忘れとった！」

珠吉が叫び、

「百鬼水軍の八旗丸もくさ、長崎まで辿りついたげな」

「百鬼水軍の根拠地も長崎か」

「密輸船たい。そりゃ長崎に決まっちょろうが」

珠吉の答えは明快だ。

「影二郎様、どこぞを歩かれましたな」

おこまが聞いた。

「長崎の町年寄祝矢七兵衛どのに会ったわ」

「それは幸先のよいことで」

おこまが言い、

「南蛮の旦那は七兵衛様とも知り合いね」

と珠吉が聞く。

「初対面じゃが、ちとわけがあってな」

「旦那方はわけばっかりたい。鯨捕りにはようわからんもん」

「祝矢様の屋敷に今までおられましたか」

「諏訪神社にお参りしてな、いたずら心を起こしてみた」

「いたずら心、ですか」

「邦之助が通う火村道場に挨拶に参った」

「どおりでお顔に余韻が残っておりました」

「おこまにかかるとこちらの行動などお見通しだな」

影二郎が苦笑いした。

「これからどうなさいますな」

「われらが長崎到着はもはや知れたであろうな」

「十分に……」

「ならば五島屋に戻ろうか。紀平親父を慰めんとな」

「南蛮の旦那、長崎入りの祝いたいね。くんちのしゃぎりの音はせんばってん、賑やかに飲みまっしょうたい」

「そうするか」

三人は肩を並べて、中島川を下っていった。

五島屋に戻った影二郎たちを常安丸の紀平と水主の茂三郎が待ち受けていた。

「紀平、今晩は伊佐次じいの通夜をせぬか」

「へえ、ありがたいことで」

「南蛮の旦那、勇魚捕りの弔いはたい、めそめそせんたい。賑やかにくさ、送るのが習わしたい」

珠吉が言う。

「それでよい。いずれわれらも辿る道じゃ」

「そうそう、鯨が海水ば飲むごと酒ば飲みまっしょうたい」

五人は五島屋の囲炉裏端で豪快に飲み、食べ、ついには紀平も珠吉も茂三郎も酔いつぶれた。

唐津からの船旅のあとだ。

船上では気を張って過ごしてきた船頭と水主たちだった。

陸地に上がって、どっと疲れが出たのだ。

部屋に戻った振りをした影二郎とおこまの二人は、五島屋の裏口から忍び出た。

南蛮外衣に一文字笠の影二郎と道中衣のおこまの足は、中島川に架かる出島橋を渡って、丸山町に向かった。

江戸期、江戸の吉原、京の島原と並んで、三大遊郭として名を馳せることになる長崎の丸山遊郭四十八カ所は、博多須崎浜柳町の遊女屋恵比須《えびす》屋の主が抱えの女郎を連れて、長崎古町に移り住み、傾城町を設けたことに由来する。

その後、長崎奉行所では町の発展とともに四十八カ所に散っていた遊女屋を一カ所に集めることを画策、太夫町の遊女屋が火事を出した寛永十九年（一六四二）、丸山町と寄合町の一角に封じこめた。

唐蘭貿易に沸き上がる長崎の最盛期、妓楼百余軒、遊女千四百五十余人を数えたという。江戸で御免の遊里吉原の最盛期が遊女三千弱と比較してもなかなかの発展ぶりだ。

二人は丸山の入口で二つに分かれた。

おこまはすいっと喧騒の巷の闇に姿を没した。

影二郎は朝霧楼の玄関に立った。

迎えたのは吉原でいう遣手《やりて》、昔、遊女だった年増女だ。

「おや、旦那はお一人ですか」

「一人では揚げてもらえぬか」

「江戸のお方かな」

「物見遊山の旅の者だ」

「お目当てはございますか」

影二郎は一文字笠と南蛮外衣のまま、玄関に上がり、

「お歌を出してもらおうか」

と言った。

「お歌様は主にございますたい」

「そのお歌だ」

「旦那、馬鹿言うちゃいかん」

「越前どのの使いといえ」

「えちぜん、だれな」

と聞き返す遣手を無視した影二郎は階段を二階に上がり、どこかの大尽が酒宴を繰り広げる座敷を見ながら、空いた部屋に通った。

窓際の障子を開け放つと、師走の冷たい風が吹きこんできた。

海の一角が黒々と見えて、唐人の船影がかすかに望めた。

影二郎は座敷にあった脇息《きょうそく》に腰を下ろして待った。

「旦那、ああたも無理をいわれる人ですたい」

遣手が煙草盆を下げて姿を見せた。

「お歌の返答はどうか」

「妓楼の女主が一見《いちげん》の客に応えるなんて初めてたい」

影二郎は腰の煙草入れを出すと煙管に刻みを詰めた。

火口に煙草盆の火種を点けて、ゆっくりと紫煙を吐いた。

影二郎にとって煙草は退屈しのぎ、格別にうまいものとも思えない。なければないでよいほどの慰みだった。

町を歩いていたとき、南蛮煙草の看板に目を止めて買った刻みだ。

さすがに南蛮煙草、香りがなんとも甘く鼻孔をついた。

(極上だな)

「ごゆっくり……」

煙草に専念する影二郎に呆れた遣手が消えて、半刻、一刻とときが過ぎた。

その足音が響いてきたのは、丑《うし》の刻(午前二時)をとっくに過ぎた頃合だ。

南蛮の薄布で仕立てた打ち掛けを重ねて着たお歌は、四十の大年増とも思えない色香と美貌をとどめていた。

「そなたが江戸の使いか」

横柄に問うたお歌は影二郎から一間ほど離れて座した。

「さよう」

「証拠の品は持ちやるか」

「水野越前守忠邦の名を出す酔興がほかにいるとも思えぬな」

「それで信用しろと」

お歌が笑った。

「お歌、二度は言わぬ。水野様よりそなたら母子の生殺与奪の権を持たされ、唐津に下向してきた夏目影二郎だ。そのことをとくと考えよ」

「痩浪人がなんという言い草……」

「もはや昨日のことになるか。百鬼水軍の八旗丸が這々《ほうほう》の体《てい》で長崎湾に入ったはず、だれの手であのような無様な姿になったか、考えればおれを甘く見積もることもあるまい」

「そなたらの船もだいぶ傷めつけられておる様子じゃな」

「知っておるではないか」

「長崎の町を支配するのは江戸から来た奉行でも地役人でもない」

「百鬼水軍と言いたいか」

「そなたはまだあの者たちの恐ろしさを知らぬ」

「お歌、そなたの望みを聞こう」

「忠邦どのに取り次ぐというか」

「事と次第では考えぬでもない」

「一に邦之助を老中の実子として認めること」

「二は……」

「われら母子に御朱印を出してたもれ」

「御朱印は将軍家しか出せぬわ」

「今の忠邦どのには、弱体した将軍家、家慶《いえよし》どのに朱印を書かせるくらいの力はあろう」

影二郎はお歌の厚顔にただ笑った。

「野母崎で座礁した唐船を幕府の御朱印船に仕立てる算段か」

「長崎のためにもなることじゃ」

「尋常一様の物産を運んでくるとも思えぬな」

「清国は広東港《カントン》において、英吉利国と阿片《アヘン》を巡って戦争をしているそうな。英吉利に流れるはずの阿片がだいぶ港に滞っていると聞いた」

「阿片を買い叩くつもりか」

「そんなところ」

「御朱印船で阿片の密輸は、唐津藩国家老等々力雪鵜とそなたの情夫昭右衛門の考え出した策謀か」

お歌が頬に皮肉な笑いを浮かべた。

「悪い考えでもあるまいに」

「町年寄祝矢七兵衛どのがお困りであろう」

「仕来たり仕来たりと小うるさい弟など知ったことか」

「身籠った十七のそなたを実の娘同様に育ててあげた恩義はあろう」

「父は死んだ。弟には義理も借りもない」

お歌は言い切った。

「よくも悪くも鎖国が徳川幕府の政策じゃ。それに抗しての御朱印状の発行とは、十七の小娘が二十三歳の前唐津藩主と乳繰り合った代償にしてはちと望みが大きいな」

「今をときめく忠邦どのが若き日の手紙でなにを約束なされたか、江戸で撒《ま》き散らしても面白かろう。最後の野心は老中首座じゃそうな、将軍家がどう思われるか。その手配は終えてある」

お歌は若き日の水野忠邦の手紙はすでに江戸にあると示唆した。

「お歌、よう考えよ。幕府老中の権限はそなたが考える以上に大きいものよ、唐津の国家老など一溜まりもなく吹き飛ぶぞ」

「試してみやるか。われらには西国雄藩がついておる」

なぜかお歌は自信満々に影二郎をじろりと睨んだ。

美貌の影から醜悪な臭いが漂ってきた。

「そなた、実弟の岸峰三太夫どのとも、義弟の祝矢七兵衛様とも似ても似つかぬ下卑た女に成り下がったな」

影二郎は脇息から立ち上がった。

「等々力昭右衛門に伝えよ。譜代唐津藩の長崎屋敷の責務は、ひとえに千人番所の監視のみとな。手を広げると火傷をすることになる」

「長崎は他国に比べて夜も明るい町じゃ。じゃがな、夏目影二郎、闇もそこここに口を開けておる」

「聞いておこう」

影二郎は南蛮外衣を体に巻きつけると座敷を出た。

四

孤影を引いた影二郎の足は、丸山遊郭から石畳の坂へと向けられた。

その後を敵意をむき出しにした殺気がついてきた。

影二郎を待たせたお歌が手配した者たち、影二郎にはなんとなく正体の察しがついた。

月光が青く石畳の坂を照らした。

「いつまで金魚の糞のようについてくるつもりか」

影二郎が闇の追跡者に語りかけた。

そこここの闇が揺らいで、袴の股立ちを取り、たすき掛けにした男たちがばらばらと影二郎を囲んだ。

「火村道場の門弟衆か」

「昼間は痩せ浪人一人と手加減した」

坂上の輪の一角が左右に分かれ、岸峰邦之助が姿を見せた。

その後ろに火村吉太郎と、影二郎が知らぬ武家が立っていた。

影二郎の視線は初めての武家に向けられた。

「そなたが唐津藩長崎屋敷の等々力昭右衛門か」

「唐津より使いが参り、江戸より下向した不逞な浪人のことを知らせて参った」

「国家老の雪鵜も危ない橋を渡るものよ」

「江戸の隠密風情が独り大口を叩くものではない」

昭右衛門が吠えた。

「そなた、お歌の昔を知って近付いたか」

「男と女、どう付き合おうとおぬしに四の五の言われる筋合いはない」

「お歌の過去をネタに脅迫まがいのことに手を出さずばな、嘴《くちばし》を入れる野暮はしたくもない。だがな、野心を持って、唐津の黒い鼠が舞い上がったとなれば、ちと事情が違ってくる」

「問答無用！」

邦之助が剣を抜いて、輪の中へ割って入ろうとした。

「待て」

ととどめたのは師匠の火村吉太郎勝元だ。

「おれがこやつの大言を叩きつぶしてやろう」

「師匠」

「邦之助、その方ら、後詰めせよ」

と命じた火村吉太郎が羽織を脱ぎ捨てた。

輪が大きくなって、影二郎と火村を囲んだ。

未だ影二郎は身に纏った南蛮外衣の襟に片手をかけて立っていた。

南蛮外衣の下には名鍛冶法城寺佐常が薙刀として鍛造し、刃先二尺五寸三分から峰に鍛ち替えた一剣があった。が、反りの強い豪剣はまだ鞘の中に眠ったままだ。

火村は影二郎と相対すると、一間半余の間合いをとった。

剣を抜いて正眼においた火村の後方に邦之助が控えた。

さらに門弟たちが唐の武具、八尺余の戟《ほこ》や短槍を手にして、対決者二人を囲んだ。

ただ一人、等々力昭右衛門だけが輪の外だ。

影二郎は動かない。

「流儀を聞いておく」

「鏡新明智流……」

「桃井春蔵道場か」

それには答えず、影二郎が言った。

「真貫流、とくと拝見いたそうか」

「抜け！」

火村が叫んだ。

その叫びが合図か。

影二郎の背後から戟と短槍の数本が気配もなく突き出された。

影二郎の襟にかかった片手が動きを見せたのはまさにその瞬間だ。

捻りを加えて横手に引き抜かれた黒羅紗の南蛮外衣が虚空に大輪の花を咲かせた。

「おおっ！」

驚きの声をよそに裏地の猩々緋が襲撃者の目を奪って広がり、両の裾に縫い込まれた二十匁の銀玉が突き出された戟や槍を叩いて、さらに肩や腹を打撃した。

石畳にからからと長柄の得物が落ちた。

「南蛮手妻など使いおって、どけ！」

呆然と立ち竦む弟子たちを怒鳴って下がらせた火村吉太郎が影二郎の前に進み出た。

間合い二間。

だが、それ以上に近付こうとはしなかった。

南蛮外衣の襲撃を用心してのことだ。

南蛮外衣は再び影二郎の手に戻って、だらりと石畳に裾を引いていた。

火村は外衣を警戒していた。

「真貫流とは卑怯未練な奇策を使う流儀か」

「言うな、小手調べじゃ」

影二郎の手から南蛮外衣が落ちた。

すかさず火村が坂上から間合いを詰めてきた。

一文字笠の下の影二郎の視線が火村の動きを見つめていた。そして、右手はだらりと下げられたままだ。

依然、先反佐常はまだ鞘の中で眠りについていた。

火村の剣が八双に構え直され、それが徐々に天を衝くように差し上げられていった。

両腕と剣が一本の棒と化して垂直に立った。

影二郎のしなやかな立ち姿と対照的に、火村のそれは厳寒に凍《い》てついた氷の固さを秘めていた。

影二郎はわずかに腰を沈めた。

寒夜に氷が割れて、空気が慄《ふる》えた。

火村吉太郎の長い剣が石畳の上からのし掛かって落ちてきた。

雪崩れ落ちてくる火村の剣をかいくぐって、影二郎は前方に走った。

同時に右手が先反の柄に掛かり、抜き上げた。

落ちてくる剣と抜き上げた刃とが虚空で火花を散らした。

火村の剣は手元に抜き取られるように引かれ、それが影二郎の脇腹に変転してきた。

影二郎の法城寺佐常もまた方向を転じて、火村の二撃目を跳ねた。

両者が飛び違って位置を変えた。

二人は石畳の道を囲む石垣を背にして向き合った。

二人の戦いを坂の上下二手に分かれて、岸峰邦之助と門弟たち、そして、等々力昭右衛門が見守っていた。

火村が荒い息を吐いた。が、すぐに呼吸を整え鎮めた。

さすがに長崎の町で道場を主宰する剣者だけのことはあった。

影二郎は、二尺五寸三分の豪剣の切っ先を正面の石畳に触れるようにおいた。

右足はわずかに前に開き、左足の踵《かかと》は浮いていた。

火村の剣は再び天に向かって突き上げられた。

時がゆるゆると流れていく。

対決二人よりも見物の門弟たちの息が荒くなって、石畳の大気を乱した。

火村の剣先が闇夜に霜が下りるようにゆるやかに影二郎に向かって下がってきた。

影二郎の先反佐常も正面から左手へと円を描いて上昇し始めた。

火村の剣が水平に変わって、手元に引かれた。

影二郎の切っ先は左手に横たえられて、なおもゆるやかな上昇を続けていた。

影二郎の双眸は火村の瞳孔の奥を見ていた。

静寂な湖面になにかが走った。

瞳孔がわずかに収縮した。

次の瞬間、

「え、鋭っ！」

と裂帛の気合が洩れて、剣先が影二郎の喉を斬り裂くように伸びてきた。

影二郎はその直前、切っ先に自ら身を投げかけるように突進した。が、その体は突進しながら、火村の必殺の突きの攻撃線をわずかに躱して、右前へと流れていた。

影二郎の喉のかたわらの夜気を斬り裂いて火村の剣先が走った。

直後、法城寺佐常の反りの強い切っ先が伸びきった火村吉太郎の脇腹を深々と撫で斬っていた。

「ぐうっ！」

火村は小さな呻き声を発すると顔面から石畳に突っ伏すように転倒していった。

影二郎の車輪に回された先反佐常は、大きく右前に差し伸べられていたが静かに手元に引き戻されて、血ぶりがなされた。

影二郎の視線は石畳に音を立てるように流れ出した火村吉太郎の血の広がりを見ていた。

それは月光に青く光って坂下へと伸びていった。

火村たちの門弟は息を飲んだままだ。

「おのれ！」

後詰めに回っていた岸峰邦之助が剣を構えた。

その肩を等々力が押え、

「命を粗末にするでない」

と影二郎の声が愚かな行動を諫めた。

「おれが、岸峰邦之助が師匠の仇を討つ」

「邦之助、その機会があらば、受けて立とう。だが、今宵は殺生に倦《う》み飽きた」

剣を鞘に戻した影二郎が南蛮外衣を摑むと坂下へ体を向けた。すると門弟たちが左右に分かれて、道を開けた。


四半刻後、影二郎の姿は海の近くにあった。

湾内には一隻の唐船が影を見せていた。

遠くシャムや広東あたりから外海を越えてくる大船で長崎では奥船と呼ばれるものだ。

墨色の船体に喫水線下だけが白く塗られ、舳先には獅子の、艫には鷲の絵が彩色されて描かれていた。

奥船には正船主、副船頭、財副、客頭、夥長、舵工、総官、頭碇、杉板工、砲手、香工、押工、工社、随使など雑多な職種の唐人たち、およそ百人が乗り組んでいた。

だが、影二郎の見る奥船の乗組員の大半は、十善寺郷に元禄二年（一六八九）に造られた唐人屋敷八千余坪に押し込められていて、船には奉行所が許したわずかな人員しか乗っていなかった。

「影二郎様」

と言って、四ツ竹節の女芸人姿のおこまが姿を見せた。

「火村吉太郎はなかなかの遣い手にございましたな」

「見ておったか」

「はい、離れた高台からとっくりと」

「長崎の町は侮りがたいぞ。あのように豪の者が道場主をしておるのじゃからな」

「はい」

と答えたおこまが、

「お歌の寝泊まりする住まいは分かりましてございます」

と言った。

影二郎と別れたおこまは独りそのことを調べていたのだ。

「朝霧楼の敷地の一角に南蛮屋敷を模した住まいを造り、およそはそこで邦之助と住み暮らしているようにございます」

「等々力昭右衛門は通うてくるのか」

「はい、毎夜のように。お歌が唐津屋敷に出かけることは滅多にないそうにございます」

「大事なものが隠してあるとすれば、朝霧楼内の南蛮屋敷か」

まずそこかと、と答えたおこまは、

「今宵のところ、子細が分からず屋敷内には立ち入ることは適いませんでした」

「一人で無理は禁物、忍びこむときはおれもいこう」

と応じた影二郎は、

「それにしてもかような刻限にお歌の暮らしを調べ上げたものよ」

と褒めた。

「遊里は昼と夜が逆転する場所」

「いかにもそうであったな」

「影二郎様、どこにも敵対し、恨みを抱えた者はいるものですね」

とおこまが笑った。

「女か」

「はい、朝霧楼の稼ぎ頭であった唐人相手の女郎さんが、一年も前、丸山町の下等な見世に鞍替えさせられたと、うすのろの才太郎という名の客引きから聞きましてね、訪ねてみました。

すると運良く話を聞くことができましてございます」

「老いて朝霧楼を追われたか」

長崎では阿蘭陀人と唐人相手の遊女たちがいた。格は阿蘭陀人相手の女郎が上とされた。そして、蘭人を封じ込めた出島と唐人屋敷に自由に出入りできるのはこの遊女たちだけであった。

「いえ、まだ二十五、六にございますが胸の病だそうにございます」

「よう女のそなたが会えたな」

苦界《くがい》に身を落としたものは同性と会うことを嫌った。

「格子の向こうの障子を締め切っての話で、顔を合わせたわけではありませぬ」

影二郎は納得した。

「声音の様子からいい加減な話とも思えませんでした」

「名はなんという」

「松輝楼の菜緒《なお》にございます」

「菜緒はおこまにすべて吐き出したと思うか」

「いえ、与えたお金分しか話してはいますまい」

おこまは調べの不備を正直に告げた。

「菜緒はまだ商売をしておるか」

「これから参られるので」

「事は切迫してきたでな」

「ならば、道案内致します」

おこまが先に立って歩き出した。


二人は再び丸山遊郭に戻った。松輝楼は寄合町の外れにあった。

おこまは遊里の入口にとどまり、影二郎はおこまに教えられた暗い一角へと向かった。

松輝楼は裏手を切り立った崖に押しつけられるように立っていた。

暗がりからのっそりと牛太郎《ぎゅうたろう》が姿を見せた。

うすのろの才太郎は中年の大男だった。

「客ね」

異名のとおり、間の抜けた問いだった。

「菜緒の部屋に上がりたい」

なにか言いかけた大男の目の前に二朱金を差し出した。言葉を飲みこんだ才太郎が、

「菜緒姉さん、客たい」

と障子の閉じられた格子窓の向こうに声をかけ、戸口を開けた。

影二郎が三和土に入ると、半格子の向こうに遊女が独り長煙管を手に座していた。

菜緒の体から甘酸っぱい匂いが漂ってきた。

菜緒はじっと影二郎の顔を見ていたが、ふいに立つと狭い階段を上がっていった。

戸口に立つうすのろの牛太郎に、

「酒を運んでこい」

と命じた影二郎も菜緒に続いた。

廊下のあちこちから、菜緒が発するのと同じ匂いが漂い流れてきた。

阿片の匂いだ。

そして、忘我陶酔の境地で女が発するよがり声が混じって聞こえた。

菜緒の部屋は一番奥だった。

八畳間には夜具が敷かれ、丸火鉢の五徳の上で鉄瓶が鳴っていた。

「客じゃないわね」

菜緒のかすれた声には関東の訛りがあった。

「最前の女の連れだ」

影二郎は一文字笠を脱ぎ、肩にかけた南蛮外衣を外すと部屋の隅においた。

菜緒はじっと影二郎の顔を見た。

「江戸の男を久し振りに見たよ」

菜緒は壁際に置かれた文机《ふづくえ》の引出しから蓋付きの小箱を出して、煙管の火口に阿片を詰めた。そして、煙草盆の種火で火をつけた。部屋に濃厚な臭いが漂い流れた。

「旦那の目当ても話だけかえ」

「商いの迷惑賃……」

影二郎は菜緒の前に五両を置いた。

菜緒の眉が怒りを呑んでぴくりと動いた。

「女郎屋にきて遊女を抱こうともせず、大金を投げ出すとは一体どんな料簡だい」

「お歌の弱みを金で買おうと動いておる無粋者だ。許せ、菜緒」

菜緒が影二郎を正視した。

ふいに厳しい表情が崩れた。

「なにが知りたい」

「お歌という女、生かしておいてためになる女かどうか」

菜緒の顔に驚きが走った。

「私が死んだほうが長崎のためになると言ったら、お侍、殺すのかえ」

「そのために江戸からはるばる三百余里を旅してきた」

菜緒が笑い出した、身を捩って笑い出した。それは隣部屋の朋輩が怒鳴るほどの大笑いだった。

「長生きはしてみるもんだね」

笑いが静まった。

「あの女は、唐蘭相手の遊女の汗と涙で成り上がったのさ。十五、六の生娘を出島と唐人屋敷に送りこんでね」

「若いおぼこ娘がよう異国人相手を承知したな」

「だからさ、阿片を吸わされ、正体がなくなったところを送りこまれるのさ」

「なんとむごいことを……」

「唐蘭人たちは、お上の許された交易の何倍もの物産を持って長崎にやってくるのさ、船が長崎に入ったときのあいつらの格好を見てごらんよ、だれもがお相撲のようにデブばかりだ。それが一日二日のちには痩せ細っている、だれもが体にいろんなものを巻き付けてくる。それは長崎奉行所でも承知のこと、役人たちの懐も潤すからね」

そう言った菜緒は、煙管を吸い込んで噎《む》せた。

影二郎は鉄瓶の湯を茶碗に注ぐと口で吹いて冷まして、菜緒に差し出した。

「無理をするでない」

「放っておいておくれ」

と言った菜緒は、それでも茶碗の湯を啜った。

顔を上げた。さらに青白く変わっていた。

「お歌は、唐津屋敷の等々力の旦那の力を借りて、唐蘭両屋敷の出入りをものにした。そこからの上がりは大したものだろうよ」

「あの女、自ら阿片の密貿易に乗り出そうとしているようだな」

「難破した奥船を修理して、唐に乗り出すそうだ。だがね、旦那……」

と言いながら、煙管のがん首で畳の上の五両を引き寄せた。

「等々力の旦那とお歌たちがやろうとしていることは、そんなもんじゃないよ」

影二郎は黙って菜緒を見た。

「唐の国で戦争が起こっているってね」

「阿片を巡る清国と英吉利国の戦いだそうだな」

「唐人の話だと戦争にもならなかったそうだ」

影二郎が頷く。

最新の武力に装備された英吉利の軍艦は老いた大国清国を木っ端みじんに打ち砕いた。

「旦那、西国の薩摩、鍋島、福岡、肥後といった大名方は外国船の襲来を懸念してさ、必死で新しい武器を求めようと奔走なさっておられる。そこで等々力とお歌は、奥船で阿片の他に向こうの飛道具を運んでこようとしているのさ」

お歌が水野忠邦に求めようとしている御朱印状はそのために使われようとしていた。

幕府が禁じた武器の密輸を幕府の御朱印船でやろうと、唐津藩国家老の等々力雪鵜一派とお歌は計画していた。

「菜緒、よう存じておるな」

「あの女にはちょいと恨みがある。あれやこれやと女の周りに網を張っているんでね」

「百鬼水軍とちと諍《いさか》いを起こしたが、あやつらと唐津藩は同類か」

「旦那、倭寇は唐人であって唐人でなく、倭人であって倭人でなし。船をもって家となす海人、旦那が諍いを起こした百鬼水軍もそんな倭寇の末裔の一つさ。海人の助けがなければ、唐津の等々力様も遠く広東まで奥船は走らせることができますまいよ」

「お歌が心を許す者は等々力昭右衛門だけか」

さあて、と首を捻った菜緒が、

「心を許し合っているかどうかは知りませんよ。あの女が何か相談するとしたら、唐人屋敷の王文河《おうぶんか》大人だけかな」

「王大人とは何者か」

「表向きは天后宮という媽祖堂《まそどう》の堂守りですよ。だけど、王大人がだれも天后宮の番人なんて思っちゃいません。唐人屋敷の親玉は間違いなく王文河大人……」

「この王とお歌が繋がっておるというのだな」

「はい、お歌はときに遊女に化けて唐人屋敷に出入りしますからね、そんなときは決まって、王大人との面会ですよ」

菜緒は荒い息を鎮めるようにしばらく黙りこんだ。そして、口をゆっくりと開いた。

「あの女、近ごろ近郷近在の貧乏百姓から十三、四の娘を何十人も買ってきては、朝霧楼の蔵に押し込めているという話ですよ」

「女郎に育てて楼に出す気か」

「そんな気の長い商いであるものかね」

「不思議な話だな」

影二郎はしばらく考え、聞いた。

「菜緒、邦之助はどうか」

「母親の臭いがしていらあ、何倍も強い臭いがね」

影二郎は頷くと立ち上がった。

一文字笠と南蛮外衣を摑み、

「菜緒、わが身をいとえ」

と言い残すと廊下に出た。すると、菜緒が、

「馬鹿野郎、余計なお節介を焼くねえ」

と吐き捨てる声が聞こえた。

第五話　野母崎《のもざき》唐船炎上

一

影二郎はおこまに起こされ、事件を知らされた。

手早く身仕度をすると五島屋の前に出てみた。すると江戸町と出島を結ぶ橋際に長崎町奉行所の役人たちが何人も立って、水上の作業を見ていた。

若い同心や小者らが乗った奉行所の舟はなにかを回収している様子だ。

影二郎は橋際から役人の中に北辰一刀流千葉周作の弟子、奉行所与力長谷川与兵衛がいるのを見て、歩み寄った。

長谷川が影二郎を振り見て、

「夏目様の宿は五島屋でしたか」

と問い、

「いえね、女郎が一人、殺されたんで」

舟がゆっくりと回頭して、それまで反対側だった舟端が現われた。するとあお向けになった女が縄で舟に括りつけられているのが見えた。

顔はざんばらになった髪がへばりついて見えなかった。だが、喉首を大きく抉り斬られ、その傷口に朝の光があたってはっきりと見えた。

血はすでに流れ切っていた。

「影二郎様……」

おこまが小声で囁いた。

死体が着る衣装の柄に二人は気がついていた。

松輝楼の菜緒が数刻前に着ていた着物の柄だった。

(むごいことを……)

「長谷川様」

と水上の舟から若い同心が見上げて、

「この仏、口に唐銭を銜えさせられてますよ」

と報告した。

おこまが影二郎のかたわらをすいっと離れた。

菜緒はおこまや影二郎に接触したゆえに始末されたのだ。

(石畳の坂から二人を尾行してきた者がいたか)

影二郎もおこまも細心の注意を払って丸山に戻ったのだ。

師匠の火村吉太郎が倒された直後に二人の行き先を確かめようと機転を利かせた者がいたとも思えなかった。

二人と菜緒の接触を承知しているのは、うすのろの牛太郎しかいない。おこまはそれを確かめようと影二郎の許を離れたのだ。

「長谷川どの、口に唐銭を銜えさせられた死体がこれまで見つかったことがありますか」

「なくもありませんよ」

長谷川が影二郎に視線を向けた。

「仏に興味がございますか」

「他生の縁があったゆえな」

「身元をご存じで」

「松輝楼の菜緒という女だ」

「ほう」

長谷川の顔色が変わった。

「昨夜の最後の客はそれがしでな」

「阿片買いの縺《もつ》れで殺されたかと推測してましたが、どうやら違うようだ」

「菜緒は一年前まで朝霧楼の抱え女郎で、唐人相手だったらしいな」

長谷川は自らを納得させるように頷いた。

「夏目様、なにかを喋った者が殺されたときに口に銭を銜えさせられる……唐人が長崎に持ち込んだ風習でしてね。この数年、時折り見掛けられるようになりました」

「菜緒は報復させられたというのか」

「それは夏目様がよくご存じのはず」

「朝霧楼には十三、四の娘が買い集められているという話ではないか」

長谷川が嫌な顔をした。

「奉行の戸川様に申し上げてくれぬか。唐津藩の長崎屋敷の横暴をこのまま放置しておくわけにはいくまいとな」

頷いた長谷川が話題を転じた。

「真貫流の道場主火村吉太郎が殺されたという話がございますな」

さすがに奉行所与力、昨夜、起こった長崎市中の出来事を把握していた。

「尋常な立ち会いであったといっておこう」

「夏目様に斃《たお》されたので」

その問いには答えず、その場から離れようとする影二郎に長谷川が言いかけた。

「昨日、江戸から早飛脚が届きましてございます。老中首座松平乗寛様が今月の二日に死去なされ、水野忠邦様が首座にお就きになられましたそうな」

影二郎は頷くと五島屋に戻った。

胸の前に三味線を斜めに掛けたおこまは寄合町松輝楼のある裏山を越えて、小蔦郷《こつたごう》に下りていった。

牛太郎、うすのろの才太郎は茂木《もぎ》に向かう街道脇の雑木林の一軒家に独り住んでいることを聞き知ったからだ。

おこまは傾きかけた百姓家の周りをぐるりと回った。

井戸と厠が外にあって、家の間取りはせいぜい寝間が一部屋に囲炉裏のある板の間程度の小さな家だ。

夜の仕事の才太郎は眠りこんでいるらしく、鼾《いびき》が聞こえてきた。

おこまは裏戸に手をかけて、わが身を滑りこませる程度に引き開けた。

がたがたと音がした。

鼾が止まった。

おこまは構わず三和土に身を入れて、戸を閉めた。

「だれね」

おこまは沈黙したまま、部屋を透かし見た。

薄暗い部屋の明かりにおこまの瞳孔が開いて、様子が見えた。

才太郎は火が消えた囲炉裏端に破れ布団を被って寝ていた。

「なんや、昨日の姉さんか」

夜具から顔だけを覗かせた才太郎がおこまを認めた。

「おまえさん、菜緒さんをだれぞに売ったね」

「肺病病みの阿片狂いたい。生きとってもしょうもあるまいが」

「牛太郎は遊女衆の稼ぎの余禄で生きている人間だよ、それが女郎さんを売り飛ばすなんて」

「遊女に売り買いはつきもんたい。姉さん、おめえも寄合町に売り飛ばしてやろうか」

「おまえさん、菜緒さんのことをだれに密告したんだい」

「決まってらあな、昔の抱え主様にさ」

「朝霧楼のお歌だね」

「言うにはおよばんたい。話を聞いた楼主の倅がえろう張りきっとったもんね。菜緒はどうなったね」

才太郎は菜緒がどうなったか知らぬ様子だ。

「出島の前に喉元を割られて浮かんでいたよ。口に唐銭を銜えさせられてね」

「姉さんの連れが五両なんち金ば渡したんがいけんやったね」

「おまえさん、どうしてそれを」

「南蛮合羽の旦那が帰ったあと、菜緒が厠に立ったたい。そん隙にくさ、五両を頂いたちゅうわけたい」

「うすのろなんて名を頂いているが、なかなかの悪党だね」

「そぎゃん褒めんでんよか。それよりくさ、姉さん、こっちに来ない。江戸の女と肌身ば擦り合わせようたい」

才太郎が夜具をゆっくりと跳ねのけて、上体を起こした。

下半身は薄汚い褌一つで手には青龍刀が握られていた。

「菜緒様の仇、おこまが討ってやろうか」

「馬鹿こけ！」

ふいに才太郎が立ち上がった。

うすのろどころか素早い動きだ。青龍刀をかざして立つ才太郎を三和土から見上げると、まるで蘭人か相撲取りのような巨人だ。

「三味線の音色もよかろうが、姉さんのよがり声ば聞かせんね」

「抜かせ！」

憤怒の叫びとともにおこまの手から四ツ竹が飛んだ。

才太郎が器用にも青龍刀で弾いた。

おこまはその動きを読んでいたように矢継ぎ早に二番手、三番手の四ツ竹を飛ばして、喉と目を打った。

「うっ！」

「菜緒様の仇！」

おこまは三和土から板の間に飛び上がった。三味線の柄に仕込まれた刃を抜きざま、立ち竦んだ才太郎の喉首を掻き斬った。

血飛沫が飛んだ。

山が崩れるように才太郎の体が倒れこんだとき、おこまはすでに戸口から外に出ていた。


この日の夕刻、夏目影二郎とおこまの姿は、長崎から野母崎に向かう往還上にあった。

すでに東支那海に茜色の光が散って落ちたのは半刻も前のことだ。

道は夕闇に包まれて、初めての旅人には難儀だった。が、二人の足の歩みが落ちることはなかった。

おこまは五島屋に戻ってくると囲炉裏端に独りいた影二郎に、

「才太郎を始末してございます」

とだけ報告した。

影二郎はおこまの顔に刷かれた憂いとも哀しみともつかぬ表情に菜緒を殺してしまった後悔があることを見てとっていた。

「おこま、朝げが食べられるか」

おこまが小さく頷いた。

「ならば、食し終えたら珠吉のところに使いに行ってくれ」

珠吉たちは常安丸を修理するために毎日立神の造船場に通って、船大工と一緒になって修繕に汗を流していた。

「用事は……」

「小船でよい。船を都合してくれと頼んでくれ」

影二郎は十両をおこまに渡すと、用件の子細を伝えた。

「そなたとは、野母崎に向かう往還口で落ち合おうか」

そう申し合わせた二人は、その日の昼の刻限過ぎに再び約束の場所で顔を合わせた。

右手に見えていた海が消えた。

おこまが用意していた提灯に明かりを入れて、二人はそれを頼りに歩いていく。

山の冷気に再び潮の香りが混じった。

南側に長い浜があって、その左手に樺島《かばしま》がおぼろに浮かんでいた。

「野母の浜に入ったようじゃな」

二人は南の浜には向かわず、右手の道をとった。

南の海に突き出して権現山が聳える野母崎の先端があった。

その岬の先端部に入り江のように東支那海が切れこんだのが野母湾だ。

二人が目指していたのは野母湾だ。

行く手の海に光が見えた。

「影二郎様、あの明かりではございませぬか」

さらに近付くと入り江の一角に明かりを点した大型の唐船が停泊していた。

唐津藩が唐人から手に入れたという大船だろう。

お歌は水野忠邦と自分との間に出来た一子と忠邦の手紙を武器に、御朱印状を発行させ、この唐船を御朱印船に仕立てる気なのだ。

「長崎に停泊しておる船よりも随分と大きいな」

遠くシャムからやってくる奥船の中でも一段と大きく見えた。

「どう致しますか」

おこまが今晩の行動を影二郎に聞いた。

「まずはどこぞにねぐらを見つけねばなるまいな」

野母の浜に戻ると人影もない。

朝の早い漁村だ。

腹を空かして野宿かと影二郎とおこまが覚悟をしたとき、浜に一艘の小舟が着いた。

若い船頭の他に乗っているのは老人一人だけだ。

二人は闇の中で空の竹籠などを浜に上げていた。

「ちと聞きたいことがある」

暗闇からにゅっと現われた男女の連れに老人が立ち竦んだ。

「驚かしたらすまぬ。旅の者だが、行き暮れて今宵の宿をどうしようかと迷っておったところだ。どこぞに泊まらせてくれる寺など知らぬか」

「旅の方、見てのとおりの鄙《ひな》びた里だ。旅籠も寺もございまっせんよ」

「網小屋でもよい。寒さが凌げればな」

老人は闇を透かして影二郎とおこまを見ていたが、

「このようなところに迷いこむ旅人も奇怪じゃな。ですが、寒さに震えながら一夜を過ごさせたとあっては、野母の者は人情なしと他国の者に言われそうたい。まあ、よか、浜小屋に来んされ」

と老人が先に立った。

「造作をかける」

「野母の網元の左古兵衛ですたい」

「夏目影二郎におこまだ」

老人が二人を連れていったのは、南の浜の松林に建てられた浜小屋だ。

板戸を押し開けると、むうっとした暖気が影二郎とおこまの体を包みこんだ。

囲炉裏が切られた板の間は漁師たちが泊まりこむ浜小屋だった。

「親方、唐船の用事は済んだとね」

囲炉裏端から中年の漁師が問うた。

「ああ、終わった。いつものことばってん、ああじゃこうじゃと小うるさいことたい」

左古兵衛の口調には唐船への好意は感じられなかった。

「浜に迷いこんだ旅の二人を連れてきた。なんぞ食べ物を用意せんね」

漁師たちがおこまに目をやった。

「えらい別嬪さんが紛れこんできたたいね」

影二郎とおこまの座が網元の左古兵衛老人の隣に設けられた。

「老人、不躾《ぶしつけ》じゃが宿代を払っておこう」

影二郎は一両を老人に差し出した。

「おまえさん方、何日泊まる気ね」

「過分とあらば、皆に振る舞う酒をもらおうか」

男たちが喚声を上げた。

老人が若い漁師に顎で酒を命じ、

「ここいらで小判を使う者はおらん、江戸から来られたか」

と聞いた。

影二郎が頷いた。

「お侍、野母に迷いこんできたわけでもなさそうたいね。考えがあってんこつか」

「老人、返答する前におれの問いに答えてくれぬか」

「なんね」

「唐船と関わりがあるのか」

「座礁した唐船の世話をしたのはわしら、修理を手伝ったのもわしら、その程度の付き合いはある」

「唐人はすでに長崎から国に去ったはず。今の船主は唐津藩と妓楼の女主であったな」

「よう知っておられるたいね」

老人はどこか腹を据えたような顔をした。

漁師たちは二人の会話より酒に関心があった。

「船は近々出帆するのか」

「唐に行くちゅう噂たい」

「奥船とよばれる大船は船主以下百余名が乗りこむという。唐人の下りた船を操るのは百鬼水軍とか申す倭寇の末裔どもか」

「それを聞いてどうなさる」

「曰くがあって野母に来たとは、そなたが言われたこと」

一人の漁師が酒の大徳利と茶碗を影二郎の前に置いた。

すでに男たちの前には酒と茶碗が供されてあった。

おこまが注ぐと影二郎が茶碗を握った。

一息に飲んだ。

「うまい」

海風の吹く街道を歩いてきた体の心《しん》がじんわりと温まっていくのが分かった。

漁師たちも飲み始めた。

「差し障りがあれば問うまい」

「われらは漁師、難破した船を助けるのは海人の務めだ。その船を買って、ご禁制の海に商いに出ようという人々には関心はございませぬ」

「だが、今もつながりを持っておいでのようじゃ」

「水、薪、食料を調達して、なにがしかを稼ぐ程度のつながりはな」

「唐船にはまだ船主らも乗っておるまい。えらく喫水が沈んでおるのは積み荷のせいか」

「船には留守番の水主が十五、六人乗っておるだけたい。旦那が見通されたように船底に重い荷が積んでござる。わしの目は銅と見たがね」

唐蘭貿易では、江戸後期ともなればなるほど金銀での決済は行われず、別子《べっし》銅山などで採掘された銅が使われたという。

左古兵衛の見立てがあたっているならば、西国雄藩が武器の代金として前渡しした銅ではあるまいかと影二郎は推測した。

「老人、長崎で若い娘が買われているそうな。おれは唐船で異国へ売られていくとみたがどうかな」

老人が苦虫を嚙み潰したような顔をして、舌打ちした。

「幕府が禁じられた密貿易は西国大名ならどこも大なり小なりやってござる。ばってん、譜代を笠にきて、女衒《ぜげん》の真似をなさるとは唐津藩もあくどか。長崎屋敷も阿漕《あこぎ》なことをなさるもんたい」

「娘たちはもう船に乗せられたか」

「近々連れてこられるちゅう話たい」

船出が近いということだ。

「老人、唐船に貸し金があれば早々に払ってもらうことだ」

「なんばする気な」

左古兵衛が影二郎を見据えた。

「そなたらは海人、船は命の次に大切なものであろう。おれがやらんとしていることはそなたらの考えに背く」

「たったの二人で、あの大船ばなんかしようという気ね」

「若い娘たちを一生異国の地で過ごさせるのはちと気にくわぬ」

「おもしろそうな話たいね。漁師のわしらは何の手伝いもできんばい」

「老人、唐船の修理を手伝ったなら、見取り図は描けよう。そいつを十両で買い取ろう」

「見取り図を十両、悪い話じゃなかたい」

老人が三和土の隅を差した。そこには帆布がかけられた小山があった。

「二年前、露国の船が漂着してくさ、穴が開いた船腹の修理ば、手伝うたこつがある。礼の金がなかちゅうて、積み荷ばおいていかしたたい。お侍、それば見取り図に付けまっしょ」

「なんだな」

「仏国製の黒色火薬というもんじゃそうな。水に浸かって使いもんにならんものは捨てた。それでん二十貫ほどが残っておるたい」

「それは面白い買い物ができたな」

老人の視線がおこまにいった。

「そなたもこのお方の無鉄砲を手伝いなさる気ね」

「そうやって生き抜いて参りました」

おこまが平然と答えた。

老人が突然笑い出し、

「こぎゃん魂消た話は長崎でも聞かれめえ。こりゃ、見物たい。夏目様、おこまさん、よかよか、ゆっくりと飲みなっせ」

と言った。

二

野母湾の入口の赤瀬の浜に珠吉と茂三郎が操るおんぼろ船が到着したのは昼過ぎのことだ。

影二郎一人が浜に出迎えた。

「南蛮の旦那、こげんかぼろ船でよかとね」

船底には水がたまり、今にも沈みそうな古船は漁師が何十年と使っていたものだった。

よいよい、と答えた影二郎が、

「ようこれで長崎から海上九里来られたな」

「鯨捕りより危なか船旅じゃったばい。油樽ば、目いっぱい積もうとしたばってん、船が傾いてどもならん。四樽積むのがやっとじゃった」

珠吉がすまなそうにいった。

「珠吉、油より凄いものが野母で手に入った。油は四樽もあれば十分だ」

「油より凄かもんてなんね」

「あとの楽しみにせい」

「こん水洩ればなんとかせんとな」

「何遍、水ば掻い出したかわからんたい」

茂三郎も口を揃えた。

珠吉と茂三郎は船底に溜まった水を桶で掻い出し始めた。

「ものの一刻ももてばよい、なんとかならぬか」

「一刻くらいなら麻縄ばほどいた繊維ばくさ、丹念に詰めればなんとかもとうたい」

珠吉は用意してきた麻縄を影二郎に見せた。

「この船で野母の入り江を横切ればいいことだ」

「そんくらいなら、なんとかなりまっしょ」

珠吉と茂三郎は赤瀬の浜に船を上げて、水洩れの箇所に麻の繊維を詰めていった。

影二郎も小柄の先に麻を巻きつけて、腐った船板を傷つけないように修理していった。

「南蛮の旦那、朝霧楼に買い集められた娘衆が今晩にも野母に移されるちゅう噂たい」

「よう調べたな」

「おこまさんの頼みたい。それに長崎じゃあ、唐津藩の長崎屋敷と朝霧楼の女楼主が組んでくさ、おぼこ娘ば唐船に乗せるちゅう話はだいぶ広まっとるげな」

「噂になって流れておるか」

「なんでん、昨日も町年寄の祝矢七兵衛の旦那が姉様に不実なことに関わらんでくれと掛け合いにいかれたばってん、けんもほろろに追い返されたちゅう話たい」

「七兵衛様もあのあばずれ姉には太刀打ちできぬか」

「そうそう、南蛮の旦那ば、火村道場の門弟衆が必死で捜し回っちょるぞ。五島屋にも押しかけてきよったばい」

「師匠を失った門弟は烏合《うごう》の衆に等しかろう」

「いや、百鬼水軍が後押ししとるちゅう話たい」

「珠吉、百鬼水軍の本隊が唐船に乗りこむ前に一仕事せずばなるまいて」

「ならばちと仕事ば急ぎまっしょかね」

三人はその日の夕暮れまでに麻の繊維を船底の裂け目に詰め込む作業を終えた。

ぼろ船を再び海に戻した。どうやら浸水は止まったようだ。

茂三郎が櫓を握り、入り江の奥へと漕ぎ出した。

内海である。

波が静かで浸水もないようだ。

行く手に唐船が見えてきた。

「こりゃ、大きかね」

「シャムから海を渡ってきた奥船だ。千石船の何倍もあるわ」

「旦那、あの船をどうする気ね」

「ちと勿体ないが入り江の底に沈めてな、魚の棲家《すみか》にしようと思う」

「魂消たばい」

珠吉は数丁先の入り江に浮く唐船を見上げ、

「旦那、ありゃちっとやそっとのこつじゃ沈まんばい」

と言うと四つの油樽を見た。

「珠吉、今、船におるのは水主たち十数人じゃ。それにしては喫水線が海面の下に沈んでおると思わぬか」

「なんぞ重かもんを積んでおるちゅうこつたい」

「西国雄藩が武器の代金の前渡し分の銅を船底に何百貫と積んでおるのよ。喫水線に小さな穴さえ開けられれば、すぐにも沈む」

「勇魚の羽差ちゅうてん、あいだけ大きか船は銛で沈められんたい」

「珠吉、そなたの銛は導火線の代わりだ」

「旦那の頭には悪か考えがあるごたるね」

珠吉がにやりと笑ったとき、行く手の浜に松明の明かりが点され、左右に振られた。

「おこまさんか」

「珠吉さん、茂三郎さん！」

おこまの声がして、長崎からよたよたと南下してきたぼろ船が浜に乗り上げた。

すでに浜には黒色火薬の箱が山積みされていた。

「南蛮の旦那、ありゃなんな」

「長崎くんちで唐人が使う爆竹よりはもそっと力があろう。仏国で造られた黒色火薬じゃ」

珠吉が口をあんぐりと開けた。

「どえらいこつば考えつかれたね」

「珠吉、震えておるか。そなたは見物に回ってもよいぞ」

「なんの、武者震いたい。ここで引っ込んだとあっちゃ、呼子の勇魚捕りの名が廃《すた》ろうたい。なんでんかんでん、旦那の尻に食らいついていこうたい」

「ならば船にな、火薬を乗せろ」

珠吉たちに左古兵衛の配下の船頭たちも手伝って、難破した露国の船が残していったという黒色火薬を積みこんだ。

おんぼろ船はどうにか浮かんでいた。

作業を終えた影二郎たちは、船の近くで用意された握り飯を食って、時を待った。

九つ前（午前零時）、網元の左古兵衛老人が慌ただしく浜に顔を見せた。

「夏目様、長崎への往還に人を出しておきましたところな、女衒の親方と三下連中が娘衆を引き連れて、ぞろぞろと夜道ば歩いて来よりますばい。夜明け前にも野母に着きまっしょう」

「娘衆だけが陸路でな」

唐船が出帆するとなると船主以下船人衆も乗りこむはずだ。風具合次第で動くということであろうか。

「ちと忙しくなったな」

赤い褌一丁の珠吉と茂三郎が黙って火薬と油樽を積んだ船に乗りこんだ。

もう一隻、用意された船にはおこまが飛び乗った。

「老人、唐船が停泊する海の底は深いか」

「あのあたりは五十尺ほどにございますよ」

「よかろう。見事に唐船が消えるかどうか、手妻にかかろうか」

「見物させてもらいまっしょうたい」

「うーむ」

火薬船の船頭は茂三郎で、もう一艘を影二郎が漕いだ。

唐船は静かに眠りについているように思えた。

「旦那、行ってきますたい」

唐船に一丁余りと近付いたとき、並走していた火薬船から珠吉が密やかな声をかけてきた。

「珠吉、茂三郎、そなたらの度胸と腕に娘たちの運命が掛かっておる」

「呼子の鯨捕りたい。任しておかんね」

二人を乗せた火薬船は停船した影二郎の船と別れて、一艘だけ唐船へと漕ぎ寄せられていった。

「いきましたねえ」

おこまの声に不安が滲んでいた。

「いったな」

闇に溶けこむように火薬船が消えた。

あとは待つしかない。

二人は明かりを消して停泊する唐船を凝視していた。

四半刻も過ぎた頃合か。

突然唐船特有の高い艫櫓に何人かの人影がさして、湾の入口を見つめては何事か話す声が風に乗って流れてきた。

「どうしたのでございましょうな」

おこまが不安の声で聞いた。

唐船の船尾に松明が点され、海に向かって振られた。

「やはり百鬼水軍が現われおったか」

ということは夜明けにも出帆するということか。

「珠吉さんたちは……」

海面は黒い闇に包まれて、珠吉たちの火薬船の動きは見分けられなかった。

「大丈夫でございましょうか」

おこまが呟き、入り江の奥に船の明かりが浮かんだ。

百鬼水軍の船は帆を下ろして、両舷からムカデのように出した櫂《かい》で水をかきながらやってきた。

帆柱の天辺に八流の倭寇の旗が流れていた。が、平戸から影二郎たちと海戦を繰り返してきた八旗丸ではない。船影からしてもっと大きな船だ。

「どうやら総頭領の劉白紘が出陣してきたな、ときとの競争になったぞ」

おこまが合図の四ツ竹を間隔をおきながら、海に向かってこつこつと鳴らした。

珠吉たちがどうなったか、影二郎の船からは見えなかった。

影二郎は意を決して、船を唐船へと漕ぎ寄せていった。

おこまが再び四ツ竹を鳴らした。すると海面から、

「おこまさん」

という密《ひそ》み声が応えた。

珠吉と茂三郎は火薬船を唐船の船端に繋ぎとめて泳いできたのだ。

「珠吉さん、茂三郎さん」

おこまが船端から身を乗り出して、海面に浮かぶ珠吉たちを探した。だが、探しあてる前に船が揺れて、水に濡れた顔が二つにゅっと船に這い上がってきた。

おこまが用意した手拭いを二人に渡した。

「珠吉、茂三郎、百鬼水軍の船が現われたぞ。その前に花火を上げんとな」

「合点だ」

寒さに震える声で答えた珠吉は、手拭いで手早く体を拭いた。そして、一つ息を吐くと鯨を仕留めるために使う銛を手にした。

玄海の勇魚捕りの肝っ玉を見せて、珠吉が立ち上がった。

茂三郎も二番手の羽差として控えた。

おこまが種火をすかさず銛の先に結わえられた油布に点けた。

油布のそばには布袋に入った黒色火薬が括りつけられてあった。

炎が上がった。

こちらの船に気がついたか、唐船から騒ぐ声がした。

珠吉は船の中央で銛を肩に担ぐように持って気合を溜めた。

影二郎は必死で船を波に動かないようにした。

「おおっ！」

珠吉の口から叫びが上がり、銛が夜空を飛んで、半丁も離れた唐船の船腹に見事に突き立った。

「これが呼子の羽差の腕前たい！」

布袋が割れて、火薬に火が点いた。

どーん！

小さな爆音が闇の野母湾に響いた。

「そらっ、船から逃げんと大爆発するぞ！」

珠吉が爆音の静まった頃合をみて、唐船に向かって叫んでいた。

唐船では水主たちが大騒ぎしながら船上をうろうろしていた。

茂三郎も二本目の火銛を船尾に向かって投げた。

これも鮮やかに唐船に突き刺さった。

二本の銛の炎が船の中程に繋がれた火薬船を照らし出した。

「ほれほれ、そいつには南蛮の火薬が何十貫て積まれておるたい。死にたい奴は、じっくり爆発ば見物せんね！」

珠吉が三本目の銛を担いだ。

唐船から水主たちが次々に海に向かって飛び込み始めた。

「最後の仕上げぞ！」

珠吉の腕が夜空に突き上げられて、鯨捕りの銛が虚空を切り裂き、長崎から引いてきたおんぼろ火薬船のど真ん中に突き立った。

唐船に残っていた水主たちの最後の数人が反対側の舷側から海に飛びこんだ。

影二郎は珠吉の投げた銛が火薬の箱に突き立ったのをみると、浜を目指して力任せに漕ぎ下がっていった。

三本目の銛の先端に装着していた火薬袋がまず小さな爆発を起こした。

おんぼろ船が火柱に浮き上がった。が、誘発は起きなかった。

静寂が野母湾を支配した。

百鬼水軍の船が炎に浮かび上がるほど接近してきた。

影二郎は櫓を漕ぐ手を休めた。

その瞬間は、気配もなくやってきた。

まず夜空に閃光が走った。

空気が震えた。

そして、野母崎一帯を揺るがすような大爆発が轟き渡り、大きな大きな火柱が垂直に立ち上がった。

それは権現山を浮かび上がらせたほどの火柱だった。

影二郎は衝撃に船底に転がった。

「おおおっ！」

四つん這いの珠吉が叫んだ。

さらに新たな炎が上がった。

不気味にも船が軋る音が聞こえた。

海が盛り上がった。

唐船は舳先と船尾の中程から真っ二つに割れて、船倉を火柱の下に晒し、ゆっくりゆっくりと海底に没して消えていった。

海面に油が広がり、燃え上がった。

柱や荷が浮かぶ海面を赤々と照らし出した。

唐船から海に飛びこんだ水主たちはほうほうの体で海岸に泳ぎついていた。

影二郎は百鬼水軍の船に目をやった。

停船していた船が、ゆっくりと湾の外に向かって回頭していった。

「南蛮の旦那、派手な花火やったねえ、これなら唐津くんちにも負けんたい」

珠吉が嬉しそうな声を上げた。

影二郎はゆっくりと櫓を漕ぎ始めた。

浜では左古兵衛や漁師たちが大騒ぎしながら待っていた。

「大した見物やったばい」

そう言った左古兵衛が影二郎をけしかけるように言った。

「娘衆を引き連れた女衒が長崎へ引き返しとるたい」

「先回りする道はないか」

「まかしときんしゃい。山道ば案内させるたい」

「老人、世話になったな」

「わしらも楽しませてもらいました」

影二郎が思い出したように聞いた。

「唐船が沈んだ五十尺の海底に潜る漁師はいるか」

「旦那も抜け目なかね、銅ば引き上げる気ね」

「ほとぼりが覚めた頃合に長崎から人手を出す」

「わしらにも稼がせてくれんしゃい」

「よかろう。おれの方もちと稼がねばならん理由があってな」

影二郎は常安丸の修理代を考えていた。

「知らせば待っちょりますたい」

頷いた影二郎に、

「行きまっしょうか」

と松明を手にした若い漁師が案内に立った。

影二郎とおこま、銛を手にした珠吉と茂三郎の四人は、野母の浜から山道へと急ぎ分け入った。

一刻後、崖上から影二郎たちはかすかに白み始めた空の下、海ぞいの山道を見下ろしていた。

そこには女衒の親方とやくざ者に囲まれて、長崎へと必死に引き返す二十数人の娘たちの姿があった。

一行の眼下の海辺は浜添という集落だ。

「娘たちに怪我をさせたくないな」

影二郎の呟きを案内に立ってきた漁師が聞き、

「この先に峠道があるがどうやろか」

と言い出した。

「両側は切り立った岩場たい」

「よかろう。そこへ案内してくれぬか」

頷いた漁師は松明を吹き消すと、野猿のように走り出した。


朝靄が漂う切り通しの道をひたひたとした足音が響いてきた。

「早よう歩かんね。のろのろ行くもんにゃ、竹ば食らわすぞ!」

先頭を行く女衒が竹棒を振り回して、今にも路傍にしゃがみこもうとした娘の肩を叩いた。

「ひえっ! 許してつかあさい」
十三、四の娘が泣いて許しを乞うた。

いた。

「急がんとえらいこつになるたい」

そう言って行く手に視線を戻した親方は、朝靄に下半身を沈めて立つ南蛮外衣の男に気がついた。

一文字笠の下の顔には覚えがない。

「だれね、そこばのかんね」

「女衒、娘たちを置いていけ。長崎に無事に戻ることを許して遣わす」

南蛮外衣の男、夏目影二郎が言い放った。

「あんたね、近ごろ長崎でうろちょろしちょる江戸者は」

女衒の親方が竹棒を投げ捨てるとつかつかと影二郎の前に歩み寄り、四間の間合いをとって足を止めた。

片袖に右手を入れた男の手が胸の懐から差し出された。

その手には短筒が握られていた。

「鉛玉ば食らいたかね」

「止めておけ。死に急ぐこともあるまいに」

影二郎はただ南蛮外衣に包まれて立っていた。

「奇妙な合羽ば使うそうやが、いくら手妻使いでも鉄砲玉には敵《かな》わんたい」

男の懐から銃口がさらに突き出されて、引き金が絞られようとしたその瞬間、影二郎のかたわらの朝靄が盛り上がっておこまの顔が浮かび、靄の下から銃声が響いた。

「な、なんね……」

短筒を構えた女衒の言葉が途中で悲鳴に代わった。

「ひええっ！」

女衒は後ろ向きに切り通しの道に倒れ込んだ。その体を靄が包みこんで消した。

「年端《としは》のいかん娘ば食いもんにしくさって、報いたい！」

鯨銛を手にした珠吉が叫んだ。

三下たちはいつの間にか珠吉と茂三郎の銛に狙いをつけられていた。

影二郎の言葉に三下たちは長崎に向かって、峠道を転がるように走り出した。

「娘たちをおいて行け」

二十余人の娘たちが呆然と立っていた。

古留止社製の連発短筒を懐に仕舞ったおこまが優しい声をかけた。

「もう心配はいりませんよ」

三

夏目影二郎たちが異国に売られようとした娘衆を連れて、長崎に戻ったのは昼過ぎのことだ。

事情を聞かされた一行は、長崎の地役人の頭領、首席町年寄の祝矢七兵衛の屋敷を訪ねた。知らせを受けた七兵衛は娘たちに温かい食事を用意するように奉公人に命じ、影二郎と面会した。

珠吉と茂三郎は長崎に入る前に姿を消して、常安丸を修理する立神の造船場に戻っていた。

「夏目様、どうなされましたな」

影二郎は野母で起こった一切の出来事を話した。

「……そうでしたか。あの唐船ば海の底に沈めてしまわれましたか」

七兵衛はそういうと、

「さぞ壮観でございましたでしょうな、私も見物しとうございましたばい」

と笑った。

「唐津藩にはお奉行の戸川様もちと遠慮なされておられましたからな、これで奉行様も腹ば括られまっしょう」

「町年寄どのにいくつか頼みがある」

七兵衛が視線を影二郎に向けた。

「唐船には銅が二十万斤ほど積まれてあった。春になって野母の漁師たちに引き上げさせるつもりじゃが、そなたの力で処分してくれぬか」

「密貿易船の荷は奉行所のものにございます」

「戸川様はご存じないわ。それに唐津の一件では、われらばかりに汗をかかせておられるでな」

影二郎が言うと祝矢七兵衛が不敵にも笑った。

「夏目様にはなんぞ入り用がございますので」

「唐津の常安九右衛門どのの持ち船を壊してな。今、立神の造船場に入れておる」

「修繕賃くらい二十万斤の銅からいくらでも出せまっしょたい」

七兵衛が請け合った。

「今ひとつ、異国に売られようとした娘たちをしばらく長崎の地役人の下で保護してくれぬか。在所に戻したところで、お歌の息がかかったものが出向くかもしれぬ」

迷惑をかけますたい、と七兵衛が姉の悪行を謝り、

「責任ば持ちまして確かに祝矢七兵衛が預かりまっしょ」

と言い切った。

「安心いたした」

そう言う影二郎に七兵衛が、

「このたびの唐津藩の横暴はわれら長崎地役人二千余人の怠慢と欲のために引き起こされたこと、夏目様をお手伝いすることがございましょうかな」

と聞いた。

影二郎はしばらく沈思していたが、

「唐人屋敷に立ち入る術《すべ》はなかろうか」

と七兵衛に聞いた。

「何のためとお聞きしてようございますか」

「天后宮の番人、王文河に会いたい」

「ほう、王文河にな」

七兵衛はその名で影二郎の目的を薄々察したように瞑目した。

「夏目様、唐人屋敷は総坪数九三七三坪、大門には番所が設けられ、およそ二十余人の地役人の唐人番が交替で詰めております。ここを入るには乙名が発行する烙版札を持っていなければ、通行が適いません。ですが、ここはわれらが領分……」

七兵衛はなんとかなると示唆した。

「大門の次にございます二之門内は唐人番触頭らが詰める番所があって、われらすら立ち入り出来かねます。この二之門内の唐人住居区は六八七四坪にございまして、夏目様が申された天后宮も九尺の練塀の中にございます……」

「唐人相手の遊女の出入りが許されておると聞いたが」

「はい、正徳元年のご禁制と申すものでございますよ……」
一　断なくして、唐人構之外へ出事

一　傾城（遊女）之外、女人入事
一　出家山伏諸勧進之者並乞食入事
「……この触れにございますよ。確かに遊女の出入りは唐人屋敷在留慰安という見地から許されたものにございます。しかしその出入りの際のお調べは厳しいものでしてな、正徳以来、繰り返し唐人屋敷法度《はっと》書が出されてございます」

「七兵衛どの、度々出されたということは抜け道があるということではないか」

七兵衛が困った顔をした。

「延享《えんきょう》三年（一七四六）以来、唐船は十隻と制限されております。制限が厳しくなればなるほど、荷が密かに長崎に流れます。これらは唐人が唐人屋敷に定高以外に持ち込んだものが密かに流れるものにございます……」

「つまりは物産と一緒に人も出入りするか」

「という話もなくはございません」

と言った七兵衛は、

「地役人はなんとかいたしましょうたい。ですが、町奉行所はわれらの手ではなんとも致しようがございまっせん」

と言った。

「よかろう、そちらは戸川様と話を致そうか」

七兵衛が頷き、影二郎は立ち上がった。

唐人屋敷を担当する地役人の責任者たる乙名は四人、その下に乙名付筆者、日行使、台所番、内小使、外小使、辻番ら三十六人、その他に唐人番と称する浪人から召し抱えられた、大門および二之門を警護する者二十人がいて、唐人屋敷の出入りを見張っていた。

この夜、満月が長崎の町を照らしつけていた。

四つ半（午後十一時）過ぎに遊女が一人、付き添いの男衆と一緒に大門（外門）を通った。

唐番人たちは、二人の通過に目をつぶった。

首席町年寄祝矢七兵衛の厳命ゆえだ。

大門と二之門の間には石畳が伸びて、大通事部屋、小通事部屋、乙名部屋などが並んでいた。どこもひっそりして、二人の通過を許した。

二人の男女は二之門に立った。

唐人屋敷でも一番警戒が厳しい二之門は驚いたことに無人で、二人は咎められることなく唐人屋敷に忍び入った。

これから先は、丈余の高さの練塀が複雑に囲んで、もはや地役人の、長崎奉行所の力の及ばぬ世界だ。

二之門の右手に霊魂堂が、正面に土神堂が見えた。

夏目影二郎とおこまは、二十三間の敷石を進んで、左に折れた。
するとそこはすでに異郷、二十余棟の二階造りの唐人部屋や店が軒を連ねていた。
ふいに異国の笛が鳴り始めた。
どうやら楼閣上に楽人があって、月夜に望郷の思いを笛に託しているのであろうか。
その笛の調べは清涼と影二郎とおこまの胸を打った。
天后宮は土神堂と通りを隔てて向き合っていた。
通りから数段の石段があって、敷地の中に堂宇があった。
天后は唐人の舟神であり、媽祖と称した。
影二郎とおこまが石門を潜ると御堂の左右に紅旗が夜風に翻っていた。
堂の柱に、
天公聖母
の四文字が書かれ、堂上には、
天后宮及天后行宮
の題額が掲げられてあった。
風が巻いて、楼上から再び笛の音が響いてきた。
影二郎は堂の一角に目を感じた。
回廊の闇が揺らぎ、

「華館の笛風というてな、故郷を懐かしむわれらの思いを風に乗せておるのじゃよ」

見事な日本語で話しかけられた。

「そなたは近ごろ、長崎の町を騒がす江戸者じゃな」

「王大人だな」

「ようご存じだ」

「われらは異国の人間、江戸がどう考えてなさるか耳目を尖らしておるでな」

「自在に唐人屋敷を抜け出ているようにみえるな」

「そなたらも入ってきたではないか」

王は寒夜の月を愛《め》でて、独り酒を汲んでいた。

おこまが四方に目をやった。

天后宮の四周に殺気が満ちた。

影二郎は素知らぬ顔で聞いた。

「王大人、頼みがあってきた」

その前に、と王文河が言った。

「昨夜、野母崎で唐船を沈めたそうだな。そなたのことはいろいろと噂に聞く。だが、どれも確証がもてぬ」

「例えば……」

「江戸幕府の隠密」

「となれば密貿易摘発か、関心がないな」

王はしばらく沈黙した。

「大人、そなたとて公には天后宮の堂守、だが、だれもそなたが堂守などとは思ってもおらぬ」

「私の正体はなにかな」

「影の唐人屋敷の頭領……」

「聞こうか。頼みとやらをな」

「そなたの手の内にある手紙が欲しい」

「手紙とはなにか」

「朝霧楼のお歌が預けた手紙……」

「なぜ唐人屋敷にあると思うな」

「奉行所も地役人も自由に入れぬ場所となれば蘭人屋敷か、唐人屋敷のどちらか。さらにお歌の相談役はそなた、王文河しかおらぬ」

「さてどうしたものか」

「大人、唐人は利と信と聞かれればどちらをとるな」

「利欲も大事、信義もまた唐人が忘れてはならぬこと」

「片方を捨ててはくれぬか」

「お歌様を裏切れと申されるか」

「お歌の後見をなすことを町年寄祝矢七兵衛が喜んでおると思われるか」

「長崎の地役人もこのところ肝っ玉を抜かれておる。それに比べて、お歌様は自ら船を仕立て
て、波濤を越えようとなさっておられる」

「地役人を嘗《な》めてはいかぬ。二千余人が祝矢七兵衛の下に結集せぬとだれが保証する」

「お歌様には地役人より長崎奉行より強い味方がついておられる」

「そなたの想念の中にある人物は、最初からお歌を見捨てておられる。勝負の行方は知れてお
るわ」

「老中水野忠邦様はお歌様の願いを聞き取られぬといわれるか」

「王文河、御朱印船はおれが沈めた……」

「御朱印状さえあれば、船などいくらも用意できる」

「おれが水野の刺客、お歌と邦之助親子を始末するお役の者」

なんと……王文河がつぶやいた。

右手が上がった。

すると音もなく練塀の上に影が幾つも浮かんで、天后宮の庭にふわりふわりと飛び下りてき
た。

白い衣装の腰に青の帯が結ばれて、その端が垂れていた。

武人の手には青龍刀や矛があって、刃が月光に光っていた。

その数およそ十余人。

楼閣から吹かれる笛の音に乗って、十人が一斉に得物をきらめかせて舞い始めた。その動きは玄妙複雑で影二郎とおこまの目を奪った。

舞いに目を奪われると殺気が消えた。が、影二郎の五感は、十余人が並々ならぬ腕の持ち主と訴えていた。

おこまが地面に片膝をついて、阿米利加国古留止社製の連発短筒を手にした。

南蛮外衣の襟から影二郎の片手が覗いて、おこまを制した。

笛の調べに鉦《かね》の音が入り、調べが早くなった。

すると剣や矛をきらめかしての舞踊も動きを早めた。

舞いの間から殺気が天后宮に放たれた。

爆発の瞬間《とき》が迫っていた。

きえっ！

怪鳥《けちょう》のような鳴き声とともに舞いの輪が広がり、一気に狭められた。

青龍刀と矛が一斉に影二郎に襲いかかった。

その瞬間、南蛮外衣に命が吹き込まれた。

両端の裾に縫い込まれた二十匁の銀玉が虚空に浮かび、黒羅紗が大きな円を描いて広がると月明かりの下、猩々緋の花が真っ赤に咲いた。

武人たちの手元が緩んだ。

金属音が響いて、青龍刀と矛が虚空に飛んだ。

影二郎の片手に捻りが加わり、さらに残った得物が武人たちの手を離れた。

南蛮外衣が舞い終わったとき、素手の武人たちが呆然と立っていた。

「さすがに水野様が送りこまれた刺客にございますな」

王文河の手が振られ、武人たちが天后宮から消えた。

「夏目影二郎様、信義を裏切るにはちと代償が必要にございます」

「利欲か」

「はい」

「ちと高くついても若き日の過ちは刈り取らねばなるまいて」

王文河が声もなく笑い、自分が座している回廊のかたわらに影二郎を呼んだ。

「そちらの女子もな」

おこまも呼ばれた。

二人は王文河をはさんで回廊に座した。

王の手から二つの酒器が影二郎とおこまに渡り、酒瓶の酒が注がれた。

影二郎が初めて嗅ぐ唐の古酒の香りだった。

「月夜の酒を飲むはそなたらの国の習わしか」

「古人も詩《うた》いますでな。

青天　月有ッテ　来　幾時ゾ
我今　盃ヲ停メテ一タビ之ヲ問フ
人　明月ヲ攀ヅルハ得可カラ不
月行却テ人興相随フ……」

おこまには詩の意味が理解つかなかった。が、気宇壮大な唐人の心は理解ついた。

王文河がぐいっと杯を上げた。

影二郎も倣った。

おこまはわずかに異国の酒に口をつけた。

「夏目様、唐船の長崎入港を正徳年代の三十隻に戻していただけませぬか」

「手紙の代償にしては、ちと法外な要求だな」

「私が望んだものではありませぬ。それに……」

影二郎と自分の杯を王大人は再び満たした。

「夏目様、唐人にとって信義を覆すことはそれだけの大事なのでございます」

「大人、水野様に確かに伝えよう。もし、お歌に与えた手紙の重さがそれに値するなら、そなたの望みのいくらか通るやもしれぬ、としか応えようがない」

「そなたのような倭人には初めて会いましたよ」

影二郎は二杯目をゆっくりと流しこんだ。

その間に王文河の姿が天后宮の堂内に消えた。

再び現われたとき、油紙の包みと蠟燭の明かりが手にあった。

「王大人、水野様の手紙、読んだか」

「唐人は信義に厚いと申しましたぞ、夏目様」

「利欲にも聡《さと》い民でもあったな」

王文河がからからと笑った。

「水野様はお歌の腹の子をわが子にすると約定なされていた……」

王の手から包みが影二郎に渡った。

影二郎は油紙をほどくと古びた書状を王文河の差し出した蠟燭《ろうそく》の明かりに躊躇《ちゅうちょ》なく差し出した。

二十三年前、若き唐津藩主水野忠邦が十七歳のお歌を裏切った証拠が燃え上がった。

手紙が消えたとき、影二郎とおこまが回廊から立ち上がった。

「馳走になった」

「ゆっくりなされればよいものを……」

「戸川様との約束、お目こぼしの刻限が迫っておる」

「ならば行きなされ」

南蛮外衣を肩に担いだ影二郎と四ツ竹芸人のおこまが天后宮の境内を出ると、いったん止んでいた笛の音が天上から響いてきた。

影二郎とおこまが町年寄祝矢七兵衛の屋敷近くに戻ってきたとき、屋敷を取り巻く殺気に気づかされた。

だが、影二郎もおこまも足を緩めることはなかった。

殺気の一角を掻い潜って、輪に入った。

前方に一つの影が浮かんだ。

岸峰邦之助だ。

「なんぞ用か」

「母上の使いだ」

「口上を述べよ」

「明日の夜半、そなた独りと母上が会談いたすそうだ」

「場所は」

「諏訪神社石段」

「心得たと伝えよ」

影二郎に背を向けた邦之助が振り返った。

「われらの夢を潰しおったな」

押えていた憤怒が若い顔に見えた。

「唐船のことか」

「あれは母とおれの夢であった」

「夢とは若き娘を異国に売り飛ばし、阿片を密輸し、武器を持ちこむことか」

「禁じられた海の外に雄飛することじゃ」

邦之助の顔に真剣な表情が垣間見えた。

「ならば途を間違えたな」

「父親の顔も知らぬ者にどんな途があるというのか」

「邦之助、父親との対面を望むか」

「もはや父親などどうでもよきこと」

若者は吐き捨てた。

影二郎は父、秀信のことを思った。

（そう、おれも邦之助の年には秀信を父と考えたくなかった……）

「邦之助、わが身を大事にせえ」

「他人に説教などされとうない」

邦之助がくるりと背を向けた。

その背に影二郎が言った。

「母に伝えよ。天后宮の大人と会ったとな」

邦之助の背がぴくりと動いた。が、無言で去っていった。

四

この日の昼下がり、長崎湾を夏目影二郎とおこまは小舟で横切った。

舟は五島屋のもので櫓は影二郎自身が握った。

風もなく春を思わせるぽかぽか陽気で影二郎もおこまも着流しに笠を被っただけの姿だった。

「影二郎様、旅の仕上げは唐津にございましょうな」

「そなたの父も待っておるでな」

「常安丸でございますか」

おこまは帰路も海かと聞いた。

「おそらく修理は間に合うまい。となれば長崎街道を唐津に引き返すことになりそうじゃな」

「珠吉さんたちと別れるのはつろうございますな」

「おこまの顔が綻《ほころ》んでおるわ」

「旅は陸路が一番にございます」

船嫌いのおこまが言い放った。

長崎の町の対岸にあたる立神が見えてきた。海に迫った山間に造船場がいくつも並び、新船が建造されていた。

そんな中でいくつも船腹に穴が開いた常安丸は異彩を放っていた。

「いくらなんでもすぐには間に合いませんね」

おこまが安心した声を上げた。

「南蛮の旦那、おこまさんよ」

夏目影二郎とおこまの姿を認めた船頭の紀平が常安丸の船尾から叫んだ。

舳先では珠吉と茂三郎が手を振っていた。

小舟を常安丸のかたわらに着けた影二郎の許に紀平が下りてきた。

「派手な騒ぎを起こしたそうな。珠吉のやつ、えれえのぼせようたい、まるで鯨ば一遍に何頭も捕ったごつあるたい」

「困ったな」

「当分使いもんにならん」

影二郎が笑った。

「修理にはまだかかりそうだな」

「旦那の役に立たんで申しわけなか」

と答えた紀平は、

「まだ二十日ばっかりかかるごたる。それに修繕賃がだいぶかかりそうたい」

と困惑の顔を見せた。

「紀平、今日はそれできた」

「よか知恵がございますな」

「町年寄の祝矢様が常安丸の修繕代は持ってくださる」

「祝矢の旦那がですか。そりゃ、筋が違いますたい」

唐津の豪商日野屋こと常安九右衛門の船頭が意地をみせて言った。

「まあ、聞け」

「なんばですな」

紀平が意気込んだ。

「野母の入り江に沈んだ唐船に銅が積まれてあった。こいつをな、野母の網元が引き上げ、祝矢どのに頼んで処分することになった。その中から常安丸の修繕賃を出そうという算段だ。これなら珠吉も茂三郎も命を張って働いておる、文句あるまい」

「南蛮の旦那、奉行所から文句は出んな」

「奉行所の与《あず》かり知らぬことだ。これくらいの役得があってもよかろう」

戸川奉行と影二郎が面会した折り、水野の書付けを差し出していた。もし事実を知ったとしても老中首座に上りつめた水野の密使のしたこと、文句はつけまいという読みもあった。

「策士の旦那と別れんばならんとは、寂しかね」

紀平は影二郎たちが長崎を出ることを察したようでそう言った。

「唐津で会いたいものよ」

「その折りは鯨で一杯飲みまっしょうたい」

「そう致そうか」

影二郎とおこまは小舟に戻った。

「おこまさんよ、今晩は丸山あたりに繰りこんで、卓袱《しっぽく》料理ば食べにいかんね」

珠吉の声が二人を見送った。

二人が五島屋の前の船着場に小舟を着けたとき、長崎奉行所の与力、長谷川与兵衛が出迎えた。

「夏目様、多忙な日を送っていられるようだ」

「江戸者はなにかとお節介でな」

「野母でなんとも派手な騒ぎを起こされたそうで」

「奉行所が動かぬでな、おれが掃除をしたまで」

「われらとて唐船を放置する気ではありませんでしたよ」

長谷川はぬけぬけと言い放った。

「まあ、天領内が鎮まればよいことではないか」

「お奉行は補任四年目、そろそろ江戸へお戻りになりたいお気持ちでしてな」

「手柄か、仕上げはそなたらに任せてもよい」

影二郎は言い切り、

「今宵な……」

と落ち合う刻限と場所を告げた。


長崎くんちは旧暦九月七日が前日、さらに中日、後日と三日間の祭りであった。

〝庭見せ〟は祭りで用いる祭り装束や楽器や祝品などを家いっぱいに飾って、通りから見物できるように並べた。この仕来たりはキリシタンバテレンでないことを証明する証しでもあったのだ。そして、なんといってもくんちの白眉《はくび》は諏訪神社の三百段の石段を御輿が駆け下り、駆け上がる行事であった。

南蛮外衣に一文字笠の夏目影二郎は、満月の明かりに孤影を石畳に落として、諏訪神社石段下に立った。

森閑として人の気配はなかった。

月に群雲が掛かって、石段が陰った。

影二郎は気配を感じて石段の上を見た。

山門から打ち掛けをきた女が独り現われた。

お歌だ。

影二郎とお歌は三百段の石段をはさんで向かい合った。

「そなたを甘くみたようです」

お歌は猫撫で声で言った。

「夏目影二郎、そなたに頼みがある」

「時機を失したようだな。唐船をなくし、王文河から水野様の手紙を取り上げられた今、ほかに切札を持っておると申すか」

「夏目、水野様がそなたを西海道に遣わしたことが切札と言えなくもあるまい。水野様とわらわが情を交わしたは周知の事実、水野様の心の記憶はどうにも消せまい」

「過日も申した。若い男と女が寝間を一緒にしたは二十三年も前のことだ。二人の間に出来た子を認知してほしくば、しかるべき手続きがあったはず。欲にからんでの交渉は感心せぬな」

「すべてを失ったわらわが縋るは忠邦どのの使いのそなた……」

「泣き落としか、そなたには似合わぬ」

からころとした笑い声が響いて、右の手で打ち掛けの襟を軽く摑んで、お歌が石段を下りてきた。

諏訪神社に大勢の人の気配が静かに満ちた。

「泣き落としと言われようとかまわぬ。邦之助と忠邦様の面会を願う母の心情を夏目、助けてはくれぬか」

影二郎もお歌の動きに誘われるように石段を上がった。

くんちの祭り囃子、しゃぎりの音がどこからともなく聞こえてきた。

諏訪神社の社殿あたりからだ。

影二郎の背後にも動きがあった。が、姿は見せなかった。

お歌は四、五十段、石段を下りてきた。

影二郎もまた五十余段を上がっていた。

月が雲間から姿を見せた。

お歌の顔がかえって陰り、そのせいで夜叉《やしゃ》の顔に見えた。

さらに二人は下り、上がった。

今や二人の間は三十段と接近していた。

「夏目影二郎、答えがないな」

「そなたの情夫はどうしたな」

「唐津に戻った」

「邦之助もか」

「長崎を離れる前にやり残したことをな、やっておこうか」

お歌の右の手が襟から離れた。そして、虚空に振り上げられると月光の下に蜘蛛《くも》の糸のように白いものが広がって、影二郎の視界を閉ざした。

しゃぎりの音が大きくなった。

石段を駆け下ってきた大きなものがあった。

圧倒的な早さと重さで一気にお歌の背後に迫った。

蜘蛛の糸の広がりの向こうでお歌の体が虚空に舞い上がり、駆け下ってきた御輿に飛び乗ろうとした。

影二郎の手が一文字笠の縁に掛かり、珊瑚玉が飾りの唐かんざしが引き抜かれて、投げ打たれた。

両刃のかんざしは狙い違わず、お歌の喉を刺し貫いた。

「ああっ！」

お歌が悲鳴を上げて、御輿から振り飛ばされるように転がり落ちて、御輿に轢《ひ》かれて消えた。

その御輿が影二郎を襲った。

御輿上に百鬼水軍の倭寇たち、黒革の袖無し短衣に裁付袴、革足袋の男たちが乗り、さらに引き綱で左右に分かれた男たちが御輿を制御していた。

影二郎は石段の端に転がった。

そのかたわらを御輿が怒濤の如く通り過ぎた。

顔を上げた。すると二基、三基目の御輿が石段一杯に前後して殺到してきた。

影二郎は今度は反対側に身を飛ばした。

二基目が南蛮外衣の裾を巻き上げて飛び去った。

三基目もなんとか躱した。

四基目の御輿の船首は龍神で、御輿の上に七尺余の巨漢、倭寇の頭領劉白絃が矛を立てて乗っていた。

影二郎は腹を固めた。

南蛮外衣を引き抜くと大きく虚空に広げ、龍神の御輿を左右から引く男たちの視界を閉ざすように投げた。そして自らは石段の端にかろうじて転がった。

しゃぎりの音が乱調子に高鳴った。

黒と赤の大きな花を咲かせた南蛮外衣が龍神の舳先を覆い包んだ。

猛烈な速度で御輿を進行させる〝目〟が塞がれた。

御輿から悲鳴が上がった。

石段を駆け下ってきた御輿が突んのめるように転がって、百鬼水軍の武人たちが石段にばらばらと叩きつけられた。

だが、矛を捨てた劉白絃は虚空に飛び上がって、巨体を器用にも捻り上げた。

影二郎は石段の端に立った。

生き残った倭寇たちが青龍刀や矛を手に影二郎を上下から囲んだ。

その数はおよそ十七、八人か。

劉白絃は輪の外に飛び下りていた。

「決着をつけるときがきたようだな」

影二郎の問いに広東語、シャム語、日本語など自在に話すという武人たちは無言で応じただけだ。

影二郎は薙刀の刃を二尺五寸三分に切りつめた豪剣、法城寺佐常を抜いた。

左足を一段下の石段に踏ん張り、右足を開いて半身の構えをとった。

反りの強い佐常は左の肩に切っ先をつけた。

倭寇の末裔たちは、船を家となして生きてきた船党たちだ。荒れる海で暮らす海人にとって、石段の駆け下りなどなんの造作もないことか。

劉白絃の無音の合図で右回りの旋回を始めた。

影二郎の腰が沈み、先反佐常の切っ先が肩口から石段へと落ちた。

輪が縮まった。が、倭寇たちは攻撃に移らなかった。

手首が小刻みに振られて青龍刀や矛がかちゃかちゃと鳴った。

その音は輪の旋回の動きに合わせるように早くなり遅くなりして、影二郎の視覚と聴覚を狂わせた。

しゃぎりの音も続いていた。

輪が急速に回転を増し、縮もうとした瞬間、諏訪神社に短筒の音が響いた。

石段の下でおこまが虚空に向かって放った一発だ。

しゃぎりも、武器の鳴る音も消えた。

輪が微妙な齟齬《そご》をきたした。

流れるように旋舞していた輪がぎくしゃくしたものになった。

影二郎が動いたのはまさにその直後だ。

ただ正面、その一角を斬り裂くように突進すると法城寺佐常を擦り上げた。

迎え撃とうとした矛は銃声に集中を乱され、力を殺《そ》がれていた。

矛の柄を先反佐常が両断すると武人の腰を撫で斬った。

無言のうちに倒れこむ武人に旋舞が乱れた。

返す佐常がその混乱に乗じた。

下に落とされ、横手に振られる度にばたばたと倭寇の末裔たちが倒れ伏していった。

旋回する輪が完全に停止した。

劉白絃が小さく口笛を吹き鳴らした。

輪が散った。

影二郎の足下に四、五人の倭寇たちが倒れこんでいた。

「船に戻らぬか、そなたらの故郷は海であろうが」

影二郎の発した言葉に巨漢の劉白絃が初めて応じた。

「われらは面子《メンツ》に生きてきた海の武人、そなたにかようにもずたずたにされては海に戻ろうにも戻れぬ」

「船を家として大海原を生き抜く者が面子などと笑止ではないか」

「厳しい海で生き抜くためには規律と面子が大事なのだ」

「あの女と組むのではなかったな」

影二郎と劉の視線がちらりとお歌にいった。

が、劉白絃の注意はすぐに影二郎に戻り、生き残った配下を下げさせた。

いつの間にか劉の両手には二本の大きな青龍刀があった。

「夏目影二郎、そなたの素っ首がこの石段を転がるのを見て海に戻ろうか」

劉は影二郎と向き合うように十段ほど上の石段にいた。

七尺の巨漢の両手の青龍刀がぐるぐると旋回し始めた。

しゃぎりの音が再び始まっていた。

唸りを上げた二本の青龍刀の旋回は左右に広がり、また接近して自在に動いた。

法城寺佐常といえども重い青龍刀の旋回に打たれれば、たちまち圧し折れてしまうであろう。

さらに劉は高みにいる利があった。

足下には影二郎が倒した男どもが横たわって足場も悪い。

影二郎は石段の端を諏訪神社の境内に向かって蟹の横ばいのように走り上がった。

すると劉もまた反対側を駆け上がって、十段の差を保とうとした。

その間も劉の両手の青龍刀の旋回は止むことはなかった。いや、止むどころかその動きはますます早くなり、ときに二つの青龍刀が描き出す光の輪は玄妙にも交錯して、また左右に広がった。

影二郎は先反佐常を切っ先を下げて左に置き、ただ石段を横に走り上がった。が、十段上を劉白紘が影二郎の反撃を押えこむように移動していった。

三百段の頂きが接近してきた。

劉はもはや数段を残すのみだ。

影二郎はふいに駆け上がることを止めた。そして、今度は上がってきた石段を反対に駆け下りていった。

巨漢の頭領も敏捷に十段の差を保ったまま従ってきた。

影二郎は両手に保持していた先反佐常を右手一本に持ち替えた。

その間にも横ばいで走り下ることを止めなかった。

(動きが鈍れば劉白絃の攻撃がくる……)

剣士の本能が教えていた。

劉も承知していた。

影二郎の動きを読みつつ、十段上からのし掛かるように光の旋舞で圧迫し続けていた。

影二郎は元の場所に戻ろうとしていた。

石段の中程には影二郎が斃した武人たちが倒れていた。

影二郎はひょいとその体の上を横っ飛びに避けた。そして、武人の手にあった青龍刀を摑みとっていた。

これで影二郎も右手に先反佐常、左手に青龍刀の二刀になった。

劉白絃の勝ち誇った笑いが石段に響いた。

巨漢が虚空に浮いて、光の輪が影二郎の頭上から圧倒的な速度で落下してきた。

青龍刀二本が生み出す光の輪が交差した。

影二郎が左手の青龍刀を交錯した光の輪の中心に投げたのはまさにその瞬間だ。

重い二つの青龍刀の旋回の渦に投げ打たれた青龍刀は、
きいーん!

という金属音を響かせて両断されて、二つに飛び散った。

同時に光の輪に乱れが生じた。

影二郎の右手の法城寺佐常二尺五寸三分が擦り上げられた。

虚空を飛ぶ劉白絃の曲げられた左の足を必殺の先反佐常が襲い、虚空にあった劉白絃は均衡を崩して影二郎のかたわらに転がり落ちた。

右手の青龍刀が飛んだ。

それでも左手の武器を構えると素早く立ち上がり、影二郎に向き合った。

影二郎と劉白絃の位置が変わっていた。

今や高みにいるのは影二郎だ。

その影二郎が虚空に飛んだ。

片手から両手に持ち替えた法城寺佐常を振りかぶると、立ち上がった七尺余の偉丈夫劉白絃の眉間に向かって豪剣を叩きこんだ。

血飛沫が散るのが月光に見えた。

影二郎は石段に着地した。

劉白絃はその眼前に立っていた。

眉間を割られた傷から今度はどろりとした血が流れ出すのが影二郎の目に見えた。

「夏目影二郎、おそろしや……」

劉の口からその言葉が洩れた。

大木が揺らいだ。

諏訪神社の社殿から風が吹きおりてきた。

朽ち木が微風に後押しされるようにぐらりと揺らいで、それでも踏み止どまった劉白紘が大口を開けた。

かっかっかっか……。

大笑が石段に響いた。

音もなく頭から石段に転がった劉白紘はごろりごろりと石段の下へと落下していった。

しゃぎりの音が止んだ。

森閑とした静寂が諏訪神社一帯を包み込んだ。

長崎奉行所の無数の御用提灯が石段の下に広がって、生き残った百鬼水軍の倭寇たちに襲いかかっていった。

影二郎はそれを見ながら、法城寺佐常に血ぶりをくれ、懐紙で拭った。

捕物騒ぎから抜けて、二人の男が石段を上がってきた。

長崎奉行の戸川播磨守安清と与力の長谷川与兵衛だ。

「すごいものを見せてもらった」

戸川が興奮もあらわに言った。

「それにしてもよう長崎を引っ掻き回されたな」

「播磨守様にはご心労をおかけしましたな」

なんの、と応じた戸川が、

「水野様はそれがしが公務をおろそかにしておるとは考えられぬかな」

と危惧した。

「元はといえば、水野忠邦の尻拭いにございます」

影二郎は、石段の中途にぼろ屑のように倒れこんでいる女を見やった。

「他人《ひと》様のことをとやかくは申されますまい」

「江戸に戻られたら老中とそなたの父、常磐秀信どのによろしくな」

「承知致しました」

と答えた影二郎の視線に南蛮外衣を手にしたおこまの姿が映った。

「おこま、最後の仕上げに唐津に戻ろうか」

「夏目様、江戸に戻った暁には一手教えてくだされ」

北辰一刀流千葉周作の門下生の長谷川与兵衛が言った。

「こちらは血に染まった無頼剣、千葉様の弟子に教えられようか」

「いや、それがし、夏目影二郎の剣に惚れ申した。なんとしても竹刀を合わせとうございます」

長谷川の高笑いに影二郎が和し、

「さらばでござる」

と挨拶を返した夏目影二郎とおこまは、諏訪神社の石段から長崎街道に向かって夜道を歩き出した。

第六話　吹雪烈風日見《ひみ》峠

一

長崎街道は江戸と幕府の対外交渉の唯一つの窓口長崎を結ぶ往還として発達し、公には長崎路と呼ばれた。

この長崎街道の東の基点は、筑前小倉《こくら》藩の城下であった。

小倉を出ると次の宿が黒埼《くろさき》、木屋瀬、飯塚、内野、山家、黒田、田代、轟木《とどろき》、中原、神埼《かんざき》、境原、佐賀、加瀬、牛津、北方、さらに高橋、塚崎、嬉野《うれしの》、彼杵《そのぎ》、松原、大村、諫早と九州北部を東西に横切って、長崎奉行所、つまりは天領内に入った。そして、矢上、日見を通ったのちに西の終点、長崎豊後町の高札場に至った。

夏目影二郎とおこまが西の箱根と言われる難所の日見峠に差し掛かったのは、まだ夜明け前のことだ。

山道にかかると湿った風が雪に変わった。

「雪のほうが夜道は楽でございますよ」

おこまが強気の言葉を吐いたのは海路を辿らなかったからだ。

だらだらとした上り坂を進むうちに雪は横殴りになって、二人の視界を閉ざした。

「おこま、引き返すか」

影二郎も立ち止まって迷った。

南蛮外衣の襟をきっちりと閉じていても、湿った雪混じりの風が首の間から吹き込んできて、体温を奪っていった。

「行くも戻るも一緒ですね」

「ならば先へ進んで、山家を探そうか」

影二郎が先頭に立って日見峠へと這い上がっていった。

足が寒さに痺れて、動きが鈍った。

(このままでは遭難するぞ)

という考えが影二郎の頭に浮かんだとき、横殴りの吹雪が一瞬止んだ。

左手の竹林の間にちらりと明かりが見えた。

「おこま、助かったやも知れぬ」

日見峠への往還を外れて竹林に入っていくと、炭焼き小屋が降りしきる雪の向こうに見えた。

窯の前では男が火の番をしていた。

「すまぬ。旅の者だが雪が止むまで待たせてはくれまいか」

炭焼きは黙って立ち上がると窯の隣に建つ小屋へ入っていった。

影二郎がついていくと小屋には囲炉裏が燃えて、若い女が囲炉裏の明かりで針仕事をしていた。そのかたわらには乳飲み子が眠っている。

炭焼きが手を動かして女になにかを伝えた。

「難儀やったな」

女の口から言葉がもれ、囲炉裏端に上がるように二人に言った。

影二郎とおこまは雪に濡れた合羽を脱ぐと、男が土間に干してくれた。

おこまの草鞋を脱ぐ手が寒さにかじかんでなかなか紐がほどけない。引き切るように紐を千切って、二人は火の端に座りこんだ。

濡れた両手を火のそばに翳した。

火の温もりがじんわりと二人を包んだ。

影二郎が、

「このような夜中にすまぬ」

と改めて礼を述べたのはだいぶ経ったときだ。

「窯に火が入っちょる間は、炭焼きに昼も夜もありませんたい」

女が笑った。するとまだ十七、八ということが知れた。改めて炭焼きの男を見ると、亭主もせいぜい二十二、三の若者だった。

その亭主が台所から大丼に白いものを注いでくると、影二郎とおこまに手真似で飲むように勧めた。

「どぶろくにございます。旅の方には口に合わんかもしれまっせんばってん、冷えた体を温めまっしょう」

「ありがたい」

影二郎は亭主から受け取ると、くいっと飲んだ。冷たいどぶろくが喉に落ちていって、胃の腑に収まったとき、ゆっくりと体が温まってきた。

「これはよい、おこまも飲め」

丼をおこまに回した。

おこまが飲むのを見た亭主は白い歯を見せて笑った。

「口が不自由か」

影二郎が聞くと亭主が頷き、女房が、

「口が利けんばっかりに町にも住めまっせんたい」

と言った。だが、その口調に暗さは微塵《みじん》もなかった。

おこまが丼を影二郎に戻し、

「助かりました。お二人は命の恩人ですよ」

と言葉をかけて、なにか礼をと考えたがなにもない。

影二郎も同じことを考えていた。

炭焼きの夫婦は二人の気持ちも知らぬげにうれしそうに笑った。

おこまが無心に眠る赤子の顔をのぞきこみ、女房に聞いた。

「誕生は過ぎましたか」

「まだ十カ月ですたい」

「元気そうに育っておられる」

影二郎が丼のどぶろくを飲み干すと、

「いや、ほっと致した。長崎を出たときには、まさかこのように天候が変わるとは考えもしなかったのだ」

と正直な感想を述べた。

「冬場の峠はしばしばですもん。それでん、朝には止みまっしょう」

女房が言い、亭主は窯に戻った。

「江戸の人ですね」

女房がおこまに聞き、

「はい。江戸から長崎見物にきて、戻る途中にございます」

とおこまは無難に答えた。

「江戸はどんなところでございますかな」

おこまは長崎さえも満足に知らぬという若い女房に江戸の話をあれやこれやとした。

一刻もしたか、小屋の外の吹雪の音が静まった。

夜も白んできたようだ。

「造作になったな」

影二郎は一両小判二枚を、

「不躾は承知だ。これはわれらの命の助け賃だ、赤子に着物なと買ってくれ」

と差し出した。

「そげん大金ば受けとれまっせん。ただ囲炉裏の火に当たってもらっただけですたい」

「その火とそなたらの心がわれらを生き返らせた」

遠慮する女房に強引に渡した影二郎とおこまは、乾いた南蛮外衣と道中合羽に再び身を包んだ。

おこまは新しい草鞋に替えた。

「幸せにね」

「気つけていかれんね」

名も知らぬ炭焼き夫婦に別れを告げた影二郎とおこまは、再び日見峠へ上る長崎路に戻った。

雪は止んでいたが峠道には、三寸ばかり湿った雪が積もっていた。

さすがにこの雪だ、人影はなかった。

だらだらとした雪道をひたすら上りつめる。

石畳を敷いた急坂では足が滑った。なんとか通り抜けると雪を被った竹林が重みに垂れて、街道を隧道《トンネル》のように左右から塞いでいた。

影二郎は竹の雪を払って、その下を掻い潜っていった。

おこまがそのあとに続いた。

どれほど潜ったか、二人は雪の竹林に囲まれていた。

影二郎の足が止まった。

「おこま、だれぞが待ちうけているようじゃ」

「はい」

すでにおこまの手は道中合羽の胸の前に下げた三味線の柄にかかっていた。連発短筒は背中に背負った風呂敷に包みこんであった。

影二郎は南蛮外衣の両襟を開くと、法城寺佐常をいつでも抜けるようにした。

「参るぞ」

雪を被ってしなった竹林の隧道を二人は掻き分けながら進んだ。

ふいに視界が開けた。

雪の坂上に岸峰邦之助が独り立っていた。

その両側の竹群は雪を被っていたが、すっくと立っていた。

三人は竹の壁にはさまれて対峙していた。

「母上の仇……」

その言葉が洩れた。

「知っておったか」

邦之助はそれには答えなかった。

お歌があとを追ってこなかったことで察したのだろうか。

「邦之助、そなたの腕ではおれは斬れぬ」

影二郎が吐き捨てた。

「斬る！」

邦之助が剣を抜くと、右肩の前に突き上げるように立てて構えた。

影二郎との間合いには十数間の竹壁の坂道があった。

影二郎は南蛮外衣を脱ぐと、右手でだらりと下げた。

「おおおっ！」

怒号を上げた邦之助が雪の積もった坂上から突進してきた。

影二郎は動かない。

「臆したか！」

邦之助が間合いを半分に詰めて叫んだ。

その瞬間、影二郎は動いた。

前進しながら右手の南蛮外衣で左手の竹壁の向こうを打った。

「げえっ！」

竹壁の間から青龍刀を握った百鬼水軍の武人が倒れこんできた。

影二郎はその体を飛び越えると、南蛮外衣を右の竹壁に叩きつけた。

こちらでも悲鳴が上がった。

後ろ向きに倒れたか、姿を見せなかった。

だが、影二郎の手にはしっかりと手応えがあった。

影二郎は南蛮外衣を投げすてると、法城寺佐常二尺五寸三分を抜きつけにして左右の竹群を斬り分けた。

矛と青龍刀を手にした武人二人が血まみれになってよろめき現われた。

そのとき、邦之助は二間先に迫っていた。

前進を止めた影二郎の眼前で倭寇の武人がどさりどさりと左右から倒れこんできた。

邦之助の体が虚空に飛んで、八双に構えられていた剣が影二郎の眉間に打ち下ろされた。

「母者の仇！」

影二郎の体が坂道に沈んで、先反佐常が斜めに湿った虚空を裂いた。

剣と剣が絡んだ。

頭上から振り下ろされる剣、下から斜めに振り上げられる先反佐常。

打撃は虚空からの剣が勝っていた。

だが、影二郎には修羅を潜り抜けてきた剣士の技量が、打撃の少ない邦之助の鍔元を叩く余裕があった。

「あっ！」

剣がへし折られ、飛んだ。

折れた剣を手に雪道に邦之助が転がった。

影二郎の先反佐常が峰に返された。

「邦之助、倭寇になって生きよ。生きて父を見返せ！」

そう叫んだ影二郎の先反佐常の峰が邦之助の肩口を叩いて意識を奪った。

邦之助の体がくたっと雪道に転がった。

影二郎は前方に目を戻した。

等々力昭右衛門が右手に剣を下げて立っていた。

「唐津藩国家老等々力雪鵜の野望、ことごとく潰《つい》えた」

「日見峠は越させぬ」

影二郎は法城寺佐常を峰から刃に戻すと、ゆっくりと雪道を上がっていきながら、敢然と竹林の両側に満ちた殺気の中に身を入れた。そして、大音声に叫んでいた。

「百鬼水軍の武人たちにもの申す！　百鬼水軍の総頭領、劉白絃どのは尋常の勝負にて、それがしが討ち果たした。そなたらはもはや陸に用はあるまい。海を故郷にし、船を住家となす者の戻るところは大海原しかあるまい」

影二郎の叫びが日見峠に響いた。

「この若者を海で育ててはくれぬか」

影二郎は邦之助の襟首を摑むと竹群の向こうに投げた。

ざわざわと物を引きずる音が響き、ふいに殺気が散った、消えた。

等々力昭右衛門が動いた。

ゆっくりとした歩みで坂道を下りてきた。

右手に下げられた剣はそのままだ。

等々力の技量はこれまで噂にも聞かされていなかった。が、堂々とした歩みはなかなかの技量の持ち主であることを示していた。

影二郎は佐常を正眼に構え、切っ先をわずかに右前に寝かせた。

その姿勢で歩き続けた。

昭右衛門の歩みも淡々と下ってきた。

間合い五間。
昭右衛門の下げられていた剣が上がった。
両手に持たれた剣先が影二郎の胸を狙って水平に構えられた。
等々力昭右衛門は必殺の突きに命運を託した。
「え、鋭っ！」
湿った竹群の大気を揺るがす裂帛《れっぱく》の気合とともに剣先が雪崩れおちてきた。
影二郎は歩みを止めて、わずかに右に傾けた孤剣に一命を賭けた。
見る見る間合いが縮まって、突きが伸びてきた。
影二郎の澄んだ目は切っ先が二段構えに伸びてくるはずと、読み切っていた。
跳ねた。
手元に引き寄せられた剣が再び伸びを見せて、影二郎の胸に迫った。
影二郎は半身に開きつつ、二段構えの突きを寸余の間に躱した。
剣が流れ、昭右衛門の体も影二郎のかたわらをたたらを踏んでいった。
昭右衛門はそれでも反転しようと足を踏ん張った。
が、日見峠の難所の下り坂、雪に足を滑らせた。
倒れこもうとする体勢をなんとか立て直した。
が、等々力昭右衛門の運はそこで尽きた。

先反佐常が虚空を舞い落ちて、昭右衛門の首筋を深々と刎ね斬った。

血飛沫が竹から落ちる雪を赤く染めた。

「ひゅっ！」

昭右衛門の裂けた喉口から烈風にも似た音が洩れて、雪道に崩れるように倒れ伏していった。

二人が天領と大村藩の国境を抜けたのが昼過ぎのことであった。

日見峠は長崎側はだらだら坂だが、矢上側は急峻な坂、雪とあいまって歩みは捗《はかど》らなかった。

それでも矢上宿に入って、二人はほっとした。唐津からの刺客がいつ襲ってこないとも限らないと考えたからだ。

昼の刻限になって雪が残った街道上には馬方やら旅の者などが大勢往来していた。いくらなんでも白昼の長崎路で襲うこともあるまいと影二郎は考え直した。

「おこま、馬でいこうではないか」

宿場で折りよく馬を調達した二人は、影二郎が先に、おこまがあとになってさらに進んだ。

「長崎路の一日目の宿場はどこだな」

「長崎からね」

股引の綿入れ姿の馬方が影二郎を振り向き、

「日見峠を越えんばならんじゃろうが、まず達者な者で大村宿かね。長崎から九里十丁たい」

「これから行けるか」

街道の雪は平地に入ってほとんど見掛けられなくなっていた。

「ちいと酒代ば弾んでくれんね」

「よかろう」

「おーい、合方、大村まですっ飛ばすたい」

馬の歩みが早くなった。

雪道に難渋したことを思えば、馬の揺れも影二郎とおこまにはなんでもなかった。

冬の日がとっぷりと落ちた刻限、二人は大村丹後守様二万八千石の城下町に辿りついていた。

二人はその夜、馬方の連れていってくれた旅籠に泊まった。

風呂にも入らず、炉端で二合の酒のあと夕げをとった二人は馬方などが定宿の旅籠の汚れた夜具にくるまり、死んだように熟睡した。

旅の朝は早い。

七つ(午前四時)発ちには影二郎とおこまの姿は街道上にあった。

「歩いてみますと西海道も広うございますな」

影二郎と肩を並べて歩くおこまの実感だ。

「江戸から東海道、山陽道、長崎路と泊まりを重ねて四十五泊目が大村宿、三百三十余里じゃそうな」

影二郎は昨日の馬方から得た知識を披露した。

夜が明けてみると長崎街道は大村湾に沿って北上していた。

「常安丸で越えてきた海ですか」

「いや、大村湾は周囲を陸に囲まれた内海だ」

「道理で穏やかです」

「かすかに望める彼杵半島の向こうの外海がわれらが乗り越えた海だ」

「なんとまあ、そのようなところを船嫌いのおこまが乗りきりましたか」

街道を行くおこまがころころと笑った。

今日は冬の日差しが一転して、穏やかな日和になりそうだ。

「このままのんびりと旅をさせてもらいたいものじゃがな」

影二郎の実感だった。

「今日はどこまで行くのですか」

「長崎から十六里三十二丁の嬉野泊まりだ。ここは古くからの湯治宿じゃそうな」

「それは楽しみ……」

「次の泊まり地牛津でわれらは長崎路と分かれて唐津道を辿ることになる」

この日の陽気のように穏やかな一日が終わった。

夕暮れ前、夏目影二郎とおこまは湯煙が上がる嬉野の宿場に入っていった。

二

長崎を発って五日目の夕刻、夏目影二郎とおこまは、唐津城下外れの松浦川の上流に辿りついた。

「おこま、城下に入る関所の警備が厳しくなっておる」

川沿いの関所に赤々と篝火《かがりび》が焚かれて、城下への出入りを調べていた。

二人は松浦川の岸辺に下りて、後戻りしながら対岸へ渡る浅瀬を探した。すると三丁も戻ったあたりに岩場伝いに丸太を渡しただけの橋があった。

影二郎を先頭に丸太橋を渡り、夕日山の西斜面を城下の東側へと道なき道を辿った。

「足下に気をつけよ」

夕暮れは一気に夜に変わった。

月光と星明かりが頼りの山行だ。

悪戦苦闘すること一刻半（三時間）ばかり、唐津湾に打ち寄せる波の音をかすかに聞いた。

「おこま、喜べ、虹の松原かもしれぬ」

とはいったものの疲労から方向感覚が狂って、山中に迷ってしまった。

（さてどういったものか……）

波の音も消えていた。

そのとき、前方の林ががさごそと鳴り、大きな尻尾が千切れんばかりに振られた。

「おおっ、巻八が迎えに来てくれたわ」

埴生流之助医師の飼犬巻八が二人に飛び掛かってきた。そして、

「うおううおう……」

という鳴き声を上げながら、体をくねらせては二人に交互に擦り寄り、再会の喜びを表わした。

「巻八、そなたの主の家に案内してくれ」

影二郎に命じられた巻八は、勇んで二人の先頭を歩き出した。そして、時折り、影二郎たちがついて来ているかどうか確認した。

道なき山中から杣道《そまみち》に出た。それをしばらく伝うと畑地になり、竹林が見えた。

巻八は見事に埴生医師の家の裏手に影二郎らを導いてくれた。そして、客を連れてきたと知らせる合図、

「うおんうおん」

と吠え立てた。

「どなたかな」

と流之助の声がして引戸が開かれた。

「おおっ、夏目さんにおこまさん」

流之助が喜びの声を上げて、庭に立つ二人を迎えてくれた。

「ささっ、中へ」

二人が土間へ入ると囲炉裏端に立ち上がった菱沼喜十郎が笑顔を向けて、

「ようご無事でお戻りなされたな」

と迎えた。

二人が囲炉裏端に落ち着いた時、流之助が自家製の葡萄酒を運んできた。

四つの杯に酒が注がれ、再会を祝して杯を上げた。

「長崎街道の牛津宿から多久《たく》を抜けて相知から松浦川上流へ出たが、関所の警備が厳しいのでな、夜の山に入って悪戦苦闘をしているところを巻八に助けられたのだ」

巻八が影二郎の言葉が分かったように自慢の尻尾を振り回した。

「長崎はいかがでしたか」

喜十郎が影二郎に問うとおこまが、

「父上、一晩でも語り尽くせぬほど、いろいろございましたよ」

「あらの鍋の残りがございます。雑炊など作りますので、その合間に二人の冒険譚《たん》を聞かせてくだされ」

流之助も口を添えた。

「船で南海を遭難までしたのですからね、たっぷりと話しますとも……」

おこまが葡萄酒で口を潤して常安丸の船旅から話し始めた。

おこまが疲れると影二郎が代わり、途中、雑炊で腹を満たしながら、日見峠の雪の決闘までを語り尽くした。

二人の話が終わったとき、夜は白々と明けていた。

「なんと途方もない旅を……」

それが流之助が洩らした感想であった。

「喜十郎、唐津の様子はいかがかな」

「影二郎様が消えた唐津の町に博多行きの噂が流れましてな。等々力雪鵜様も噂に引っ張りまわされたようで……」

と喜十郎が笑い、

「こちらはそう進捗《しんちょく》はございませぬ。湊に和泉屋の千石船が新たに一隻入っております」

唐津湊には和泉屋の弁才船《べんざいせん》が停泊していた。それにもう一隻加わったという。

「浜揚げした密輸品の荷積みか」

「そんなところであろうと睨んでます。数日前から二隻の船に荷積みが行われております」

それにと言葉を切った喜十郎が、

「博多に等々力紳次郎らが出迎えた人物のことを覚えておられますか」

「まだ唐津に滞在しておるか」

「影二郎様は板倉三郎助という名に聞き覚えがございませぬか」

どこかで聞いたような気もしたが、すぐには思い出せなかった。

「江戸からの来訪者であったな」

「板倉の身分は黒鍬頭……」

黒鍬頭……と呟いた影二郎が驚きの声を発した。

「おおっ、思い出したわ。父上と水野様を訪ねての帰り道、板倉どのに擦れ違い、父上に挨拶をされたことがあった」

「影二郎様、黒鍬頭は百俵高扶持、詰めの場は台所前廊下席、御譜代にございます。その務めは本来、将軍家が鷹狩りなどに出向く折りに身辺警護にあたる。しかしながら、当代様は鷹狩りなどには興味は示されません。そこで五百余人の黒鍬者の任務も変わって参りました……」

「影の者か」

はい、と答えた喜十郎が、

「黒鍬頭の支配監督は御目付にございますぞ」

影二郎は思わず舌打ちしたものだ。

「鳥居耀蔵の手下であったか」

喜十郎が頷いた。

「水野様のお屋敷の帰路に板倉どのとお会いになったそうですが、板倉どのは間違いなく常磐秀信と夏目影二郎父子を監視していたのです」

「迂闊であったな」

「水野様に呼ばれた秀信様に影二郎様が同行されていることを知った鳥居様は、密命が与えられたと察した。そこでわれらのあとを板倉三郎助に追わせたということではありませぬか」

「板倉氏は未だ国家老の等々力雪鵜の屋敷に滞在か」

「どうやら和泉屋の船で唐津を発つ模様にございます」

喜十郎が曰くありげな顔で影二郎を見た。

「行く先はまず筑前福岡。等々力紳次郎が江戸から急行した板倉様を迎え、筑前福岡の藩士らと会合した地にございますよ」

喜十郎は唐津藩と鳥居が結託して筑前福岡に密輸品を送りこもうとしていると言っていた。

「喜十郎、水野様の命は為遂《しと》げた……」

ただ火種である岸峰邦之助の命は生き長らえさせた。しかし、海に戻った百鬼水軍の海人たちに身柄を託したのだ。おそらく今ごろは異郷の海を南下しているであろう。

ともあれ任務は終わったことになる。

「鳥居耀蔵様は影二郎様に南山御蔵入の隠し漆《うるし》の畑を潰されて、憤怒なされておられる。新たな財源を唐津藩の密貿易に求めておられる。それが博多での三者の会談……」

ところが板倉三郎助の旅の疲れと風邪のため、秘密であるべき連携が洩れていた。

「喜十郎、おれに唐津藩の掃除をしていけと申すか」

いえ、さようなことはと、手を振った喜十郎は、

「ただ、このまま唐津を野放しにしておいてよいものかと……」

「父上の部下じゃな、よう働かせてくれるわ」

朝方、囲炉裏端にごろりと横になった影二郎に、おこまが部屋の隅から夜具を運んできてかけた。

夏目影二郎が目を覚ましたのは夕暮れの時刻だ。

囲炉裏は赤々と燃えていた。

菱沼喜十郎とおこまの親子の顔は見えなかった。

「患者たちが影二郎様の大鼾に驚いておりましたぞ」

流之助が笑いかけた。

診療室に使われる板の間の一角、囲炉裏端を影二郎が占拠しているのだ。訪れた患者は驚きもしよう。

「それはすまぬことをした。治療に差し支えなかったか」

「奥の部屋を使いましたよ」

「二人はどうしたな」

「港に船を見に行かれました。くじら屋にてお会いしましょうという伝言もございます」

埴生流之助の診療所で影二郎ら四人が暮らすのは窮屈だ。なにより昼間の診療の邪魔になる。

また唐津湊には和泉屋の船が二隻停泊していた。それを親子は見にいくついでにくじら屋に移る算段をしにいったのだろう。

「夏目さんたちが江戸に戻られる日もどうやら間近なようだ」

流之助の口調には寂しさがあった。

「そなた、江戸に戻る気はないか。確かに開国派や蘭学を学んだ人々への御目付の鳥居耀蔵の取締りは厳しい。じゃが、江戸には江川太郎左衛門様を始め、開明派の仲間も残っておられれば、われらもおる。むざむざ埴生流之助の身柄を妖怪の手に落とすようなことにはさせぬ」

流之助はしばらく影二郎の顔を見ていたが、

「ありがたき申し出にございます。考えさせてくれませぬか」

と答えた。

頷いた影二郎は南蛮外衣に身を包んだ。すると三和土から巻八も立ち上がった。

「巻八も夏目様らにすっかり懐きましたな」

その声に送られて影二郎と巻八は外に出た。

影二郎が最初に訪ねたのは、藩鵜匠岸峰三太夫の屋敷だ。

巻八は門前の日溜まりに蹲《うずくま》った。

取次に出た女から影二郎の来訪を聞かされた三太夫は、影二郎を仏間に通した。

「ようご無事で」

という三太夫に頷き返した影二郎は、

「ご先祖に詫びたいことがある。線香を手向けさせてもろうてよいか」

と許しを乞うた。

三太夫は黙って灯明に火を点して影二郎が仏前に参ることを許した。

合掌した影二郎の背に三太夫が声をかけた。

「姉は死によりましたな」

影二郎は三太夫と向き合うと言った。

「死んだ。それがしが始末いたした」

長崎でのお歌と邦之助親子の暮らしぶりから諏訪神社と日見峠の戦いまでを述べた。

三太夫は瞑目して影二郎の話を聞いた。そして、小さな息をつくと自らも線香を仏前に上げた。

「祝矢七兵衛様方でも持て余し者にござりましたか」

「考えれば、そなたの姉は水野忠邦の野心の犠牲者ともいえる。もしお歌が常安九右衛門どのと夫婦でいられたら、今ごろは日野屋の御寮さんでいられたものを……」

「夏目様、詮なき話にございますたい」

「いかにも無駄口であったな」

「夏目様には礼を申します」

「……」

「邦之助の命を助けて頂きましたゆえな」

「海が邦之助を鍛え直してくれよう」

「そう願うだけですたい」

と答えた三太夫が、

「唐津にはまだ当分おられますな」

と聞いた。

「やり残したことがある。とはいえ、そう長いことではあるまい」

三太夫が頷いた。

「なにかあればくじら屋に使いを頼む」

藩鵜匠の屋敷を出た影二郎の足は猥雑《わいざつ》な新町の飲み屋の路地に向けられた。相変わらず巻八が従ってきた。

五つ（午後八時）過ぎのことだ。

夏目影二郎が縄のれんを肩で分けると、巻八は今度は店の前に陣取った。

唐津若衆組の面々はいたが、頭領の等々力紳次郎の顔はなかった。

「座が寂しいな」

影二郎は上がりかまちから声をかけた。

「あっ、夏目どのか」

紳次郎に鼠と呼ばれた尾崎音吉が影二郎の姿を見て、喜びの声を張り上げた。

「等々力紳次郎はどうしておる」

「このところご機嫌がえらく悪いたい。それに和泉屋の船が姉子ノ瀬沖に泊まっておりますのでそっちも忙しか」

小暮辰之助が小さな声で言った。

「和泉屋の船は近々出帆か」

「明日の夜明けにも発つと聞きましたけど……」

百鬼水軍の取締り組織という名目で組織された唐津若衆組の面々は、船には興味がなさそうだ。

「あっ、そうそう。なんでん、紳次郎さんもその船で筑前福岡から上方に行かれるちゅう話ですたい。そんでおれたちはほったらかしやろ」

音吉が不満そうに言った。

唐津にある密輸品を一気に上方に運びこむつもりか。

「夏目さんは凶状持ちという噂やがほんとんこつね」

と辰之助が聞いてきた。

「たれぞがそのような話をまき散らしておるか」

「紳次郎様の屋敷に滞在しとらす方が夏目様のことばよう知っちょるたい」

「板倉三郎助か」

「ほう、夏目さんも知っちょるね」

「通りで擦れ違ったほどの知り合いだ」

「板倉様と夏目さんはどっちが強かろうか」

音吉が言い出した。

「紳次郎さんが板倉様をうちの道場に連れてこられたたい。霜平先生と竹刀ば合わされたけんど、いい勝負やったね」

「音、ありゃ、板倉様が加減されたと睨んじょる」

辰之助が言い切った。

「そうか、それほどの腕前か」

「うーん、どげん言えばよかろかな。板倉様の怖さばくさ、背筋がぞっと冷とうなるごとあるもんね」

音吉が答えて、影二郎に聞いた。

「夏目さんは博多に行っちょられたとですか」

呼子を発つときに常安九右衛門に頼んだ影二郎らの博多行きの工作は、唐津若衆組をだます程度には役に立ったらしい。

「長崎に行っておった」

「長崎にな、なんかあったですか」

「唐船見物だ」

「よかな、おれも長崎屋敷に奉公がしたいけどな」

当分、唐津藩の長崎屋敷は閉じられたままだろう。そのことを知らぬ音吉がうらやましそうに言ったものだ。

「辰之助、近ごろ、百鬼水軍は出没するか」

「ちょろちょろ出よるたい。ばってん、わしらの顔ば見たら、すぐにこそこそと逃げ出しよる」

辰之助が胸を張った。

百鬼水軍の頭領の劉白絃を影二郎は倒し、日見峠の戦いで幾度か繰り返してきた死闘の決着をつけたつもりだった。

(おかしな話よ。待てよ、これにはなんぞ曰くがありそうな……)

「浪人さん、酒か」

親父が注文を伺い、影二郎は五両をその手に渡した。

「こりゃまたどうしたこつね。おりゃ、五両なんち大金ば初めて持ったたい」

親父の両眼が見開いて、仰天した。

辰之助たちも言葉を失っていた。

「この者たちに酒代をおいていこう。銭が尽きるまで飲ませてくれぬか」

おおっ、と座がどよめいた。

「待て！　われらは物貰いではなか」

辰之助が影二郎の顔を睨んだ。

「よう言うた、辰之助。その五両は今宵の働き賃だ」

「なんばさせる気か」

「百鬼水軍退治だ」

「ほんとのことか」

「おれがあやつらの巣窟まで案内しようか」

立ち上がろうとした一座を制した影二郎は、

「まだ夜盗が出るには早かろう。八つ（午前二時）の刻限、札ノ辻で会おう」

「よし」

「約束は違えませんぞ」

と一座から返事が上がった。

「親父、今宵は酔わぬ程度に酒を出してくれ」

影二郎は新町の路地に出た。

巻八の姿はどこかへ消えていた。

影二郎が次に訪れたのは日野屋の常安九右衛門方だ。

半刻ほど主の九右衛門と話をした影二郎が表に出たとき、姿を消していた巻八が出迎えてくれた。

「喜十郎とおこまはくじら屋か」

巻八がその言葉が分かったように見事な尻尾を振った。

三

安楽寺の八つ（午前二時）の鐘が鳴り響いた。

唐津若衆組の十数人が股立ちを取り、襷に鉢巻き姿で札ノ辻に姿を見せた。

「夏目様」

音吉が密《ひそ》み声で呼んだ。すると、

「ここじゃ」

と橋の下から影二郎の声がした。

「おお、おられたね」

小暮辰之助を先頭に町田川を覗くと二隻の船が待機していた。

船頭は南蛮外衣の影二郎と背に弓を背負った菱沼喜十郎だ。

喜十郎の船にはおこまが、影二郎のほうには巻八がすでに乗っていた。

「さあ、乗れ」

唐津若衆組は分乗した。

「こりゃ、日野屋の船じゃな」

音吉が目敏く船がどこのものかを言い当てた。

「夏目様、百鬼水軍はどこに潜んでおるとですか」

辰之助が勢いこんで聞いた。

「遠くではないわ、しばらく辛抱せえ」

町田川を下った船は唐津城の本丸を見ながら、満島との間を唐津湾へと出ていった。

「夏目様、まさか和泉屋の船じゃなかでっしょうな」

音吉が聞いた。

「音、そのまさか……」

「そんなこつはなかろう。和泉屋は国家老の等々力様と昵懇《じっこん》の間柄、等々力様の次男の紳次郎様がわれら唐津若衆組の総大将たい」

「音吉のいう通り、われらは何遍も百鬼水軍と戦うてきた」

「音吉、辰之助、よく聞け。もはや百鬼水軍の武人どもは南海に姿を消したわ」

「そげんことがあろうか」

影二郎は平戸から長崎で死闘を繰り返してきた劉白絃が率いる武人たちのことを告げた。

二隻の船は船端を揃えて進んでいくので影二郎の話はもう一艘の船にも聞こえた。

「百鬼水軍とは仮の名、劉白絃の率いた武人たちは倭寇の末裔でな、自らは海人と名乗っておったわ」

「待ってくれんね」

辰之助が声を張り上げた。

「ならばわれらが戦ってきた百鬼水軍は何者ね」

「辰之助、そなたらの目で確かめよ」

二隻の船は姉子ノ瀬をぐるりと回って城下からは隠れた北側の海に出た。するとそこに二隻の大船が停泊し、一隻の船はすでに明かりを消していた。

影二郎たちの船は明かりのついた船に接近していった。

艫櫓に見張りが立っていた。

影二郎の船は進み、喜十郎の船は海に停止した。

櫓を唐津若衆組の一人に任せた菱沼喜十郎が背に担いでいた弓を取り、矢を番《つが》えた。

波間に揺れる船上から喜十郎は満月に弓を絞った。

菱沼喜十郎は道雪派の達人、弓術八射の秘伝を会得していた。

その達人が揺れる船上から矢を放ったのだ。

半丁の空間を飛んだ矢が見張りの胸に見事に突き立つと、艫から海上に転がり落とした。

「おっ！」

と押し殺した叫びが唐津若衆組から上がった。

そのときには、影二郎の船は千石船の船腹に横付けされていた。用意していた縄ばしごをかけるまでもない。舷側から何本もの縄ばしごが垂れていた。

「辰之助、そなたらはおれが許しを与えるまで手を出すでないぞ」

影二郎は唐津若衆組に命じた。

「手ば出せんなら、なんで呼んだね」

「まずは百鬼水軍の正体をそなたらが知ること、それが唐津藩にとって大事なことなのだ」

「正体ば知ったなら、戦うてもよかろうが」

「そのときはな」

巻八に船で待てと言い残した影二郎は一気に縄ばしごを伝い上がった。そのあとを辰之助らが続いた。

船上に人影は見えなかった。その代わり、麻布に包まれた箱が積まれてあった。

影二郎は一文字笠の縁から両刃の唐かんざしを抜き、麻布を切り破った。すると細長い板製の箱が姿を見せた。

「こりゃ南蛮の字たい」

辰之助が箱に書かれた字を指した。

影二郎は唐かんざしの先端を板の間に差し込み、上蓋を一枚外した。機械油の匂いがして、布に包まれたものが並んでいた。

影二郎が布を切り裂くと最新の元込め銃の銃身が見えた。

「なんと、和泉屋は鉄砲の密輸に手を出しとるとな」

音吉が唖然とした声を上げた。

「和泉屋だけでできる仕事ではないわ」

影二郎がそういうと機械油に光る鉄砲を手にした。

「さて、鬼が出るか蛇が出るか参ろうか」

影二郎がそう言ったとき、強盗提灯の強い明かりが影二郎たちに当てられた。

舳先を振り見ると顔には面具をつけ、革の袖無し、裁付袴に革の足袋、手には青龍刀を下げた者たちが六、七人立っていた。

真ん中に立つ頭分は腰に日本刀を差していた。

「現われたか」

百鬼水軍の男たちを分けて一人の男が立った。

長羽織をぞろりと着た和泉屋の主の夏兵衛だ。

「江戸からわざわざ死にに来ることもあるまいに。そなた、勘定奉行の父の走狗《そうく》じゃそうな、夏目影二郎」

「商人が怪しげにも偽の百鬼水軍を動かして武器の密輸か」

手にしていた鉄砲をがらりと投げた。

「夏目、その一挺がいくらの高値を呼ぶか承知か」

「清国と英吉利国との間の阿片戦争をよいことに西国雄藩に鉄砲の売り込みとはな」

「競ってお買いになるのは九州一円の外様大名方だけではありませんぞ」

和泉屋は背に右手を回した。帯に差し込まれていた連発式の小型短筒の銃口が影二郎に向けられた。

「和泉屋、幕府の咎めばうくるぞ、唐津藩に災いを呼ぶ気ね」

辰之助が叫んだ。

「若衆組の面々、屋敷に戻りなされ。そなたらの親父どのに迷惑がかかりますぞ」

「和泉屋、認めぬか。この若者たちを動かして偽の百鬼水軍と競わせた国家老の等々力雪鵜が密輸の黒幕にして、偽の百鬼水軍の産みの親とな」

「夏目様、それはございませんたい。紳次郎様もわれらといっしょに百鬼水軍と戦いなさったばい」

音吉が言い張った。

「そうかな、音吉」

影二郎は南蛮外衣を脱ぐと見せながら、手にしていた唐かんざしを虚空に放つと、頭分の面具にあたって跳ね飛ばした。

「あっ！」

面具を飛ばされた男が叫んだ。

「な、なんと紳次郎さんね」

「魂消たばい。百鬼水軍の頭が唐津若衆組の頭領ね」

と音吉や辰之助らが言い、呆然とした。

「そういうことだ。海からくる倭寇の末裔どもは陸地に長居はせぬものよ」

「なんでそげんなことば……」

「国家老等々力雪鵜が倅の紳次郎に命じて、百鬼水軍取締りの唐津若衆組を組織させた。百鬼水軍が海から来るとそなたらに思いこませるためだ」

「なんちゅうことを」

「第二には唐津の夜、百鬼水軍が跳梁《ちょうりょう》跋扈《ばっこ》すれば、だれも町人は出歩かぬ。となれば、和泉屋と連携した密輸も楽に行えよう」

「……」

「百鬼水軍の頭分が百鬼水軍を取り締まるのだ。辰之助、音吉、茶番の戦いをそなたらは繰り返してきたのだ」

「ほんとのことな、紳次郎さん」

紳次郎が青龍刀を投げ捨てると叫んだ。

「もはや唐津若衆組の使い道はなくなった」

「夏目様、ほんとうに国家老等々力様と和泉屋は、結託して密輸を繰り返してきたんか」

「ああ」

「なんでね、藩の財政が苦しかからね」

「表向きは、小笠原長和様の幕閣出世への資金の調達だ。だがな、真実はこやつどもが私腹を肥やしたいためだ」

紳次郎の口から笑い声が洩れ、

「和泉屋、しかたなか。こやつらも夏目と一緒に始末いたそうか」

と命じた。

「紳次郎さん、あんたは……」

辰之助の口から驚きの言葉が洩れた。

「まずは勘定奉行の倅から地獄に行ってもらいまっしょ」

和泉屋夏兵衛が銃口を突き出した。

銃声が響いた。

発射されたのは夏兵衛の短筒ではなかった。

夏兵衛の体がぐらりと揺らぎ、

「ど、どないしたんや……」

と言いながら、舳先から海へ落下していった。

舷側を乗り越えて、阿米利加国古留止社製の連発短筒を手にしたおこまや喜十郎や若衆組が姿を見せた。

「辰之助、偽百鬼水軍は国家老等々力雪鵜の家来だぞ。そなたら、どうするな」

「われらの藩主は小笠原長和様だけたい」

「よう言うた」

「夏目影二郎、おまえはおれが斬る」

紳次郎が腰の剣を引き抜き、影二郎のかたわらに飛びおりてきた。

「どうやら霜平実右衛門先生の教えを間違えたようだな」

「言うな！」

影二郎はすでに脱ぎかけていた南蛮外衣を捨てた。

「小わっぱ、そなたの腕がどれほどのものか見て遣わす」

影二郎が法城寺佐常を抜いた。

若衆組と偽の百鬼水軍たちがあちこちでぶつかり、それに喜十郎とおこまが呼応して助けていた。

影二郎は、もう一隻の船に明かりが点ったのをみた。

「紳次郎、援軍を期待しないことだ。日野屋の鯨捕りたちが自慢の銛を下げて船を囲んでおるわ」

「糞っ！」

等々力紳次郎は影二郎との戦いに集中しようとした。

剣を正眼においた紳次郎は影二郎を威圧するように目を睨みすえ、前進してきた。

たちまち間合いが切られた。

影二郎は先反佐常を相正眼で受けた。

紳次郎の剣は跳ね返されることを予測してすぐに変化した。

影二郎の胴に回り、小手を襲い、今一度胴を抜こうとした。

紳次郎にはことごとく影二郎によって邪魔立てされたという憤怒が動きを悪くしていた。

肩に力が入り過ぎ、攻撃を粗雑にしていた。

流れるように連続技で、

「霜平道場の小天狗」

とか、

「唐津の神童」

と畏敬された紳次郎の動きはいつもの生彩を欠いていた。

「紳次郎、それが唐津の神童の剣か」

影二郎に揶揄《やゆ》された紳次郎がいったん間合いをとった。

「ふううっ」

と息をついた。

「道づれにしてやる」

そう宣告した紳次郎は中段に剣をとった。

一撃必殺。

己の肉を影二郎に斬らして、影二郎の骨を断つ決死の剣だ。

ここで等々力紳次郎は剣士の覚悟を見せた。

影二郎は先反佐常を地擦りにつけた。

紳次郎は開いた足先を一寸刻みに間合いを詰めてきた。

一間。

その瞬間、紳次郎は飛ぶように走った。

中段の剣を影二郎の首筋に伸ばした。

影二郎は動かなかった。

不動の姿勢のままに地擦りの先反佐常に弧を描かせつつ、切っ先を紳次郎に向け、投げた。

薙刀を二尺五寸三分に鍛ち替えた豪剣が伸び上がるような姿勢で突進してきた紳次郎の鳩尾から背中に抜き通った。

その衝撃は紳次郎の突進を止めたばかりか、くたっと体をくの字に揺らした。

手から剣が力なく落ちた。

「きたなか……」

という呟きが洩れた。

「等々力紳次郎、無頼の剣に綺麗事などない」

紳次郎を刺し貫いた法城寺佐常の柄に手をかけた。

「紳次郎、叔父のあとを追え。数刻後にはそなたの父も同じ道を辿ろうぞ」

影二郎が先反佐常を抜いた。

ぐらりと揺れた紳次郎は、崩れるように倒れていった。

血ぶりをした剣を手に影二郎は船上の戦いを見回した。

艫櫓に辰之助が立っていた。

その表情には影二郎と紳次郎の戦いを目撃した衝撃があった。

「影二郎様、制圧してございます」

喜十郎が舳先から叫んだ。

「もう一隻はどうか」

「九右衛門様の勇魚捕りたちに囲まれて無抵抗にございました」

「喜十郎、この場を任した」

影二郎は、南蛮外衣と唐かんざしを拾い上げ、密輸の証拠の品、鉄砲一挺を手にすると巻八の待つ船に独り下りた。


四半刻後、影二郎は巻八に案内されて大手門への橋を渡った。

犬を連れた異形の者の到来に門番の侍たちが身構えた。

「待て！　深夜、何用あってまかり越した」

影二郎は歩を止めた。

一文字笠の縁を上げて、

「国家老等々力雪鵜どのの屋敷にまかり越したい」

「ならぬ。かような刻限に大手門が通行できると思うてか」

抜き身の槍の穂先が影二郎の胸前に突き出された。

「待て！」

家臣たちの背後から声がかかった。

振り向いた家臣の一人が、

「おおっ、これは蒲原伊織《かんばらいおり》様……」

と驚きの声を上げた。

壮年の武家の隣には常安九右衛門が控えていた。

「夏目様、中老の蒲原様にございます」

九右衛門が緊張の声で壮年の武家を紹介した。

「夏目どの、日野屋から委細は聞いた」

「蒲原様、造作をかける」

「なんのこちらこそ」

と言った蒲原が門番の家臣たちに道を開けるように命じた。

影二郎と巻八は唐津城の大手門を潜った。

影二郎は昨夕、常安九右衛門に面会すると、

「唐津藩で国家老等々力雪鵜と対抗し得る重臣……」

への仲介を願っていた。

「唐津にそれだけの家臣がござりましたらたい、こうまでは等々力様の専制もなかったでっしようが……」

と頭を捻ったあと、

「この数年、病気がちで屋敷で静養されておられた中老蒲原伊織様しかございますまい。ともあれ唐津藩の浮沈にかかわること、必死で口説いてみまっしょうたい」

と影二郎の使いに立ってくれたのだ。

「夏目どの、よしなに頼む」

蒲原は素浪人の影二郎を老中首座の水野忠邦の密使として遇そうとしていた。

三人は本丸に接した東城内へと内堀を渡った。ここでも異彩を放つ風体の影二郎と巻八は門番に見とがめられたが中老が付き添ってのこと、そのまま通された。

唐津藩国家老等々力雪鵜の門は開いていた。さすがに多年の密貿易で多額の利益を生んできた当人の屋敷、どこも手入れが行き届いていた。

蒲原伊織が門番に、

「ご家老にお目にかかる」

と言い、

「火急ゆえこのまま通る」

とずいっと敷地内に押し通った。

屋敷内はどこか騒然としていた。

式台の上に立てられた衝立には家紋の籠目紋が金字に浮き彫りされていた。

巻八は玄関脇の暗がりに自分の居場所を見つけた。

蒲原ら三人は内玄関から廊下に上がった。

「蒲原様」

玄関番の家臣が驚きの声を上げた。

「内々にご家老のお召しでな」

そう言った蒲原はぐいぐいと廊下を進む。

中庭に面した廊下で知らせを聞いた用人が追いついてきた。

「お、お待ちを、蒲原様……」

蒲原の前に回りこんだ初老の用人が、

「主は急ぎの公務にてだれの面会も許されておりませぬ」

と両手を広げた。

「熊村《くまむら》用人、火急の用は互いじゃ。いや、考え違いめさるな、等々力家の火急ではない。われらの唐津藩と藩主小笠原長和様の浮沈にかかわる大事、お止めなさるな」

蒲原が刀の柄に手をかけて、ぐいっと用人を睨んだ。

熊村と呼ばれた老用人の手が力なく落ちて、それを肩で押し退けるように蒲原は廊下を突き進んだ。そのあとを常安九右衛門と夏目影二郎が従った。

両の頬が垂れ下がった国家老等々力雪鵜は、南蛮の調度品や工芸品に飾られた豪奢な書院で書類を段通の上に山積みにしていた。

かたわらの火鉢では書類が燃えていた。密輸取引を記載した書類を処分しようとしているのか、太った体に疲れがにじんでいた。

書院に通った蒲原伊織一人を見て、

「蒲原か」

と驚きの声を洩らした。

「ご家老、火急の要件ゆえ、約定もなく参上しました」

と言った。

「ご家老、すべては露見しましてございます」

「露見とはなにかな」

濁った両眼に眼光を宿して蒲原を睨んだ。

「ご家老が泉州堺から唐津に呼んだ和泉屋夏兵衛と組み、密貿易を働いてきたこと一切にございます」

「蒲原、病で頭がおかしゅうなったか。西国大名なら譜代、外様とおしなべて密貿易くらい手を出しておるわ」

「さよう」

「ならば、御託を申すでない」

「それは藩財政の負担を軽くするため、主家のためにございます。そなたのように一商人と組んで、私欲のために藩の長崎屋敷まで利用されてきたとあらば、幕府に目をつけられるは必定。まして、それが最新の銃器を筑前福岡藩に売り渡すとあらば、江戸にて長和様、いかように申し開きなされますな」

「言い掛かりをつけるか、蒲原」

「姉子ノ瀬沖に停泊する和泉屋の船二隻、それがしの手の下にございます」

蒲原が言い切った。

「か、蒲原！　証拠もなく藩御用の商人の船を調べたというか」

狼狽した等々力が大音声を張り上げた。

「証拠はある」

書院に南蛮外衣の夏目影二郎が押し入り、鉄砲を放り投げた。

雪鵜の目が床に転がった鉄砲と南蛮外衣の影二郎を行き来した。

「そなたの次男、紳次郎はおれが船上にて討ち果たした」

「なんと……」

と呟いた国家老が、

「どこの骨とも知らぬ浪人者を蒲原、同行いたしたか」

と蒲原を睨んだ。

もはやその言葉に力がない。

素浪人をこの場で通すもよし、と影二郎が答えた。

「老中首座水野忠邦の密使を名乗るもそなた次第……」

影二郎の手が南蛮外衣の下に再び隠れ、一通の書状が出された。そして、それが等々力の膝下に投げられた。裏返って落ちた書状には、老中水野の名があった。

「等々力雪鵜、すべては二十三年前、唐津前藩主水野忠邦の若き日の非情に端を発したことゆえ、そなたが仕掛けた密貿易の一件、唐津藩の処置に任してもよい、とそれがし考えておる。その場合の身の処し方、存じておるな」

影二郎が鋭く等々力を睨み返した。

老人の太った体から見る見る力が失せ、一気に小さくなった。

「父上！」

壮年の男がおっ取り刀で飛びこんできた。そのあとを熊村用人が必死の形相で追ってきた。

「忠太郎どの」

蒲原が静かに声をかけた。

どうやら忠太郎は等々力家の嫡男と見えた。

書院の入口に忠太郎が立ち竦んだ。

「この場はご家老の判断に任せられえ。等々力家が立ち行くかどうかの瀬戸際にござる」

蒲原の声は凜として響いた。

その声音には等々力家の廃絶をなんとか食いとどめたいという思いが漂っていた。

「いや、それは……」

「忠太郎、唐津藩の長崎屋敷を潰され、昭右衛門を討たれた。今、紳次郎まで水野の密使に討たれたそうな。もはやこれまで……」

等々力雪鵜がよろよろと立ち上がった。

「父上、なにをなさる」

「知れたこと……」

と応じた雪鵜は、

「残された道は等々力家の存続、蒲原の温情に従え」

と最後の言葉を残した。

「父上！」

「旦那様！」

雪鵜が倅と用人の悲痛な叫びに送られて、書院から仏間に姿を消した。

そのあと、長い静寂の間があった。

「おっ！」

という気合とともに割腹の気配が書院に伝わってきて、血の臭いがうすく漂い流れてきた。

「だ、旦那様……」

用人の目が涙に曇っていった。

それが唐津藩の密貿易始末の瞬間であった。

四

唐津城下に国家老等々力雪鵜の失脚と割腹自殺、それに藩御用商人の和泉屋夏兵衛の取り潰しの衝撃が走った日の昼前、夏目影二郎、菱沼喜十郎とおこま親子は、藩鵜匠の岸峰三太夫の菩提寺護法寺に招かれた。

そこに集う者たちは法事を主催した三太夫と一族、それに日野屋の主の常安九右衛門、蘭方医師の埴生流之助であった。

先祖代々の岸峰家の墓の前で住職の読経が行われ、参列者が線香を手向けて合掌した。

岸峰家の供養という名目だが、長崎の地に死んだお歌の法会《ほうえ》であることはだれも承知していた。

法会のあと、宿房で斎《とき》を囲んだ。

お歌の名は一切口にされなかった。が、だれの胸にもそれぞれの思いを抱いて、静かに追憶した。

「夏目様」

と徳利を差し出した九右衛門が、

「長崎から使いがきましたたい。常安丸はあと十日もすれば、修理を終えるということですばい」

「それはよかった」

「夏目様には船の修繕代まで心配してもろうて」

「おれが壊したようなものだからな」

「それにしても呼子から長崎の船旅は、どえらい騒ぎであったげな」

「倭寇の末裔たちは、なかなか手強いものであったわ。そのせいで伊佐次を亡くしてしもうた」

「船頭の紀平たちが唐津に戻ってからくさ、伊佐次の弔いばしましょうたい」

「あたら命を亡くさせたな」

「勇魚捕りが海で命を落としたんたい、果報者ですばい」

「あの勇魚捕りを今一度見たいものじゃ」

「埴生先生のように唐津に住まんですな」

影二郎は笑って、埴生流之助に視線を移した。

「影二郎様に一緒に江戸に戻らぬかと誘われましてね」

と流之助が言い、座の空気が急に変わった。

「江戸に戻りたいとは思います。しかし、影二郎さんに聞けば鳥居耀蔵とか申される妖怪御目付がわれらのように蘭学を学んだ者を目の敵にしておられるという。私、まだ死にとうはございません」

と流之助が笑みを浮かべ、

「唐津の人たちも私の医学を頼りにしてくれます」

「残られるか」

「はい。一生この唐津で過ごすと腹を決めましたたい」

と唐津訛りで言い切った。

「よかよか」

と九右衛門が言い、

「そんならばたい。先生の嫁ばなんとかせんことにはならんばい、三太夫さん」

と藩鶏匠に顔を向けた。

「心当たりがございますたい、日野屋さん」

座は急に埴生流之助の嫁取り話に沸いた。

虹の松原と松浦川越しに唐津の舞鶴城が望めた。そして、西に傾きかけた日差しが唐津湾を輝かしていた。

「世話になりました」

影二郎が峠まで送ってきた埴生流之助に言った。

おこまが巻八の頭を撫でて、

「いつまでも元気でね」

と言葉をかけた。

菱沼喜十郎は、埴生医師に深々と頭を下げて辞去の挨拶とした。

「唐津に骨を埋めると決めましたら、江戸が却って近くに感じられるようになりました。そのうちふらりと遊びに戻るかもしれません」

「待っておる」

埴生流之助と巻八が鹿家の里から唐津へと引き返していった。

影二郎らは巻八の尻尾をいつまでも見送っていたが、

「さて行こうか」

と唐津街道を筑前博多を目指して歩き出した。

「急に江戸の空気が吸いたくなりました」

おこまが笑った。

「筑前福岡から船旅をいたすか」

「じょ、冗談を。御用の旅ですから船旅も我慢します。御用を終えた帰り旅くらい、土を踏んで江戸に帰りとうございます」

とはいうものの、江戸に着くには四十余日の旅を重ねねばならなかった。

「年の瀬は博多で過ごすか」

二日後には天保十年も暮れていこうとしていた。

唐津藩の国境の峠に差し掛かったとき、影二郎の足が止まった。

峠の頂きに道中合羽を肩に羽織った黒い影が一つ腕組みして立っていた。

「なんとのう……」

「だれでございますか」

緊張した声でおこまが聞いた。

「御目付鳥居耀蔵支配下、黒鍬組の頭領板倉三郎助」

「まさかわたしどもと江戸まで同行しようというのでは……」

「おこま」

と喜十郎が娘の勘違いを咎めた。

三人はゆっくりと峠の頂きに到着した。

旅姿の板倉三郎助の背に筑前の海がきらめいて見えた。

「これはまた異なところでお目にかかりましたな」

「夏目影二郎、そなたにはきりきり舞いさせられたわ」

板倉三郎助が呟くようにいった。

「鳥居様の御用旅にございますかな」

「ぬけぬけと……」

板倉三郎助は腕組みを解いた。

道中合羽が肩から滑り落ちた。

袴の股立ちがとられ、刀の下げ緒で襷《たすき》に掛けられていた。

「鳥居様が桃井の鬼との勝負はくれぐれも避けよと命じられた。だがな、事を好き放題に荒らされて、おめおめと江戸に帰るのも承服しかねる」

「迷惑にございますな」

「おれが唐津との国境に倒れるか、おまえが死ぬか」

板倉三郎助が一剣を抜いた。

影二郎が南蛮外衣を脱ぐとおこまに渡した。

そのおこまと喜十郎が路傍に身を引いた。

「黒鍬組の頭領どのの流儀を聞いておこうか」

「尾州《びしゅう》藩伊藤伴右衛門高豊様が流祖の平法剣《へいほうけん》……」

影二郎の知識は、流祖の伊藤が二剣を使う武蔵《むさし》流を捨てて、一剣を使う一対一の実戦剣法を創始したというものしかない。

板倉は常寸の剣を胸前に水平に寝かせて、切っ先を影二郎の胸に向けた。

(懐の深い、やわらかな構え……)

それが影二郎の感じたことだ。

音吉は、

(……背筋がぞっと冷とうなるごとある……)

と評したが、そんな暗さは微塵もなかった。

影二郎は法城寺佐常を抜くと下段にとった。

そして、刃を寝かせた。

「参る」

「うーむ」

という声が板倉の口から洩れた。

それを最後に口は閉じられた。

間合いはほぼ一間半。

影二郎は不動の小帽子切っ先を魅入られたように見た。するとその小帽子が左にゆっくりと
移動し始めた。

(玄妙な動きを……)

と思いつつも影二郎の目玉は、切っ先の動きを追っていた。

小帽子が止まった。

影二郎の神経が相手の突進に身構えた。

が、小帽子は再び同じ道を辿って、右に戻り始めた。

元の位置に戻った切っ先がさらに右に移動していく。そして、微妙な間合いで停止をすると、また左へ返っていった。

影二郎はその速度が変わっていることに気付いていた。

(これは平法剣などではない、邪剣だ。切っ先から目を離せ)

剣士の本能がそれを教えていた。

だが、影二郎の目は小帽子切っ先に釘付けになって右に、左へと移動させられていた。

そのうち影二郎の瞼が重くなっていった。

上瞼が垂れて、下にくっつきそうだ。

影二郎は抵抗した。が、あらがうことが出来なかった。

今や細い筋となった瞼の、影二郎の視界に板倉三郎助の背からめらめらとした妖気が漂っているのも分かった。

(音、おまえは板倉三郎助の本性を見抜いていたぞ……)

そう考えながら、影二郎の視線は左右に揺れ動いていた。

（影二郎様……）

おこまは影二郎が幻覚の中に囚《とら》われたのを恐怖の思いで見ていた。

板倉三郎助の開いた足がじりじりと影二郎の方に迫っていった。

その間も切っ先の動きは変わらなかった。

一間半が徐々に縮まり、一間を切った。

あと半間で生死の境を越える。

おこまはぐうっと胸の前に下げた三味線の柄を摑んでいた。

（影二郎様、目を逸らしてくだされ）

喜十郎が祈念した。

その間にも板倉は間合いを詰めていた。

左右に揺れ動く小帽子切っ先の振幅と速度が変わった。

影二郎の両の瞼は今やほとんど閉じられようとしていた。

（影二郎様、目を覚まして……）

瞼がすとんと閉じられた。

影二郎の上体が大きく揺れた。

板倉三郎助の剣先が、小帽子が上がった。

揺れる影二郎の喉元に切っ先が合わされた。

おこまは影二郎の死を、敗北を見たくないと両眼を閉ざした。

そのとき、三味線の柄にかけていた手が無意識のうちに動いていた。

チーン……。

弦が鳴った。

影二郎が覚醒したのと、板倉三郎助の突きが襲いかかったのが同時だった。

小帽子が喉元を斬り裂くのを感じた影二郎は、自らの意思で激しく前に倒れこんだ。そして、同時に下段の先反佐常を擦り上げていた。

それは修羅の場を潜ってきた剣士の本能がなせる技であった。

小帽子が一文字笠を切り裂いて抜けた。

先反佐常は突進してきた板倉三郎助の太股から腹部を両断するように斬り上げていた。

法城寺佐常を片手にかかげて影二郎は唐津街道の地面に倒れこんだ。

激痛が全身を走ったが、身を横に転がして立ち上がった。

板倉三郎助は突きの姿勢のままに立っていた。

まるでときが動きを止めたようにじっと立っていた。

玄海灘から潮風が吹き上げてきた。

板倉の鬢の乱れた髪の毛が風にそよぎ、体がぐらりと揺れて突っ伏していった。

明けて天保十一年、長崎に五隻の唐船が入った。船の荷は老中首座水野忠邦が長崎奉行戸川安清に直接に許しを与えて、唐人屋敷に荷揚げされた。だが、この荷揚げは長崎奉行所の、幕府の記録には残されなかった。

若き日の水野の手紙一通の代金、王文河への礼であった。

唐津藩五代目藩主の小笠原長行《ながみち》が念願の老中に出世するのはこの戦いから二十三年後、文《ぶん》久《きゅう》二年（一八六二）のことであった。だが、四年後には徳川幕府は崩壊して、長行が小笠原家の最初で最後の老中となった。

解説

縄田《なわた》一男《かずお》
（文芸評論家）

『破牢狩り』『妖怪狩り』と続いた光文社文庫版〈夏目影二郎《なつめえいじろう》始末旅〉シリーズも本書で巻を数えて三冊目。両裾に二十匁《もんめ》の銀玉を縫い込んだ南蛮外衣《なんばんがいい》を着込み、剣は鏡新明智《きょうしんめいち》流の達人、父である勘定奉行常磐豊後守秀信《ときわぶんごのかみひでのぶ》配下の監察方《かんさつがた》菱沼喜十郎《ひしぬまきじゅうろう》・おこま父娘《おやこ》を従えて関八州《かんはっしゅう》を所狭しと飛び回る影二郎の活躍は、もう時代小説ファンにはすっかりお馴染みとなったことであろう。

このシリーズの魅力は、まず、何といっても、「年は三十前か。修羅場を潜り抜けてきたことを想起させる虚無を湛《たた》えた相貌に比べ、その挙動はどこかゆったりと鷹揚で育ちのよさを感じさせた」と描写される夏目影二郎という主人公のキャラクターであろう。作中、記されているように、故《ゆえ》あって人を斬り、遠島《えんとう》となるところを水野忠邦《みずのただくに》に拾われて、腐敗《ふはい》し切った幕府の機構を裏から建て直すための荒療治の担い手となる——しかしながら、その一匹狼的気質は、水野忠邦に借りは返すが心は売らぬ、とばかりに反骨のダンディズムさえ漂わせ、魅力充分、心憎いばかりの男ぶりである。

そして魅力の第二は、間断なく繰り出される剣戟《けんげき》シーンの迫力であろう。前述の南蛮外衣に仕込んだ銀玉の秘技はいうに及ばず、「位《くらい》は桃《もも》井《のい》、技《わざ》は千葉《ちば》、力は斉藤《さいとう》」と謳《うた》われた桃井春《しゅん》蔵《ぞう》の道場にあって「位の桃井に鬼がいる」とまでいわれた業前《わざまえ》は正に豪剣というにふさわしく、こちらも巻を重ねるに連れて冴えわたり、各剣戟シーンに一つとして同じ趣向《しゅこう》がないのも作者の研鑽《けんさん》のほどがうかがえる。加えてふんだんに盛り込まれた殺陣《たて》と殺陣との間にストーリーが進行していく、というのは、こうした娯楽時代小説における理想形といってもよいのではあるまいか。

更に魅力の第三として挙げられるのが、そのストーリーの妙——すなわち、影二郎の始末旅という仕事の性格上、彼に課せられた任務は、政治と体制のしでかした不始末の尻ぬぐいというばかりでなく、当然、そこにさまざまな政治的謀略や深謀遠慮《しんぼうえんりょ》がひそんでいる。こうした設定自体が作品に無理なく、諸々《もろもろ》の仕掛けやどんでん返しを施《ほどこ》すことを可能としている訳だが、この三位一体《さんみいったい》の中から繰り出される今回の影二郎の密命は何か——。

私は正直いって、本書『百鬼狩り』のゲラを読みつつ、まったく興奮してしまった。これはそのスケールにおいても堂々たる巨篇、現時点においてシリーズの頂点を極めた作品といっても良いのではないのか。何しろ本書の舞台はこれまでのように関八州にとどまるところなく、肥前《ひぜん》の国は唐津《からつ》、長崎《ながさき》、更には五島列島にまで及び、勇壮《ゆうそう》な鯨漁や倭寇《わこう》の末裔《まつえい》らとの海戦あり、といった趣向が盛り沢山、海洋冒険小説としても第一級の出来栄えを誇っているのである。しかも、影二郎らに与えられた密命が水野忠邦自身のしでかした事件の後始末——かつて忠邦が唐津藩主時代に寵愛《ちょうあい》していた女が彼の子供を産み、育てていたことが判明、老中首座《しゅざ》を狙う忠邦にとっては致命的ともいえるスキャンダルになりかねず、母子もろとも抹殺《まっさつ》せよ、という非情極まりないもの。しかしながら、これだけでは時代小説を読み馴《な》れた読者はこう思うのではないか。八代将軍吉宗《よしむね》の御落胤《ごらくいん》として有名な天一坊《てんいちぼう》事件のようなものではないか、と。

が、さにあらず、佐伯泰英の目のつけどころは、そんな凡庸《ぼんよう》なものではない。ここからは物語の内容に深く立ち入らざるを得ないので、もう是非とも本文の方を先に読んでもらいたいのだが、ことは、何故、本書の舞台が唐津なのか、という必然性ともかかわって来るのだ。作者は気づいたのである——唐津を足がかりにして二人の老中が輩出していることを。そして正しく、本書の発想の原点はそこにあったのではないのか。その二人とは、本シリーズのレギュラー陣の一人であり、本書においては事件のもとをつくった張本人である水野忠邦と、今一人は小笠原長行《おがさわらながみち》である。

ここで歴史人物辞典等の記述をもとにして二人の事蹟をまとめると、まず、水野忠邦は、御存知、天保《てんぽう》の改革の立役者、肥前の国唐津の出身で、文化四年、十一代将軍徳川家斉《いえなり》・家慶《いえよし》父子に謁見《えっけん》、同十四年、老中になるため国替の運動を起こし、同時に藩政改革を行い、地方《じかた》役人の勤務の厳性化、汚職《おしょく》の禁止、裁決の迅速化、門閥《もんばつ》政治の抑制につとめた。天保八年、勝手方として幕府財政の中枢を握るも家斉とそりが合わず、家斉没後の同十二年、十二代将軍家慶を補佐《ほさ》し、老中首座として天保の改革を断行。しかしながら、幕府権力の強化を図るべくあまりにきびしい統制を行ったため失脚《しっきゃく》。後、在職中の不正嫌疑で二万石を減封《げんぽう》の上、隠居謹慎の憂《う》き目にあっている。この忠邦の事蹟で、やはりいちばん興味をひくのは、はやくから幕閣に野心を抱き、表高《おもてだか》は六万石でも内情は二十万石あり、裕富ではあったものの、本来なら幕閣に連らなり得ない唐津から無理を承知で浜松への転封を望んだ点であろう。

このくだりが、本文でいえば、

そこで幕府では井上を陸奥国棚倉へ、棚倉藩主の小笠原長昌を肥前唐津に、そして水野忠邦を東海道筋の浜松藩へと三方領地替を命じた。

これで忠邦の幕閣への途は大きく前進した。

唐津も浜松も表高は六万石と同じだが、唐津の実高は二十万石、大幅の減収の転封である。

藩財政の逼迫は目に見えていた。

だが、忠邦の野心が転封へと強行させた。

唐津藩の国家老の二本松大炊は転封反対を諫言《かんげん》したが、忠邦に聞き入れられずに自決するという悲劇まで起こっていた。

と説明される箇所である。

そして、忠邦の後を受けて唐津入りしたのが小笠原家ということになり、こちらは幕末は文久二年に老中格となり、慶応《けいおう》元年に老中就任。動乱の時代に生きた人物にふさわしく、在職中、独断で生麦《なまむぎ》事件の賠償金をイギリスに支払うも、朝命によって免職《めんしょく》、後に再び老中に返り咲き、長州《ちょうしゅう》征伐に当たり、更に再征に向うが敗戦。戊辰《ぼしん》戦争では旧幕軍に投じ箱館《はこだて》まで赴《おもむ》き、この地を脱出して明治五年まで潜伏《せんぷく》、後、洋行帰りと称して姿を現すなど波瀾《はらん》に富んだ人生を送っている。が、それも後のはなし。唐津への転封では大変な迷惑をこうむっており、こちらは作中で、

「水野様のあとを継がれたのは小笠原長昌様じゃが、この転封で大きな借財を負われた……」

実高二十万石の唐津を捨ててまで表高六万石の浜松にこだわり、転封を強行した水野忠邦の背後で陸奥から西海道の唐津への転封を余儀なくされた小笠原長昌と家臣たちがいた。小笠原は棚倉藩以来二十三万両の借財に苦しんでいたが、この九州への転封によってさらに莫大な借金を負うことになった。

実高二十万石の唐津への転封も奥州から九州への移封の費用にはなんの助けにもならなかった。この借金は結局、領民に皺寄せされることになる。

「……小笠原家では水野様の野心の前に苦労を背負ったという思いが今もあると聞く。文政九年には、長泰様の代に変わり、負債の総額は三十三万四千余両に達し、長会様、長和

様と水野様の野心を恨む四代の時代が続いた。そして、今年の二月には広瀬村で一揆も起こっておるそうな」

と、説明されることになる。

そしてもし、小笠原家が、水野家と同様、政治への野心を抱いていたとしたら、更には、水野忠邦にとっては生命取りとなりかねない切り札＝スキャンダルを手中にしていたとしたら――この発想を得た時、恐らく作者は会心の微笑《えみ》を浮かべたのではあるまいか。

かくして〈夏目影二郎始末旅〉シリーズの中でも最大級のスケールを持つ抗争がスタートするわけだが、昔も今も政治を動かすものは金であり、その犠牲となるのは庶民に他ならない。この哀しむべき構図は、現代に通じる天保の時代相を社会の上部構造と下部構造の双方から立体的に浮かび上がらせることに成功し、武士は食わねど高楊枝《たかようじ》といった図式を払拭《ふっしょく》、算勘《さんかん》の合わぬ理不尽《りふじん》さの中に生きる者として捉《とら》えているのが興味深い。まして庶民はなおさらで、そのことは作中人物の一人がいう「野心と夢は紙一重。水野忠邦様の野心は家臣の血と、唐津の町衆の涙の上に築かれたものたい、むごうかもんで」の一言に端的に示されていよう。しかしながら、本書の眼目は、根底にそうした〈経済〉というシビアーな問題を抱えつつも、目まぐるしいほどに展開していく時代冒険小説としての構成にある。謎の百鬼水軍の横行、怪《あや》し気な抜荷船の出没、鯨漁をめぐる海の男同士の争い、青龍刀を持ち、人間振子と化して襲い来る唐人たち、更には火炎瓶《かえんびん》の応酬から、影二郎とおこまが「お互い生きておったな」と言葉を交わし、生を確認するために互いの肉体を貪《むさぼ》り合わねばならないほどの危機また危機、そして漂流、更には仏国製黒色火薬による唐船爆破等々。作者はまるで事もなげに読者を楽しませるべく筆を進めているかに見えるが、つぶさに読んでいくと、一体どれほどの史料を踏査《とうさ》したのか。海洋冒険小説としてもまったく瑕瑾《かきん》のない仕上りであることに驚かされるのである。近頃、これほど山場の連続である小説は珍らしい。

そして、影二郎は果たして忠邦の非情な任務を全うすることが出来たのか、という問いには、哀しくも、そこには被害者から加害者に転じた女がいた、といえば答えになり得るであろうか。物語は、いったん終束したかに見えても最後の最後までまったく目が離せないのである。そして、ここまで書いて来たところで、私はハタと気づいた――そう、物語はまだ終わっていない。影二郎に指令を発する影の黒幕たる水野忠邦は、今、ようやく老中首座に就《つ》いたばかり。つまり、天保の改革がはじまるのはいよいよこれからなのである。と、すれば、今後、影二郎が狩るものが何であるにせよ、その剣難と政争の闇はますます深まっていくばかりではないか。その中で影二郎はどこまで権力の飼い犬でいられるのか、或いはまた、妖怪鳥居耀蔵《とりいようぞう》はどのような策をめぐらすのか。

このシリーズ、いよいよ次巻が楽しみになって来た、といえそうだ。

光文社文庫

文庫書下ろし／長編時代小説

百《ひやっ》鬼《き》狩《が》り

著者　佐《さ》伯《えき》泰《やす》英《ひで》

2002年5月20日　初版1刷発行
2008年6月20日　18刷発行

発行者　駒井　稔
印刷　豊国印刷
製本　フォーネット社

発行所　株式会社　光文社
〒112-8011　東京都文京区音羽1-16-6
電話　(03)5395-8149　編集部
8114　販売部
8125　業務部

ISBN978-4-334-73322-3　Printed in Japan

お願い　光文社文庫をお読みになって、いかがでございましたか。「読後の感想」を編集部あてに、ぜひお送りください。

このほか光文社文庫では、どんな本をお読みになりましたか。これから、どういう本をご希望ですか。どの本も、誤植がないようつとめていますが、もしお気づきの点がございましたら、お教えください。ご職業、ご年齢などもお書きそえいただければ幸いです。

光文社文庫編集部

光文社文庫　好評既刊

侍はこわい　司馬遼太郎
戦国旋風記　柴田錬三郎
若さま侍捕物手帖（新装版）　城　昌幸
白狐の呪い　庄司圭太
まぼろし鏡　庄司圭太
迷子石　庄司圭太
鬼火　庄司圭太
鶯　庄司圭太
眼龍　庄司圭太
河童淵　庄司圭太
写し絵殺し　庄司圭太
地獄舟　庄司圭太
夫婦刺客　白石一郎
天上の露　白石一郎
孤島物語　白石一郎
伝七捕物帳（新装版）　陣出達朗
群雲、関ヶ原へ（上・下）　岳　宏一郎

からくり偽清姫　竹河　聖
安倍晴明・怪　谷　恒生
ときめき砂絵　都筑道夫
いなずま砂絵　都筑道夫
おもしろ砂絵　都筑道夫
まぼろし砂絵　都筑道夫
かげろう砂絵　都筑道夫
きまぐれ砂絵　都筑道夫
あやかし砂絵　都筑道夫
からくり砂絵　都筑道夫
くらやみ砂絵　都筑道夫
ちみどろ砂絵　都筑道夫
さかしま砂絵　都筑道夫
異国の狐　東郷　隆
打てや叩けや源平物怪合戦　東郷　隆
前田利家　新装版（上・下）　戸部新十郎
忍法新選組　戸部新十郎